2022年“新时代中国法治文学精选”丛书

中国社会主义文艺学会法治文艺专业委员会 编

血案寻踪

群众出版社

图书在版编目（CIP）数据

血案寻踪／中国社会主义文艺学会法治文艺专业委员会编．—北京：群众出版社，2023.5

（2022 年“新时代中国法治文学精选”丛书）

ISBN 978-7-5014-6289-6

Ⅰ.①血…　Ⅱ.①中…　Ⅲ.①侦探小说—中国—当代　Ⅳ.①I247.5

中国国家版本馆 CIP 数据核字（2023）第 055596 号

血案寻踪

中国社会主义文艺学会法治文艺专业委员会　编

出版发行：群众出版社
地　　址：北京市丰台区方庄芳星园三区 15 号楼
邮政编码：100078
经　　销：新华书店
印　　刷：**天津盛辉印刷有限公司**

版　　次：2023 年 5 月第 1 版
印　　次：2023 年 5 月第 1 次
印　　张：10.5
开　　本：880 毫米×1230 毫米　1/32
字　　数：245 千字

书　　号：ISBN 978-7-5014-6289-6
定　　价：49.00 元

网　　址：www.qzcbs.com
电子邮箱：qzcbs@sohu.com

营销中心电话：010-83903991
读者服务部电话（门市）：010-83903257
警官读者俱乐部电话（网购、邮购）：010-83901775
文艺分社电话：010-83901330　　010-83903973

2022年“新时代中国法治文学精选”丛书编委会

前言

为贯彻习近平新时代中国特色社会主义思想，弘扬社会主义核心价值观，讲好中国法治故事，以法治文学的力量，服务于社会主义现代化国家建设，经中国社会主义文艺学会批准，中国社会主义文艺学会法治文艺专业委员会决定自2021年起开展“新时代中国法治文学精选”丛书征稿编选工作。中宣部原副部长、原文化部部长贺敬之同志担任编委会总顾问。2021年入选的优秀作品，已收入群众出版社2021年“新时代中国法治文学精选”丛书出版发行。其中，收入长篇小说2部（《山重水复》《弹壳》）、中短篇小说集1部（《疑似命案》）、报告文学集1部（《微尘鉴罪》）。这是一年一度的法治文学精选的征稿编选工作，对于推动中国法治小说、报告文学原创作品的发展，促进法治文学人才脱颖而出，有着十分重要的积极作用。

2022年“新时代中国法治文学精选”丛书的征稿编选工作现已圆满结束。此次征稿，自2022年1月27日至7月31日，共收到作品73部（篇）。其中，长篇小说13部，中篇小说25篇，短篇小说17篇，报告文学18部（篇）。经中国社会主义文艺学会法治文艺专业委员会专家认真审读，最终确定25部（篇）作品入选2022年“新时代中国法治文学精选”丛书。凡入选作品的作者，均由中国社会主义文艺学会法治文艺专业委员会颁发“特约作家”证书，并在中国社会主义文艺学会网站公布。

2022年“新时代中国法治文学精选”丛书由群众出版社出版发行，共8部，收录了长篇小说6部，中短篇小说集1部，报告文学集1部；同时附录所有入选作品名单。

中国社会主义文艺学会法治文艺专业委员会

2023年3月30日

血案寻踪

易买生

目录

第一章　寒血

一

2019 年 1 月 19 日，星期六。

唐钰是被晚上气温骤降后的飒飒寒风冻醒的，卧室的窗户没有关，寒风夹着冰凉的雨点打到了她的脸上，她双手抱着浑身发抖的身子，牙齿像机关枪似的打架，嘟囔了一句：“这什么鬼天，昨天还穿短袖呢！”

唐钰熬到了天亮，她不知道今天对她意味着什么，她只知道，快要过年了，她手头的案件终于清零了。虽然案子是没有了，却被市局年终没完没了的总结、评比、评奖、考察、述职及各种会议弄得心烦不已。

“早知如此，还不如去弄案子！”唐钰对孙副局长埋怨道。

主管刑侦和禁毒的孙副局长哼了哼：“我看你呀，就是个劳碌命，一天不办案子，就是盐场罢工，闲（咸）得慌！”

“快闭上你的乌鸦嘴，让我们安安静静过个年，好不好?!”法医杨茹白了唐钰一眼。

突如其来的严寒打乱了身处南国的东州市民习惯了温冬气候

的生活节奏，市东城广场商业城的电器店和服装店人山人海，都是前来抢购电暖器和保暖衣服的顾客。唐钰是要来买件羽绒服的，经过卖电暖器的店子，看这里的人也是乌泱乌泱的，忙乱的售货小姐满脸透着亲切和兴奋。唐钰不禁暗叹信息化社会的神速：才不到一天时间，南国城市平时根本见不着的各种电暖器就堆满了店铺。她正要离开，感觉身后有人拍她，回头一看，是一位六旬左右的大爷，外套一件没有佩带警衔标志的警用棉大衣及棉帽，尖瘦的脸，满脸灰白的胡须，一双浓重的眉毛，两眼闪着和蔼可亲的目光，哆嗦着向她递过来一张购物券。

“这是单位发的，这种明光牌的电暖器，就是我们公司产的，你要买的话，拿着我这票在这里取就是了，内部价 480 元，我只收你 450 元。”

唐钰拿过大爷的购物券，瞅了瞅：“大爷您是明光集团的？这大冷天的，您自己不用吗？”

“嗐！我就是老板家一个看门的，保安室就是家，保安室有配的，这个用不上。”

“您老板是谁？”

“老唐，唐鸿淦。”

唐鸿淦！唐钰一惊，明光集团身价数百亿的董事长，找的保安却是一位老大爷。

“您怎么称呼？”

“哦，我姓黄，黄河的黄，黄力壮。”

唐钰没有买电暖器的打算，却对这张购物券产生了兴趣，她清楚地看到券上有唐鸿淦的亲笔签名，她正在犹豫，却冷不防被一旁的小伙子一把将购物券夺了过去：“这票我要了！我出原价！”

唐钰看了小伙子一眼，中等身材，一张刀削般的脸。吸引她目光的，是他右侧脖子上一颗米粒大小的肉瘤。

唐钰看了看黄大爷，大爷一脸无奈，唐钰一脸苦笑。

“你是微信还是支付宝?”

“哦，微信微信!”黄大爷打开了手机，哆嗦着手点开了微信，让小伙子扫了码。

唐钰看到黄大爷转身离去的背影，这只是偶然的一次邂逅，不会在唐钰的脑海里留下很深的印象。她做梦也不会想到，在十多个小时后，这个老大爷的身影却成了她永远抹不去的记忆。

21 时 51 分，唐钰的手机响了。

唐钰偏偏这天晚上睡得早。太冷了，南方都市的空调不制热，空荡荡的屋子里，冻得她站也冷，坐也冷，只有早早钻进被窝里才舒服。刚刚进入梦乡，看清是市局情指中心的值班电话，就预感不妙，在听到发生了绑架案时，她还以为自己是在梦中。江东多少年没有发生绑架案了，眼看就要过年了，谁这么无聊!

“绑架？在哪里？绑架什么人?”唐钰还像在梦呓中。

“明光集团董事长唐鸿淦在住宅遭一伙不明身份的人绑架，孙局通知，速到情指中心!”

“唐鸿淦!”

唐钰脑海里一时短暂空白。

如今的大案现场，情指中心的信息从现场来得既快又全。特警最先封锁和控制现场，现场的情况是通过周边的移动高清视频采集车及无人机发送过来的，加上高清的卫星电子地图，还有内网外网及时查获的相关人员信息，全部汇总在眼前占满一大面墙的巨大4K高清屏显画面中，使得情指中心犹如在播放一部实况转播的情景电视剧。

显示屏显示唐鸿淦住宅的卫星平面地图，这是位于城东龙羊山脚下艳茗轩小区内的一座独立院落。艳茗轩小区是一片别墅区，有50多栋独立院落，院落东面是高尔夫球场，北面是龙羊山，南面是艳湖，艳湖路在艳茗轩小区南面从东到西穿过。唐鸿淦的住宅在小区别墅群东南面靠近艳湖的位置，一栋三层的中式长方形建筑，楼顶及四周的围墙顶部都是青色的瓷瓦，小楼正中大门有十多级台阶。

重大绑架案的处置现在是由市公安局反恐支队组织指挥，反恐支队自从成立以来第一次负责这么个大案，支队的人员一个个像打了鸡血，负责向在座的市局领导汇报案情的陈支队长透出的声音神秘而又激昂：“报案人名叫崔延丽，是明光集团的财务总监。她知道当天是唐鸿淦的公子唐凯的生日，一家人在艳茗轩小聚。晚上8时许，她打电话给唐凯，电话已关机，又打给唐凯的妻子李佩琳，电话还是关机，感觉有些不对头，便驾车来唐家察看，到了围墙门岗前，看见了被杀的门卫，于是便报了警。”

黄力壮！

唐钰看到了被杀门卫的视频。

“这个围墙的大门和四周都装有监控器，可以通视整个院落，可是我们到了现场才发现，这伙人把这套监视器的硬盘取走了，这是一套独立的系统，没有联网，所以查不到记录。我们扩大搜索范围，从艳湖路东西两头查监控，发现大约在晚上7点50分，有四辆电动摩托车，车上六个人全部头戴水银色的全面罩头盔，统一身着灰色装修工作服，每人身背工作袋进入该小区。我们判断，这六个人便是进入唐家的作案人员。

“目前，我们已派出40名特警包围了这个住宅，城东分局罗大鹏局长在现场，谈判专家在向室内人员喊话，屋内有人用扩音器向我们答了话，称他们有枪和炸药，只要我们踏进大门，或者靠近门窗，他们就与这一家人同归于尽。”

“这唐家现在有多少人？”坐镇情指中心的东州市副市长、市公安局局长李昌国问。

“唐家一共有六人，唐鸿淦，儿子唐凯，儿媳李佩琳，还有七岁的孙子唐伟超，家里的一个保姆、一个厨师。因为当晚是为唐凯庆生，还有没有其他人参加，就不太清楚了。不过据崔延丽反映，唐家的人平时过这种普通生日，唐鸿淦不会请其他人参加，所以我们估计家里目前应该是六个人。”

“他们提出什么条件或要求没有？”

“没有，他们答过一次话之后，任凭我们怎么喊话，里面一点儿动静都没有。我们的人员到现场后，住宅大门关闭，所有窗户都关了并拉上了窗帘，所有房间都亮着灯，里面的情况我们一无所知，只是从最初他们对我们应答的声音判断，人员应该在一楼，可是我们通过无人机热成像追踪观察，并没有发现人员踪影，不光是一楼，在其他楼层也没有发现，也许他们全部处于窗户外观察不到的位置，或者是因为室内有灯光等热源，影响热成像效果。当然，这楼还有地下室，如果人员在地下室，我们的热成像也不一定搜索得到。”

屏幕显示出楼房平面结构图。

“现在的情况是，这栋楼的大门是双层防盗，楼正面的三层六个窗户全是中式格扇，几乎布满正面墙，没有死角，背面也是六个窗户，全都装上了防盗铁栏杆，屋顶虽是瓦檐，可以从屋顶破入，但楼层太高，外墙无任何攀爬物，如果使用直升机索降，担心动静太大，惊动案犯。不过，在三楼右侧，有一个露台，露台下面的山墙没有门窗，只有两扇小排气窗。我们的特警已制订了方案，从右侧的山墙发射攀绳攀爬至露台，从露台破门而入。只是我们到目前为止，还无法判断案犯所在的具体位置，所以不敢贸然行动。"

唐钰看了看时钟，现在已是凌晨2时20分。

"他们最后一次答话是什么时候?"唐钰问。

"只答过一次话，时间是21点55分。"

唐钰有些不安了，热成像没有发现人?在地下室?不会的，他们不会愚蠢到放弃对外面的观察，难道他们还会躲避热成像?这么长时间了，室内一点儿动静都没有，面对室外黑压压的警察，他们连一个条件或要求都没有提?这样僵持下去，天就亮了，稍有常识的凶手都不会坐等天亮的。

"我去一下现场吧!"唐钰向孙副局长提出了请求。

孙副局长看了看唐钰："你也想想，拿出些招数来。"

唐钰苦笑："我能想出的招数，现场和在这里的人都想得到，我只是感觉，这样僵持下去，一定凶多吉少。"

"你去现场又能解决什么问题?"

"我在这里更解决不了问题。"

二

唐钰到了门岗，这是建在楼前大门围墙边的一座长方形小平房，面积 20 平方米左右，里面被分成两部分，里间是卧室和洗手间，外间是值班室。值班室内侧是一套桌椅板凳，桌子上放着电饭煲、电磁炉等炊具，一面墙上是一扇碗柜，外侧门窗对着出入通道，门窗下是一张办公桌，桌子下面是一个电暖器，桌子上没有座机电话，桌子前面是一张圆背竹椅。一侧墙上挂了一台 50 英寸的液晶显示器，显示器画面是一片空白。门外有三个监控探头，一个应该是对准车辆号牌的近距离探头，另外两个，一个对外，一个对内。黄大爷的尸体已被搬走，地上的一摊血迹也已凝固，杨茹带着三名勘查人员还在勘查现场。

唐钰看了看监视系统的主机，主机箱盖已被拆开，里面的硬盘位置已空，其他部位没有被破坏，像是懂电脑的专业人员所为。

“黄大爷的手机呢?”

杨茹把一部被塑料袋密封包装的手机递给了唐钰。

唐钰清楚地知道，黄大爷在东城广场商业城打开手机的时候，没有使用开机密码。果然，她很顺利地打开了手机。凭唐钰的判断，如果发现有维修人员来到主人住宅，黄大爷会第一时间向主人核实的，既然房间没有座机电话，那么就应该通过手机联系了。

唐钰发现，案发期间，手机上并没有通话记录，手机最后的一条信息，正是微信收到的一笔 480 元的转账记录。

唐钰叹息了一声，这伙凶手连给大爷一个问讯的机会都没有。

从停靠在旁边的一辆指挥车上下来了两个人，唐钰一看，走在前面的正是城东分局的罗大鹏局长，唐钰忙上前握手寒暄。

“屋内还没有动静？”唐钰问。

罗局长点了点头，紧锁眉头：“我看这伙人，不像是劫财的，也不像是报复仇杀，要是劫财、仇杀，都这么久了，他们早应该得到钱或杀了人走了，那么，他们的目的是什么？这事弄到现在，我们是什么情况都没有摸到，我们的几十号人在这里冻了大半夜。”

唐钰一边观察着小楼，一边若有所思地点了点头，问：“你身上有家伙吧？”

罗局长忙从身上取下了一把配枪，给了唐钰，唐钰打开弹夹看了看，弹夹内装满了子弹。她把枪放进了裤袋，又向罗局长伸出手。

罗局长便向一旁的特警递过去眼神，特警又把自己的配枪递给了唐钰，唐钰把枪插到了后腰间。

罗局长有些慌了：“唐支，可别冒险呀，你不知道这帮家伙到底要干什么。”

“你叫个特警，跟着我！”唐钰的语气不容置疑。

“我去吧！”一旁的特警道。

“你？”唐钰看小伙子个子并不高，一副敦实的身材。

“他就是我们的特警队大队长，姓莫，叫莫小江。”罗局长道。

唐钰点了点头，把手机关了机，装进了衣袋，对罗局长道：“通知你们的人和特警，对我的行动不要理会，如果情指中心问起来，你就说，是我说的，我会保证不被他们发现，保证自身安全不会出事，让他们放心。”

唐钰同莫大队长来到楼房西侧，这就是特警准备攀爬至三楼露台的位置，围墙外的草地上，特警支队周支队长和反恐支队的黄副支队长早已带领六名索降特警在这里待命。唐钰一看，三楼露台有一扇门和一扇窗户，门窗紧闭，户内同样亮着灯，一楼的两扇气窗是正方形，长宽约 40 厘米，那两扇气窗距离外墙地面有三米多，应该就是楼房的卫生间和储物间，里面也亮着灯。

楼外面一片漆黑，唐钰取了周支队长的望远镜看了看，无论是三楼门窗或者是一楼气窗，窗户内并没有发现人影。

唐钰对周支队长说："这样，我先从气窗进去，探探虚实。"

周支队长取过望远镜看了看气窗："你有把握不被他们发现？"

唐钰点了点头："这栋楼十多个门窗，他们六个人，不可能还会惦记这两个气窗。"

周支队长说："万一三楼有人发现了呢？"

唐钰队长说："房间里亮着灯，外面这么黑，如果他们不是脸贴着窗户朝外看，是看不到外面的，你把三楼给我盯紧了。"

唐钰带着莫小江，相互搭人梯翻越围墙，幽灵一般摸到了气窗下。

唐钰踩着莫大队长的肩，把头伸到窗户边，悄悄向窗内观察。这一间正是厕所的淋浴室，谢天谢地，室内没有人，只是窗户玻璃是固定的，打不开，玻璃正中装了一台排气扇。

唐钰从莫大队长肩上下来："去，派两个人，带上家伙，把这上面的玻璃取下来。"

不一会儿，两名特警过来，带上特制的破窗工具，不动声色地把窗户的整块玻璃连同排气扇都给卸了下来。

莫大队长要进去，唐钰指了指气窗，长宽约 40 厘米的气窗，只有唐钰这样的身材才进得去，但还得先脱下厚厚的新买的羽绒服。

唐钰从气窗钻了进去，这是淋浴室，淋浴室有个衣柜，衣柜里有浴衣和灰色棉绒拖鞋。她取下一件白色的浴衣套在身上，头上裹了条浴巾，脱了鞋袜，套上了拖鞋，把换下的鞋袜放进了柜子。在唐钰找枪时，才想起脱外衣时，一支放在羽绒服口袋中的枪忘记拿出来了，便把插在后腰间的手枪放进浴衣口袋中。外面是洗手间，一片寂静，出了洗手间，看到左手一侧有一扇门关着，门下有通气栅条，应该是储物间，打开门，发现储物间也没有人。对面是一间卧室，卧室门开着，不见有人，右侧有一扇屏风，屏风外便是餐厅，餐桌已收拾干净，一旁是厨房，厨房里堆满了未清洗的碗筷，厨房内也没有人。唐钰判断，案发时，这一家人应该已经吃完了晚餐。餐厅南面是堂屋。唐钰穿过堂屋，来到前面的客厅，还是没有人。客厅北面，便是楼梯间。唐钰悄悄上了二楼，二楼有一间起居室，一间书房，两套卧室，两个卫生间，一个阳台，还是没有人。唐钰想，难道他们会集中在三楼？她又悄悄上了三楼，三楼有三间卧室，一间起居室，一间茶厅，一个露台，还是一个人影都没有。

难道他们在地下室？

唐钰到了地下室。

眼前的情景让她倒吸了一口凉气！

地下室地板上，躺着血淋淋的一男两女和一个孩子四具尸体！

而所谓的六名凶犯，却凭空消失，不见了踪影！

杨茹带领勘查人员很快来到了现场。

并不宽敞的地下室，充满着浓浓的血腥味，靠近楼梯边的是唐鸿淦，头部冲着楼梯口，卧倒在楼梯旁，上身白色衬衣，外套蓝青色绒毛衣，下身外着蓝色西裤，内穿青灰色保暖裤，脚穿黑色袜子，一双灰色棉绒拖鞋脱落在双脚两侧，后脑被钝器重击，颅脑有一直径四厘米的凹陷破碎性创口，头部下方地面有一片 60 厘米×50 厘米血迹。唐鸿淦儿媳李佩琳怀抱着七岁的儿子，侧卧在距离唐鸿淦三米处的东侧角落边，母子俩头西脚东。李佩琳上身外着红色针织毛衣，内着灰白色保暖衣，下身外着蓝色牛仔裤，内着灰白色保暖裤，脚穿粉红色棉绒拖鞋。李佩琳双手紧紧怀抱的儿子唐伟超，外穿一套蓝底白线条的学生服，脚穿白袜，一双深红色棉绒拖鞋。两人的头部同样是受到钝器重击，李佩琳的右侧太阳穴部、唐伟超的额头右侧，均有一直径四厘米凹陷破碎性创口，唐伟超创口的血浸渍了李佩琳身前的毛衣，李佩琳头部下方，也有一片 45 厘米×35 厘米血迹。保姆，女，48 岁，头西脚东仰面倒在距离李佩琳母子西侧三米处的酒柜边，内穿一件白色羽绒衣，羽绒衣外套一件红白相间的围裙，下身外着一件蓝色西裤，内着一件灰色秋裤，脚穿白色棉袜，一双黑色棉布鞋，头顶部正中受到钝器重击，还是一个四厘米凹陷破碎性创口，头部下方，有一片 25 厘米×65 厘米血迹。

前来现场的，除了李副市长，还有省厅负责刑侦的副厅长梁少春。梁少春也是一位身经百战的老刑警了，但面对如此血腥的现场，还是禁不住震怒。

“昌国，我给你半个月的期限，拿住凶手。”

李副市长铁青着脸，对着梁副厅长点了点头，问一旁的唐钰：“案犯是怎么跑出去的？”

“在我们封锁现场前，案犯就已经逃离现场。我们在客厅发现了一部手机对着一个连接功放机的麦克风，还有一个音响放在窗户边，手机一直是开启接听状态，还插上了充电器。案犯估计在出逃后，在一个能观察我们的地方通过手机发送过来的声音对我们喊话，我们查了这部手机，正是保姆的手机。他们这样做的目的，是尽量把我们吸引在这个现场，为他们的逃离争取时间。”

“他们人已离开这个地方了，还有必要制造这个假象吗?”李副市长问。

唐钰叹息了一声：“有必要！因为我们如果及时发现，就会全城封控。现在，估计他们早已逃离这个城市了。”

“这家还有一个人，唐凯，联系上了没有?”李副市长问。

陈支队长说：“没有，唐凯的手机关机，还有一个厨师，姓金，50多岁，因为他家孙子发烧，给唐家做完饭后，饭也没吃，就回家了。据厨师反映，他离开唐家的时间是6点40分左右，当时家里的一切都很正常。这个唐凯，当晚也在家，一家加保姆共五个人，所以我们判断，唐凯应该在案犯手上。”

三

凌晨，市局情指中心灯火通明。

现场勘查及案犯最新信息源源不断传来，杨茹及城东分局罗局长等通过巨屏显示器一一汇报情况。

杨茹汇报：“尸检情况：从对死者初步尸检情况看，保安室以及地下室共五名受害人除颅顶、前额等部位有凹陷性骨折，系钝击创伤外，无其他外伤，现场均无明显反抗搏斗痕迹。判断是案犯在保安室前，在保安毫无防备的情况下，使用钝器打击头部致其死亡；在主人房，分别将人带至地下室，也是在受害人毫无防备时，使用钝器打击头部致其死亡。

“现场勘查情况：该楼房在去年 6 月开始整体装修，至 10 月底结束，在这期间，这一家人原住在市中心新源广场金源大厦 34 楼，在元旦这一天才搬过来。房内所有物品归置整齐，没有发生搏斗或者翻乱痕迹，放在主卧室衣柜内的两个保险箱，也是关闭的，保险柜把手上有新鲜指纹，经我们提取比对，是唐鸿淦的指纹，没有发现其他人的指纹，柜内也没有发现任何物品。我们判断，因为唐家在房子装修后搬进来不久，保险柜里还没有放置很多现金及值钱的物品。由于地板上都铺了羊毛地毯，我们暂时无法提取到鞋印，只是在地下室的瓷砖地面上，有零乱鞋印，应该是案犯所留，已固定提取。现场遗留的唯一一部手机及麦克风、音响等疑为案犯使用过的物品上的指纹，已固定提取，但经比对，均为保姆及唐家人的指纹，没有发现其他可疑指纹。与保姆的手机通话喊话的手机，是唐家儿媳李佩琳的手机，这部手机现场没有找到。在保安室门外，除了采集到了零星脚印，没有采集到其他有价值的证据。到目前为止，现场没有发现案犯遗留的指纹及其他生命体征的有价值证据。”

罗局长接着汇报：“案犯行踪情况：我们在判明案犯逃离后，立即派警犬进行了寻迹跟踪。从警犬跟踪情况看，案犯在杀害唐家一家四口后，从唐家后门出来，翻过龙羊山，到达东面山脚下的东羊村东竹街道消失。由于该街道没有监控摄像头，而且这个村大都是做房屋装修的外来工，到处都有骑着电动摩托车的人，警犬嗅觉就不灵了。而且现在天气寒冷，街上骑电动摩托车的人，几乎都穿着灰色装修工作服并戴着全罩头盔，又是晚上，所以我们一时无法判断其去向。判断案犯出逃的时间大约在晚上8点至我们到达现场的9点40分之间。目前，我们正在向村民走访调查这个时间段的人员活动情况，还在这个村道路的四面出口寻找监控探头，筛选从该村骑电动摩托车出来的身着灰色装修工作服的人员。”

唐钰叹息一声。这种无牌无证的电动摩托车，一旦进入茫茫人海，就很难查寻了。从作案手段看，能够在作案前取走监视器硬盘，通过事先布置的手机接听发声迷惑警察，为逃离现场争取时间，再从杀人的方式手段、不留证据及残忍的程度看，这绝对不是一般人所为，而是精心策划的一起谋杀案。唐钰心里感受到了一个巨大的挑战。

“你们确认这个唐凯是被劫持了？”孙副局长问。

罗局长道：“我们判断，唐凯被劫持的可能性很大，唐凯的手机包括唐鸿淦的手机都已关机，我们现在已无法定位，而当时唐凯已证实在家，所以我们分析，案犯来到唐家，应该是为劫财来的。由于案犯在唐家没有得到所需的现金，也不能通过银行转账，又不能在唐家待太长时间，更不能带走唐家这么多人，而且唐家人应该认识这些案犯，所以案犯只好先杀了一家人灭口，只带了唐凯，以便向他索钱。我们估计，到了天亮后，案犯会以唐凯为人质，让集团的人取钱赎命。”

孙副局长恨恨地说：“这帮家伙吃了豹子胆了，他们知道我们公安会全力抓捕，还敢冒这么大的风险？”

罗局长道：“他们眼里如果还有警察，就不敢这么做了，他们知道，我们一定会以救人为目标。他们既然敢这么做，我相信他们一定有他们的手段，现在，我们只能是一面加紧排查其去向，一面等待他们的勒索电话。”

孙副局长道：“集团主管财务的人员联系了没有？”

“已经联系了，就是那个财务总监，报案人崔延丽，现在正在来市局的路上。”

唐钰要求查艳湖路晚上 7 时 50 分发现六人踪迹的监控录像。

录像显示，是有四辆电动摩托车在监控摄像头前飞驰而过，画面中一辆辆电动摩托车被锁定，看到的只是四个模糊不清的车影及人影的轮廓，只能判断六个人是身着灰色衣服的装修人员，每个人身上斜挎着工具袋，因为都戴着全面罩头盔，看不清面部，四辆电动摩托车均是黑灰色，根本看不清是什么品牌。

唐钰问：“原来那批装修的人员联系了没有？”

“联系了，都有不在现场的证明。”

……

天快亮了，一向不抽烟的孙副局长向一名民警讨了一支烟，刚抽了一口，就被呛得咳了几声，向众人挥了挥手：“大家都不要在这里耗着了，都回去眯一会儿。”

众人便一个个哈欠连天地起身，唐钰也起了身，看大家都走了，在孙副局长身边坐了下来，把孙副局长手里的烟夺了过来，掐灭在烟灰缸里。

唐钰冲孙副局长惨笑。

“别这么伤神了，给你醒醒脑吧，你看看网上的帖子，都知道明光集团老总被劫了，好在他们还不知道老总家里人被杀的消息，你听听他们说的什么。”唐钰对着手机念，“披露一下案情：案犯对唐鸿淦说，我要一个亿！唐鸿淦说，好，你把银行账号告诉我，我打到你的账户上。案犯说，你当老子是白痴呢，银行账号，公安一查，老子有钱收，有命花吗？唐鸿淦说，要不打到国外的账户上？案犯更是狂怒，你脑子进水了！老子要是在国外有账户，还要到你这里要钱！唐鸿淦只好把现金提来了，一个亿，两千多斤，堆满了一大间房子，案犯对着钱跪下哭了，说，妈的，老子骑的是电动摩托车！”

孙副局长没有笑，一脸严峻：“你还笑得出来！”

唐钰没有放弃，又指着手机道：“还有呢，你看，有人知道守门的保安是个老头子，说，他们小区请的保安也都是老头子，都是70多岁，三个保安总共六颗牙齿，他每次进大门，都不敢按喇叭，怕一按喇叭，就把老人给按走了。”

孙副局长正在喝水，一听，一口水都喷到了唐钰身上，忍着笑，对唐钰道：“你留下来，不是来寻我开心的吧？”

唐钰“唉”了一声：“都说我们江东的老板生活低调，可是凭这唐鸿淦的身价，起码的安全常识也要有呀。”

孙副局长也叹息了一声：“也不能说雇老大爷做保安就是图省钱，其实你们不明白，老大爷有老大爷的好处，他们这一代的老人，对主人忠心，工作安心，没有其他想法，会让你绝对放心。你用一个年轻力壮的试试，他们能安心吗？拿着那一点点工资，守着这家资亿万的主儿，到时候，说不准请的是保安，还是狼。何况，面对这样的凶手，别说身强力壮的，你就是世界散打冠军，又能怎样？”

唐钰点了点头，心想：老板就是老板，他们的算计，常人不及。

孙副局长继续道：“老板没有安全常识，也正好证明，对我们的社会治安放心嘛，你看看，这样的案子有很多年没有发生过了吧，记得五年前有过一次，人还没有出大门，就全被我们逮了，真还想不到，这都什么年代了，还会出这种事。”

唐钰若有所思：“我觉得这件事没有这么简单，为了劫财，几乎全家被杀，而且杀人的手段又这么残忍，一般人下不了手。还有，公然挑衅警察，他们得有多大的胆子！我想，如果真是劫财，这些人必定有高人指点，让我们很难抓住他们的把柄，从而全身而退，要不就是放出劫财的烟幕弹，报复或有目的地杀人。”

“如果是这样的话，这一家人会跟谁有这么大的冤仇？”

“如果我猜得不错的话，即使是赤裸裸的劫财，我们也轻易抓不到他们，而且不管我们送不送钱，他们拿不拿到钱，也都不会留下唐凯的命的，否则，他们就不会杀这一家人了。成立追捕组吧，我们的好日子到头了。”

天刚亮，明光集团财务总监崔延丽到了。人一进来，便吸引了众人的目光，大家看了看崔延丽，又转眼看了看站起身来的唐钰。

唐钰看了一眼崔延丽就明白，这是一位绝对称得上白领丽人的女子，这些家伙是拿崔延丽同自己比高低呢。论身材、容貌，唐钰不在崔延丽之下，唐钰肤白容丽，身材匀称，是公认的“局花”之一，不是担的虚名。这一点，唐钰有绝对的自信，只是崔延丽虽然看上去年龄比她大，但个头儿比她高不说，身着一套十分得体的黑色套裙工作服，显得比唐钰有更高雅的气质和成熟知性的风韵。

“情况你都知道了吧？”孙副局长问。

崔延丽双眼都红了，含着泪点了点头。

“知道我们找你来干什么吗？”

崔延丽道：“知道，只要能保唐凯的命，他们要多少钱，我们都给。”

唐钰听出来了，崔延丽并没有称唐凯为唐总，而是直呼其名。

孙副局长道：“这样，你们先准备钱，要现金，先准备一两千万吧，对他们说，多了，他们也搬不动。再找一辆你们公司的车，停在你们公司门前。我们派几名民警配合。”

崔延丽点了点头。

唐钰看了看崔延丽，对孙副局长说：“送钱的事，让我去吧。”

孙副局长忙打手势制止：“不行，我们还不能确定案犯是不是集团内部人员，这个事可能还得你们集团派人去送才行。当然，你们的安全，我们会全力保护。”

崔延丽道：“好，那就我去吧，我早就想好了，只要能救唐凯，我这条命算什么！”

唐钰却仍然坚持：“我还是同她一道去吧，也许，这是我能接触他们的唯一机会。”

孙副局长道：“要知道，你的目标太大，不怕他们认出来？”

唐钰苦笑：“孙局，这次不同以往，这是他们公开与我们叫阵，他们不会不知道我们警察已经参与进来了，就算认出我，他们也不会感到意外。”

孙副局长沉默一阵，叹息了一声：“我不想让你这样去冒险。”

“我觉得这个险值得冒，何况，我们能不能见到他们，还难说呢。如果我判断不错的话，我们是见不到这伙人的，他们不会这么蠢。”

第二章　林魈

一

对方的电话是次日中午 12 时 10 分打到崔延丽手机上的。崔延丽一接听，就传来唐凯惊恐的声音。

“下午 5 点前，准备好两千万，装到四个麻袋里，放到一辆面包车上。准备好了后，你亲自送，车子往城北开，上 G4 高速。”

“喂，唐凯——”

崔延丽的声音同样恐慌不已，但对方已挂断电话。

崔延丽颤抖着手回拨过去，对方已关机。

技术科侦查员何小宇气得拍了一下桌子：“是唐凯本人的电话，时间太短，来不及定位。”

“这帮家伙还真敢公开跟我们叫阵！”孙副局长恨得牙痒痒。

唐钰对崔延丽说：“还是向他们发个信息吧，要先保唐凯的命，否则，别想看到钱。”

电子屏幕前，很快呈现出 G4 高速公路的沿线地图。

唐钰哼了哼：“没用的，这么早就定路线，他们不会这么蠢，到时候，他们还会改变路线的。”

“有备无患嘛!”孙副局长还是指点了G4高速沿线的几个出口收费站和公安检查站，向该站点所在的公安机关部署警力。同时，向特警支队下达了紧急待命的指令。

下午5时，一切准备就绪。一辆半新的白色面包车上，唐钰穿上了新买的白色羽绒长外套，戴着一副特制眼镜，坐上了驾驶室。四麻袋钱已经把车后座塞得满满的，钱是每十万元一捆，技术员在每个麻袋的一捆钱中安放了一个微型GPS定位器。唐钰戴上了口罩，看崔延丽穿的是一件艳丽的红色羽绒服，提了一个白色的LV包，上了车。

“你要是害怕的话，可以不去，把手机给我，我一个人可以应对的。”

崔延丽没有回答唐钰的话，神情坚毅地上了车。

“你不戴口罩吗?”

“不，我要让他看出是我。”

唐钰发动了车。

唐钰感觉出来，这个女人同唐凯的感情不一般。

“你家里还有些什么人?”唐钰似乎漫不经心地问。

“一个老人，在农村老家。”

“你现在还单身?”

崔延丽叹息了一声:“年轻的时候，挑花眼了呗，现在老了，没人要了。”

唐钰心里明白，崔延丽虽说自己老了，但这是一位保养得十分精致、充满自信、一言一行都颇具涵养的女人，这样的女人，还会有不少男人拜倒在她的石榴裙下。

“你知不知道，这唐家有过什么仇人?”

“绝对不可能！我可以担保！”

“你到集团多久了？”

“快20年了吧。”

“你怎么担保他们没有仇人？”

“你是南方人吗？你知道的，江东生意人的祖训——和气生财，这也是唐家一直奉行的规则。”

“唐总就没有想过请个保镖什么的？他平时生活节俭吗？”

崔延丽叹息了一声：“我也劝过他们父子找个保镖，可是唐老总不愿意，说什么请保镖，那是旧中国、是外国人干的事，在我们中国，还要请保镖吗？也许，唐老总这一直以来，没有遇到过什么恶人，经历过什么危险吧，或者，他是信命的，相信善有善报。要说节俭，倒是的，平时从来不乱花钱，吃的、穿的都很简单，这次房子装修，还是唐凯背着他爸花的钱。”

崔延丽说着说着，哽咽了起来，唐钰便不再问了。

眼看车子就要拐上G4高速了，崔延丽的电话响了。

“车子走G106高速，我不来电话，车子就不要停，给我开快点儿！”

“告诉我，在什么地方？喂——”

“一直往前走！”

“去什么地方？”

唐钰听到了嘀嘀声，对方挂了电话。

唐钰只好重新定位，转到G106高速。

唐钰戴的眼镜装有麦克风和微型摄像头，可以与市局情指中心进行视频音像直播。

“快！切换到G106高速！”唐钰听到了孙副局长焦急的声音。

不一会儿，孙副局长的声音传来：“唐钰，我们已对进入G106高速的所有车辆进行查验，并暂停所有车辆入闸，在高速沿线的大坳、清新、甲同以及新镇服务中心及出口布置了警力，如果到了新镇服务中心还没有下高速，就不要再往前走了。我们有20名特警和四台车一直跟随在你们身后，你千万要注意安全，遇到情况，万万不要意气用事。”

“孙局，不用担心我，告诉他们，在案犯出现前，不要暴露我们的行动，后面的特警也不要靠我们太近。”唐钰道。

车子上了G106高速。

唐钰只好一面一直往前开，一面等待对方的电话，可是，一个多小时过去了，眼看天都黑了，还没有接到对方的电话。

“这帮家伙到底在搞什么名堂?”一向沉着的唐钰也不免焦躁起来。

车子很快就要到新镇服务中心了，她看到了前方不断闪烁的红红绿绿的警灯，唐钰咬了咬牙，向孙副局长请示：“通知新镇服务站的警察，放我们过去!”

“前方不是我们市局的地盘，来不及部署警力了。”

“不用，有后面的特警远远跟着就是了。”

“这样的话，你们的安全，我们就无法保障!”

“我会注意的，不会有事。”

“好，我会尽快通过省厅协调清新市局继续在沿线出口部署警力，你千万要注意安全!”

车子穿过新镇服务中心，继续前行。

晚上7时，电话还没有打来，唐钰看了看车子上的油表，心里一亮。

“给他们发信息，就说车子没有油，走不了了!”

崔延丽慌忙向唐凯的手机发送了一条信息。

信息发出去了，却没有被对方的手机接收。

面包车还在继续前行，唐钰看了看地图，前面是一片大山，要穿过这片大山，需要近一个小时的时间，如果这样的话，这车子真的就没有油了。

“还要向前走吗?”崔延丽似乎意识到什么了，声音有些发抖。

“按他们说的办!”唐钰咬着牙道。

过了20多分钟，崔延丽的电话响了。

“停车！快！赶紧停车!”

唐钰连忙将车靠边停了。

唐钰下车一看，这是在一座高架桥上，距离地面有六七十米，高架桥的两头伸向无边黑夜的深处，下面黑沉沉一片，似乎是一片山谷的森林。

唐钰看了看时间，此时是晚上7时27分。

唐钰对崔延丽说：“难道他们要在这里劫道?”

“快！把装钱的麻袋给我扔下来！限你们三分钟时间!”

扔下来?唐钰突然明白了什么，她打开手机的灯光，向黑暗的桥下照了照，下面除了深绿色的树冠，什么也看不见。唐钰又看了看手机的定位地图，这里距离前后两个最近的出口都有30多公里，也就是说，唐钰的人和车短时间内要下到桥下的这个地方，几乎不可能。

我的天！唐钰狠狠地猛击了一下自己的脑袋。

唐钰从崔延丽的手中拿过了手机。

“我们要见到唐凯，听到唐凯的声音。”

“少废话！还有两分钟了！”对方恶狠狠道。

“你们也听着，我们见不到活着的唐凯，你们别想得到一分钱！”唐钰也恶狠狠道。

“好！你们把麻袋给我扛出来，先取几捆钱扔下来，我要看看是真是假。”

唐钰向崔延丽挥了挥手，两人从车上搬出麻袋，崔延丽取出三捆钱，十万一捆，扔了下去。

不一会儿，唐钰听到了手机里唐凯喘着粗气的声音：“我是唐凯，我很好，你们快按他们说的办！”

唐钰不相信她们将钱全部扔下去后，唐凯还能活着，她看了看自己来时的方向，一连串黑色的特警防暴车已经黑压压地悄无声息地开了过来，距离她已不到50米。

“你们扔不扔？再不扔，我们就动手了！”对方的声音有些歇斯底里。

“唐钰，怎么样？特警要不要跟上来？”这是孙副局长焦急的声音。

“跟上来吧！”唐钰道。

唐钰看着防暴车呼呼地开了过来，身着黑色战训服的特警一个个从车上跳了下来，一支支强光手电对着桥下乱晃，除了密密的树冠，依然什么也看不见。特警放出了带着热成像的遥控无人机，无人机在树林上盘旋，唐钰在屏幕上终于看见了几个模糊的人影。

特警周支队长走过来说：“要不，我们索降？”

“这么高，能行吗？”

“我们共有六套索降发射器，每套索具发射的长度只有 25 米，我看这下面的距离，只能把三根结成一根，两根绳索，人员可以一个个从两条绳索下线。”

唐钰叹息着摇头：“不行，我们看不见他们，他们却能很清楚地看见我们，要是被他们发现我们索降，他们会眼睁睁地看着我们下去抓他们吗？他们有电动摩托车，我们也追不上他们。现在，我们要让他们拿到钱，放他们一条生路，救人要紧。你放心，他们跑不掉的。”

唐钰便取过一名特警的扩音器对着桥下，一字一句道：“你们听着！我们可以扔钱，但是我警告你们，千万不要同我们耍心眼，拿到钱后便杀害人质，我要一面扔钱，一面同人质对话，只要人质没有了声音，你们也活不了。不要以为我们看不到你们，我们的无人机有热成像摄像机，狙击枪有热成像瞄准仪，别说你们藏在树底下，就是躲在水里，我们也照样看得见你们。我们这么多特警的狙击枪在 1000 米的射程范围内，一枪一个，一个不留！只要人质是活的，你们可以取了钱走人，我们保证不向你们开枪！”

对方一阵沉默。

周支队长叹息一声，低声对唐钰说：“我们要是真有你说的这种热成像瞄准仪就好了。”

20 名特警拥挤在高速路两侧的护栏上，20 多支黑洞洞的枪口对准了桥下黑沉沉的森林。

“你们要是不相信，你发我微信号，我把热成像图发给你们！”

“好！算你狠，老子信你了！”

唐钰便将手机递给了崔延丽，让她不停地同唐凯对话。

唐钰从崔延丽的手机里听到了唐凯的声音，便开始向桥下扔麻袋，一袋，两袋，三袋……

麻袋全扔了下去，唐凯“我很好”的声音还在继续。

唐钰从特警手中取过热成像仪看了看，画面中有四个红红的热点，正快速往东北方向移动，唐凯电话的声音没有了，却隐约听到树林中有唐凯“我很好”的喊叫声。

“无人机跟踪!”周支队长下令。

“孙局，能封锁这一带所有出口吗?”唐钰问。

“不用慌，救人质要紧，我们正在努力封锁出口。”孙副局长无奈的声音传来。

唐钰对周支队长说：“有排爆手吗?”

周支队长忙冲队员喊：“吕斌!”

一位身背双肩包的年轻队员走了过来。

唐钰对吕斌说：“我俩一起下去救人。”

周支队长说：“他一个人就行了，要不我同他下去?”

唐钰不由分说，忙从一名特警身上取下头盔，又让他脱下防刺衣服和防刺长靴。唐钰一边穿，一边对周支队长吩咐道：“我们下去后，你在上面指挥，定唐凯的位置，继续与他对话，跟踪劫持人去向。”

唐钰一切着装就绪，戴上了防刺手套，双手抓着绳索的尽头，绳索被放了下去，看见绳索伸到了尽头，唐钰低头向身下看了看，距离地面竟还有数米的距离。唐钰双眼一闭，松开了双手。

唐钰跳到了地面，地面不平，右腿绊在一块石头上，感觉右腿根部关节钻心地痛。她想坐起来，却几次都没有成功。

身上的手机却发疯似的振响。

“我，没事!”唐钰听到了孙副局长同样疯了似的声音，镇定地说。

排爆员吕斌也跳了下来。

“你没事吧?”唐钰忍着痛问。

吕斌点了点头，忙上来扶唐钰，唐钰艰难地站了起来，却又无力地瘫下去。

“要不，你坐下不要动，我来处理。”

“不，你扶着我走!”

“我背你吧!”吕斌把唐钰背上了肩。

唐凯的位置距离唐钰不远，很快就找到了。唐凯双手被反绑在一棵树底下，胸前绑着一捆炸药，嘴里还一直在重复：

“我很好，我很好……”

唐钰痛得忙咝咝地喊：“别动！你放下我!”

吕斌放下了唐钰。

唐钰看了看时间，距离她丢下第四只麻袋，已过了七分钟。七分钟，劫持犯早已逃离特警队员的射击范围。如果唐凯胸前有炸药，有三种起爆的可能：一是远程遥控，二是定时，三是引发，就是把起爆的引线拉到接近人质爆点的周围，让前来救人质的人绊引起爆。她先要排除引发。

唐凯所在的树背后，是一条小河流经的小湖。唐钰对吕斌说：“你先蹲下身子，仔细向前搜索，看有没有绊线。”

“明白!”

吕斌俯下身子，取出强光手电，匍匐着向前移动。

果然，唐钰听到了吕斌的惊呼：“唐支，发现引线了!”

唐凯身上的爆炸装置被拆除，唐钰松了一口气。

二

市局情指中心，孙副局长指挥的追捕工作紧张进行。

刑侦支队一大队大队长吴昊汇报：“特警队的热成像无人机跟踪了 20 多分钟，因电力有限，在进入清新市连南县十多公里后，只好返航。无人机返航前的信号显示的是距离城区 120 多公里的连南县山区，这是一片连绵 20 多公里的大刚山山脉，现场中心位于大刚山东面的山脚下，一面靠山，一面是一条流向蜿蜒的小河，小河在此地积聚一个足球场大小的水塘。现场中心四周，共有三条通道：一条向东往水东镇，距离水东镇约 38 公里；一条向北往桐木镇，距离该镇约 44 公里；还有一条往南到阳岭县，距离该县 37 公里。从钱袋的定位看，他们在往北向桐木镇方向移动，在距离中心现场 30 多公里的地方，也就是坑尾至横水之间，这里定位信号消失，我们已通知特警的警犬在信号消失的地方搜索。”

“信号消失？难道是他们发现了定位器？”孙副局长一脸惊异。

“这很难说，但从消失的时间来看，在他们到达这个地区的时候，我们就已通知这三个县镇的公安在这几个出口布控。所以我们可以判断，目前，他们应该还没有逃出我们的布控区，只要他们还在布控区，就是发现并销毁了定位器，我们也不用担心。”

“他们的声纹比对有消息吗？”

“在犯罪人员声纹库比对中，没有发现比中人员。”

“炸药成分查出来了吗？”

“查了，唐凯身上的炸药，其实就是收集的烟花爆竹的火药，用牛皮纸包成一大包。引爆的东西，是用两块火柴皮包了两根火柴头，再用细绳绑住火柴杆拉到外面，在唐凯身前几米处的位置拉了半圈，只要我们触碰了这根线，就会引发爆炸。”

孙副局长叹息了一声：“唐钰和唐凯怎么样?”

吴昊道：“都在医院呢，唐钰的右脚踝关节肿得像萝卜，唐凯神志好像还没有恢复正常，他还不知道家里发生的惨案，估计是案犯在带他的家人到地下室时，并没有让他知道家人惨遭杀害的事。唐钰的意见是，先不要把他家里亲人的惨案告诉他，她要在他神志清醒时，向他了解案犯情况。”

孙副局长看了看表说：“我们去医院吧!”

医院治疗室。

唐钰醒来的时候，脚还在钻心地痛，看窗外天空阴云密布，似乎在飘着毛毛细雨，一旁的唐凯还处在似睡非睡状态。

唐钰看了看时间，是早上的7时20分。她正要打电话询问案件进展情况，却看到孙副局长同吴昊进来了，唐钰一阵惊喜：“人抓到了?”

“放心，他们跑不掉的。”孙副局长安慰唐钰，“你安心在这里养伤。”

唐钰正要问话，却见唐凯猛然坐起来：“孙局，你来了，怎么样了？我家里的人怎么样了?”

孙副局长看了看唐钰，忙上前拉了拉唐凯的手，在唐凯床边坐了下来。

唐钰忙抢着对唐凯说：“你家里的人先不用担心，我们现在想知道的是，到你家抢劫的，都是些什么人。”

唐凯沉默了一会儿，摇了摇头，说：“我哪里认识，一个个都戴着有面罩的头盔，连五官都看不清，听他们说话，好像没有我认识的人，一个个都很年轻，应该都没有超过30岁。”

“听出口音了吗?”

“没听出来，只有两个在说话，隔着面罩，听不太清楚，好像是本地口音。”

“身高、体态呢?”

“有两个大概有一米七多，还有一个个子比较小，一米六五左右，另外三个一米六七、一米六八左右。至于胖瘦，他们穿的衣服比较厚，看不出来，应该都偏瘦，不是很胖的那种。”

“他们作案的时间、过程呢?”

“那天晚上，是我44岁生日，按我父亲的规矩，家里人的生日都不能大办，晚上一家人聚在一起吃个饭。你们不知道，我们一家人平时也很难在一起吃个饭，做饭的是金师傅，他给我们做完饭后，说是家里有事，外孙女发烧，就回家了。他走后不久，我们晚上6点50分开始吃饭，7点40分左右吃完，吃完饭不久，他们就来了。”

“他们是怎么进来的?”

“我们听到敲门声，说是有快递，当时我们一家人好不容易聚在一起，也不知道是谁的快递，就开了门。保姆一开门，这伙人就拥了进来。他们进来后，有两个人手里挥着铁锤，把我妻子、儿子和保姆一个一个往地下室里带，最后只留下我和我爸，说要两千万。我爸说，只要不伤人，可以给钱，让他们说出银行卡账号，把钱打到他们的账户上，他们说要现金，我爸说，这么多的钱，家里没有，公司也没有，要上班时间到银行去取，银行还要提前预约。他们就这样同我爸商量，过了20多分钟，他们就对我爸说，要把我带走，让我爸第二天去取钱，用钱换我的命，接着把我爸也带到了地下室，之后就把我绑了，从后门带了出来。”

“你们出来的时候，公安来了吗？”

唐凯摇了摇头：“出来的时候，四周还很安静，警察没有来。”

“你出来后怎么样？”

“他们把我放到摩托车后架上，把我两手绑在前面座架下，就这么一直开，我的脸紧贴在前面男子的肩后，看不清他们走的路线，只感觉两边的路灯忽明忽暗。反正就这么一路开，后来到了一个大房子里，他们就用黑布套在我头上，双手还绑着，在房子里休息到第二天上午，好像他们还吃了东西，接着又把我带上车出了门，一直走到你们发现我的地方。”

“房间及周围有什么特征吗？”

“当时我死的心都有了，哪里想得出来，只是感觉到了房间时，房间很黑，也没有灯，房间很大，好像是一个仓库，有个大门，周围嘛，四周都很黑，我没有看清楚，前后也没看到什么住房。”

“听到他们说了些什么吗？”

“没有，好像有人问了一句，都充满了没有？另一人说，充满了，跑六七十公里没问题。又问，没有人看见吧？回答说，放心，没有人看见。其他什么话，他们是嘀嘀咕咕的，我听不到。”

“炸药是什么时候绑上的？”

“到了你们找到我们的那个地方才绑上的。”

“他们在你家的时候，带炸药了吗？”

“我不知道，他们手中除了铁锤，每个人身上都背了一个工具包。”

“你在被他们绑架出门前，听到地下室有什么动静了吗？”

“没有呀，他们不会有事吧？”

唐钰看了看孙副局长，孙副局长表情严峻，又一次紧紧攥住了唐凯的手。

三

中午 12 时，桐木镇方向有消息陆续传来。

三个布控点消息：到目前为止，未发现可疑人员线索。

在定位信号消失点附近搜索的特警消息：没有搜索到可疑线索。

唐钰在医院躺不住了。

不会的，不可能的！唐钰心急得要冒火：他们已出逃 16 个小时！16 个小时，凭他们的智商，绝对不会还困在山里让我们围捕！唐钰是在山里长大的，她知道，出山的道何止十条数十条，绝对不止这三个出口。

唐钰忍着痛，给特警的周支队长打电话，让他派辆车接她去现场，她定下心来，就是让人抬着，也要去定位信号消失的地方看一看。

周支队长有些为难道：“你跟孙局说了没有，上次也是为了你，我已经挨过他好一顿骂。”

唐钰笑了笑：“领导能骂你才好呢，你没有听说过吗，不怕领导骂你，就怕领导不理你。”

唐钰先坐的是越野车，后来又坐警用摩托车，到了目的地，四周是一片平缓的荆林密布的山谷。

“这一带，我们的两条警犬都搜索过了，没有发现可疑人员和物品。”前来搜索的周支队长道。

唐钰向四周看了看，山谷南北走向，比较宽阔，一条山间小道顺着一条河滩穿谷而过，河滩几乎干涸，只有几处低洼有积水，山谷两旁，是茂密的山林。

“这里前不着村，后不着店，不见人烟，他们在这一片消失，难道是在这里分赃？或者在分赃的时候找到了定位器，继而破坏了定位器？”陪同唐钰来的吴昊道。

周支队长道：“如果他们把定位器弄坏了，随便扔到这河水里或者山林里，我们就难找了，这里距离桐木镇只有不到十里，要从这里出去的话，应该早就出去了，可是我们在镇里各出口布控的人员并没有发现携带巨款的可疑人员。”

“唔。”唐钰看了看两旁的山峰，说，“要是我，哪里会在你们布控的地方出来，这里出山的路，他们都封得住吗？”

“放心，镇派出所不但布控了几条大路出口，沿山脚所有能走人的出山口，他们都派了民警组织村民守护，他们是绝对跑不出山外的。”

“这条山路平时有人走吗？”

“有，还不少，这里往北 1000 多米，就是横水的坑尾自然村，从这里向西面山岭背后再往北绕过去，三里路左右就是横水村，这横水村共有村民 400 多人，他们到镇上赶集或到县城去，都是乘坐电动摩托车从这里经过。我们怀疑，这伙人是不是躲到了这两个村子里，或者本身就是这两个村子里的人。”

唐钰摇了摇头：“这个可能性不大，这些村子里的人，就是吃了豹子胆，也不可能公开跟城里的警察斗。而且，凭他们这次作案的手段，也不会笨到躲藏在这些只有几百人的村子里，让我们来盘查。村子里的人跟城里人不一样，大家彼此都熟得很，真要来了一伙陌生人，还有他们的活路吗？再说了，即便就是这个村子里的人，我们没有弄清情况，也不能现在冒冒失失地去查，以免打草惊蛇。”

唐钰抬头看到西侧山腰上似乎有一个山洞，山洞的上面，是一块巨大的山石。

“那是一个山洞吧？进去查过没有？”

“查了，是警犬带着我们钻山穿林，进了那洞里的，山洞还不小，有二十来米深，我们进去查了，什么也没有找到。”

“是警犬带你们进去的？”唐钰有些吃惊。

“是的，只是进了洞后，这警犬嗅来嗅去，没有找到什么，又原路出来了。”

“走，我们去洞里看看！”

吴昊看了看唐钰的脚：“你行吗？”

“不碍事！”唐钰把一只手搭在周支队长的肩上，让周支队长扶着她走。

往山洞方向只有一条进洞的小径，小径两旁全是密不透风的灌木，唐钰强忍着痛，费尽了吃奶的气力，终于攀爬了上来。

这是一座石洞，洞口上下左右都是巨石，洞口高十余米，宽三米左右，洞深近二十来米，四面石壁上全是烟熏火燎的痕迹，看来是曾经有人在洞里生活过，洞里洞外的地上全是碎石，看不出有脚印的痕迹。唐钰到了尽头，只见一道无人能进的石缝，用手机手电光一照，里面深不见底，有滴水的叮咚声从洞底传出来。

唐钰抬头看了看，洞子靠近尽头左侧距离地面三米左右的石壁上，有一个直径 1.5 米的石洞，唐钰看不到石洞的深浅。

“这个洞，上去查过没有?”

“查过了，洞子不到三米深，里面什么也没有。”

唐钰前后仔细看了看，没有发现可疑之处，到了洞口，看了看脚下的碎石，突然像是发现了什么。

“你看看这洞口的碎石，看出什么名堂来没有?”

吴昊细细看了看，说：“好像这碎石被人挖过，我看出来了，这一片都是新鲜痕迹，而且，这一片没有大块的碎石。”

“他们挖这些碎石干什么?”

唐钰一边嘟哝，一边到洞口周围看了看，又来回在洞里细细查看了几遍，最后目光停在了左侧石壁的洞口上。

“吴昊，周支队长，你们搭人墙，扶我上去，我看看这个洞。”

吴昊同周支队长一个接一个顶着唐钰的双脚够到了洞口。

唐钰打开手机手电筒一看，洞子确实空空如也，四周光滑，连个碗口大的小洞也没有，只是在洞底铺了一层碎石。唐钰猛然想到洞口被人挖过的碎石，便伸手抓起一把碎石，碎石全是散的，不像是时间长了粘在一块儿。唐钰忙伸手往碎石里面挖，挖了不到两厘米，就挖不下去了，似乎触到了一层粗糙的布面，她忙抹开了布面上的碎石，手电一照，她突然明白了，是麻袋！装钱的麻袋!

四只麻袋全都取了出来，四麻袋的钱，分文未动！包括唐钰放在里面的四个定位器。随着麻袋放在一起的还有六套灰色的工作服。

唐钰坐在四个麻袋前，叹息了一声。

“怪不得定位信号失踪，连警犬都找不到嗅源，谁会想到埋在这么个鬼地方!”吴昊叹息。

唐钰道:“人早已跑出圈了，他们埋了钱，就是害怕在路上被我们查获，而我们对可疑人员的查获依据，就是看他们是不是携带有这四麻袋赃款，再就是身穿灰色工作服的人。”

吴昊道:“他们能把钱藏在这里，迟早会回来取的，我们就派人在这里蹲坑，不怕逮不着他们。”

唐钰摇了摇头:“蹲坑? 怎么蹲? 一个月? 两个月? 半年? 一年? 我相信，这伙人不会这么快来取钱的，除非他们认为这个案子再没有人查了。”

“这钱怎么办? 还放在这里当诱饵吗?”

“这是国家的财产，我们还是拿回去吧，就在这个洞口装一个微型红外监视器，多备些电池，定时来换电池就是了，还有，通知杨茹勘查现场。”

唐钰出了洞口，看了看对面绵绵的山峦，感觉这山已重重地压到了她的心里。

“把布控都撤了吧，我们抓不到他们了。”

四

唐钰在回市途中，仔细查看从唐家现场到取钱地点再到藏钱洞口的路线的卫星地图，沿途最近的路线也有 160 多公里，从唐家到案犯取钱的地点有 120 公里，如果按唐凯所说的，一直乘坐的是电动摩托车的话，那么，他们走的不会是高速，而且如果只是换一次电池的话，是跑不了这么远的，他们必须在中途充电或者换车。看来，唐凯所说的他们晚上休息的地点，也许就是他们的一个窝点，这个窝点很有可能就是一个废弃的仓库，这个仓库很可能连电都没有。唐凯说过，他们充电的时候还担心被人发现，证明他们不是在仓库充的电。

唐钰知道，再向唐凯了解情况，已经很困难了，巨大的悲痛会让唐凯的精神面临崩溃。

唐钰试图在地图中寻找这伙人的行进路线，沿 G106 高速线，有一条 X225 县道，除此之外，没有其他能行车的路线了，从 X225 县道往东州市回查，到了龙山镇，距离劫道地点 90 公里，X225 道就到了尽头，从这里到东州的路就密如蛛网了。

“你们组织一队人员，在这条 X225 道沿线走访，重点查一查唐凯反映的在龙山镇的那个仓库，应该是一个废弃的仓库。”唐钰对吴昊说。

“是不是再向唐凯详细问问情况?”

唐钰叹息道：“你想想，他还有这个心情吗！我们不要为难他了。”

唐钰回到市局情指中心，看孙副局长一脸憔悴。孙副局长一看到唐钰，就气不打一处来：“唐钰，你眼里还有没有我这个副局长！我让你离开医院了吗？你不要命，我还想保我这顶乌纱帽呢。我告诉你，不是什么事离开你，这个地球就不转了!”

唐钰知道是周支队长告的状，只好在孙副局长身边坐了下来，向他嬉皮笑脸地说：“孙局，你什么时候把你这顶乌纱帽当回事了！案子弄到这个地步，我们也不是一无所获，你也用不着冲我撒气嘛!”

“我情愿案子不破，也不想把自己的人搭进去!”

唐钰苦笑：“放心吧，孙局，我唐钰比谁都惜命，比谁都怕死，我还没有结婚呢，好日子还没有尝过呢，再说了，这案子不破，我也死不瞑目呀！”

孙副局长的气还没消，正要说话，电话就响了。

“我们在东羊村发现案犯的线索了！”

孙副局长的身子弹簧似的站了起来。

“我们在东羊村走访调查，有一家卖百货的妇女反映，有四辆电动摩托车经过她家店门口，车上共载着七个人，除其中一个身穿大黑皮外套，没有戴头盔外，其他人都是身着灰色的装修工的工作服，戴着全面罩的头盔。我们在问明去向后，在东州大道北的一个交通监视器上找到了他们经过该大道的视频，这伙人是在当晚 8 点 38 分经过该大道，往北去了。”

“看清他们的体态特征了吗？”

唐钰叹息，这也许是孙副局长条件反射的话，他们都在摩托车上，戴着全面罩头盔，怎么能辨别他们的体态特征！

孙副局长失望地放下电话，看了看唐钰：“你有什么想法？”

唐钰道：“我想了想，我们的追捕工作，就到此为止吧，一切线索，我们都没有摸细，他们就已龙入大海了。现在，成立专案组，从头开始吧。”

孙副局长还是有些不甘心：“桐木镇方向应该还会捞到些线索吧？”

唐钰摇了摇头：“那个出口，骑电动摩托车出山的人不少，这伙人都换了衣服，难以分清，而且，这个桐木镇，也没有什么监控探头，出镇的路四通八达，我们怎么排查？现在，我们要找线索，只有集中警力，从唐家这个第一现场开始，从这个房子装修以来的时间段开始倒查，摸清这伙人的身份来路。”

孙副局长叹息了一声，沉默了半晌，点了点头道：“这样吧，原则上同意，还是我来牵这个头，成立‘1·19’专案组，你同城东分局的罗大鹏局长任副组长，案情重大，除了我局刑侦队全力以赴外，再从城东分局那里抽调些人来。我估计，如果这些天还没有进展，省厅就会督办，然后派来些专家进行指导，这样就更好了。”

第三章　寻迹

一

元月 22 日，孙副局长主持召开“1·19”专案组部署会议。

孙副局长扫了一眼在座的人，点了一下人数，共 24 人，包括城东分局罗大鹏局长带的 8 人。孙副局长这些天没有睡一个安稳觉，双眼有些浮肿，两眼袋更大了，他一边用手挤了挤鼻梁，想以此来给自己提神，一边嘟哝道：“这个专案组，我给李副市长报告时，被李副市长一顿臭骂，说是过去这些天了，一点儿线索都没有捞到，硬是让他们跑得无影无踪。骂归骂，专案组的事，李副市长还是不得不支持，说是一切为了早日将杀人凶手抓捕归案，市政府和市局要人出人，要钱出钱，要技术装备给技术装备，尽全力配合。要是在省厅领导规定的 15 天时间内抓不到人，就要先把我这顶乌纱帽给摘了。”孙副局长说完，苦笑着摇了摇头，“其实，我这顶乌纱帽，十年前就想摘了，就是不摘，还有两年我也要退下来，回家抱孙子了，只是，要让我为了这件事摘了这顶官帽，我是死也不甘心的，但我也不想让大家为这件事受连累。”

大家一阵沉默。

“15 天，开——开什么玩笑！这还剩几天？”罗局长绷着苦瓜脸道。

孙副局长看唐钰一副心不在焉的样子，便问：“唐钰，你说说，到现在为止，捞到了什么新线索没有？下一步，你有什么打算？”

唐钰苦笑一声，摊开了双手：“道高一尺，魔高一丈，他们现在是魔，也许是我们的功夫还没有修炼到家吧。”

孙副局长沉默一阵，说道：“至于下一步嘛，我们只有从头开始，大海捞针了，要做几件事：现场勘查这一块，要有一个小组，这儿有几个现场，第一现场就是唐家了，第二现场就是这伙人劫道取钱的地方，第三现场就是那个山洞，还有就是看唐凯能不能回忆起或者我们找得出的那个仓库，从这几个地方，看能不能找出些蛛丝马迹，主要是提取出痕迹物证；人脸及声纹画像这一块，要有一个组，沿着这伙人的逃跑轨迹，通过沿途调查访问，查监视录像，在桐木镇方向的布控盘查情况，还有在作案之前是否在现场踩过点，在踩点时附近是否有监视记录等，看能不能争取拿到这几个人的人像身份信息；人员背景调查要有一个组，负责查明唐家人员的背景和社会关系，集团相关人员的背景和社会关系，判定其与这伙人有没有什么关联。还有就是技术保障组，这个就不用我多说了，技侦、网警、科通一定要全力以赴做好保障。”

唐钰等人点了点头。

孙副局长说：“这样吧，现场勘查这一块，还是由吴昊、杨茹你们二人来负责；人脸及声纹画像这一块，由罗局长负责，唐钰配合；人员背景调查这一块，唐钰负责，罗局长配合；技术这一块，由我来负责协调，我来当你们的后勤部部长，工作中有什么困难，只管找我。我也不想以什么15天的期限来给你们加压，很快就要过年了，我只有一个要求，总要在年前弄出些动静来，别让我们在新年新节里还挨上面的骂。”

唐钰一脸苦笑道：“孙局，你都习惯了过年不回家，一个人在单位值班，这样就算挨上面的骂，老婆孩子也听不到呀。”

二

唐钰心中一直有一个疑虑，从血淋淋的现场看，她总觉得这伙案犯绝对不只是绑架勒索这么简单。既然连唐凯都分辨不清是什么人作的案，那么，对劫财的人来说，有必要制造这么大的灭门血案吗？而如果是仇杀报复，那么，他们为什么要报复？既然是报复，为何还要留下唐凯而冒着这么大的风险来劫财？要解开这个谜团，她先得接触接触这个集团的一些关键人物。

她首先要找的便是集团的执行董事、唐鸿淦指定的接班人林宏洲。

76岁的唐鸿淦并没有交棒给自己的儿子唐凯，唐钰知道，尽管南方的家族企业有传贤不传子的典范，但唐钰也从侧面了解了唐凯，其贤能并不亚于林宏洲。

唐钰到了林宏洲的办公室。令唐钰惊异的是，这个即将成为拥有百亿身家的集团董事长的人，他的办公室竟然如此简陋，不到30平方米的房间，除了一张办公桌，一套接人待客的茶几、沙发，几乎没有一样装饰物，只是正面墙上挂着一幅“精益求精”的字，还是唐鸿淦的手迹。

从这幅字中，唐钰看出了唐总以及这个林总的境界。

1943年，唐鸿淦出生于湖南湘潭的一个偏僻农村，原名唐顺子，2岁时同自己3岁的姐姐一道被父亲用箩筐挑着到了广东南沙，父亲在江边挑脚为生。唐顺子4岁时，父亲死于战乱，母亲给一家人做用人。12岁时母亲病逝，13岁的姐姐接了母亲的班继续当用人，唐顺子便去了一家马灯铺当学徒。17岁时，姐姐死于难产，马灯铺也倒闭了，唐顺子跟随一帮人去南洋谋生。1952年，唐顺子回国，改名唐鸿淦，到一家电灯厂当工人。1969年，唐鸿淦带领20名当地人，每人出资70元，再多方筹措共集资8000元创办明光灯泡厂，开始了“明光”的创业史。

在此之后，唐鸿淦的明光灯泡厂转为加工拖拉机、柴油机或发电机的小配件厂，唐鸿淦也以他对市场的敏锐嗅觉，开始走南闯北地找市场。1981年，开始制造电风扇，进入家电行业。之后，陆续铺开排气扇、应急灯、电暖器等日常家用小电器的生产。1990年，明光公司实现产值8000多万元。1995年，唐鸿淦成立明光集团，并进行内部股份制改造。1997年，明光集团在深交所上市。到事发时止，唐鸿淦已持有明光控股92%的股份，身家570多亿元，其子唐凯持1.47%的股份，任明光集团董事。明光集团旗下有五家公司，唐凯任旗下的华峰控股有限公司董事长。

54岁的林宏洲，短圆脸，留着寸头。尽管是严寒天气，办公室里并没有开暖气。林宏洲西装革履，一言不发地请唐钰在沙发上坐下，并亲自泡茶。

“我们做梦都想不到，这样的事怎么会出在唐叔家里！”林总一脸悲恸，像是自言自语。

“你跟随他多久了？”

“今年刚好十年。”

“你以前?”

“哦，是这样的，我父亲林少山，是同唐叔一同创办这个集团的元老之一。家父是前年去世的，享年 82 岁。我 17 岁时，父亲送我去当兵，十年前转业后就来这里了。”

“你转业的时候，已是一位军衔不低的军官了吧?”

林宏洲叹息了一声，说道：“在部队 28 年，18 岁时考上军校，转业前，刚好调了少校副团，我没有想过转业，可是部队要精简，只好服从大局。”

唐钰明白，林宏洲本来可以不去当兵，慢慢接手他父亲这个公司的，就是去当兵了，尽尽义务也就可以回来，不必通过考军校，在部队拿那些少得可怜的军薪。

“你跟随唐总才十年，他怎么就会把这个集团交给你?我听说，唐总的儿子唐凯也德才兼备，能当此任的，难道是你父亲的原因?”

林宏洲摇了摇头：“这个，当初我也觉得意外，几次要拒绝，可是唐叔却铁了心，要不是我坚持，他早已交棒给我了。”

“对这个事，唐凯有什么想法吗，对他父亲以及对你?”

林宏洲一阵沉默，说道：“要说唐凯有什么想法，我也说不清楚，但至少在表面上，董事会成员以及我自己也感觉不出来。”

“你觉得，有没有与唐总有仇或有矛盾冲突的人?”

林宏洲摇了摇头：“唐叔这个人从小没爹没妈，后来甚至一个亲人也没有了，吃过不少苦。他有两个信念是终生不变的：一个是和气待人，从不与人结怨；一个是生活勤俭，从不铺张浪费，生活能低调的尽量低调。当然，要说唐叔私下里与人有没有矛盾恩怨，我也不敢保证，要说有人为复仇而下这样的狠手，那是绝对不可能的事。”

“那唐凯呢？你对他了解多少？”

“我对他了解得不多，从部队转业到公司后才认识的，只知道他在全力经营他那家华峰公司，平时也很少在集团露面，集团董事会他也很少参加。但据我所知，他也不应该与谁有这么大的仇恨。至于他们父子之间，关系也很正常，感情也很好。”

“唐总家庭之间的事，有谁知道得多一些？”

“你要了解唐叔的家事，有两个人比较清楚：一个是他家的厨师，就是那个金得来师傅，在唐叔家做饭30多年了；还有一个就是集团的财务总监崔延丽，她差不多是和唐凯一同进的公司，唐叔原来还想让唐凯娶了她，做他的儿媳妇，崔延丽也一直有这个念想，只可惜，结局并没有如两人的愿，现在，崔延丽一直也再没有找人。所以，你想要了解唐叔，就问金师傅；想要了解唐凯，就问崔延丽。”

唐钰点了点头，对于崔延丽，她当初的直觉没有错。

“我再问个题外话，你父亲为什么不让你直接进公司，反而让你去当兵？”

林宏洲一听，朝唐钰坐正了身子，叹息了一声，说道：“那时候，南方的边境还在打仗，你知道吧？我坚持要去当兵，要是我提别的什么要求，家父是决不同意的，但对这件事，家父的觉悟还是有的，只要求当完兵尽完义务就回来。我当时也答应了，但是，第二年，我还是瞒着家父报考了军校。”

“为什么？”

林宏洲沉默一会儿，取出了一张照片，递到唐钰面前。唐钰一看，这是三个战士英姿飒爽的戎装照，左边那个正是林宏洲。

“你看，中间的那个，我们侦察连的老班长，他姓陆，叫陆道林，四川人。当兵的第一年年底，我们侦察连参加一次战斗。凌晨4点，炮火开始准备，对山上轰了20分钟后，炮火延伸，我们开始发起冲锋，不到20分钟，没有发一枪一弹，顺利占领了山头。我还是个新兵，第一次参战，说不害怕，那是骗人的，我只会像跟屁虫一样紧跟着班长。占领山头后，我们都松了一口气，担心敌军反攻，忙修筑被炮火破坏了的工事。当天傍晚时分，敌军果然来反攻了，来了大概一个加强营的兵力，向我们山头猛攻，攻到了半山腰，被我们强大的火力压制，敌军伤亡不少，便抢了伤员和尸体撤了下去。连长看了看山腰，那里长满了灌木，一堆一堆的杂草，连长担心还有没撤下的敌军，就对我们班长说：‘陆班长，你带几个人，下去搜索一下。’班长当时点了六个人，没有点到我，但我还是跟着班长下了山。”

林宏洲说到这里，喝了一口茶，继续道：“当时我们都不知道，敌军的这次冲锋，表面上是要大张旗鼓地来占山头，其实敌军狡猾着呢，他们也知道要强占山头，很难做到，山脚下有一条河，河面很宽，只要有人渡河，就容易被我们发现，不管是白天还是晚上，因为是在满月，晚上的月光很明亮。他们发起这次冲锋，趁部队冲到半山腰的时候，大部分人撤下了山，留下一支30多人的精锐特工埋伏在半山腰，想趁天黑进行偷袭。我跟着班长刚到半山腰，就听左边传来一阵突突的冲锋枪点射，我的一名战友一声没吭就倒下了。陆班长大喝一声：‘有埋伏！快卧倒！寻找隐蔽射击位置！’班长一边说，一边一手把我扑倒在地。正在我倒地的工夫，一颗手雷便向我们飞来，落在班长身边，被班长一脚踢了出去，手雷轰地在我们前方炸了。这时候，到处都是突突的枪声，班长对我说：‘你趴在这里，千万不要动！’班长刚说完，便听战友刘清云在我们的右侧用微弱的声音喊：‘班长，班长！’刘清云半跪在地上，腹部中了弹，肠子都流了出来。班长忙滚到右侧，向右侧的草丛扫了一个点射，击毙了一名敌军。班长上前替刘清云包扎伤口，正在包扎呢，就见在班长的前方出现一名敌军，端着枪便要向班长扫射。我当时反应快，便向敌军开枪，我慌忙中不知道用点射，把一个弹匣的 30 发子弹一下子打完了。看那名敌军中枪倒了下去，我正要侧身换弹匣，而我左侧又出现一名敌军，被班长发现了，他便挺起上半身，敌军还没来得及开枪，便被击中倒地。哪里知道，班长这一挺身，就被前方的一阵密集的子弹击中了，班长共中了三枪，鲜血把他整个胸部都染红了。

“直到连长带领所有队员冲下山来，才解决了战斗。这次搜捕战，我们共牺牲了三个战友，重伤两个，只有我和刘安明没有受伤。你知道班长死前，对我说的最后一句话吗？那是一句训我的话：‘谁让你开枪暴露的！你找死呀！’

“直到战后，我才明白，我开枪救班长没有错，但我蠢就蠢在，我开枪的时间太长了，在那种月光下的草丛中，周围到处都是埋伏的敌人的情况下，开枪的时间越短，就越难暴露自己，所以，我听到的所有枪声都是短点射，一个点射两至三发子弹，枪响的时间不到两秒，如果我不是一次将一个弹匣的子弹打光，我就不容易暴露，我不暴露，班长就不会死。”

林宏洲说到这里，心情沉重。

“唐警官，我没有上战场的时候，不知道‘战友’这个称呼的真正含义，那是当面对敌人黑洞洞的枪口和即将向我们射来暴雨般的子弹时，战友的一句话：‘你撤退！我掩护！’就像班长牺牲前的一句话：‘谁让你开枪暴露的！你找死呀！’我才明白了什么是战友，我想，在今天这个世界上，可能连亲兄弟都不一定会这么做的——把死亡留给自己，把生命留给别人。”

林宏洲的声音哽咽了，唐钰的眼眶红了。

“班长牺牲后，我们在阵地上遍地生长的剑麻上发现了班长用小刀刻在上面的诗：‘吃苦不要紧，只要主义真，亏了我一个，幸福十亿人。’我们在整理班长的遗物时，发现他只有37元7角钱的存款。他家里父亲早逝，有一个患冠心病的母亲和一个还在上高中的妹妹，我们一个班的人都争着要去当这位母亲的儿子，都要照顾班长母亲一辈子，这是我们不成文的惯例。第二年，班长妹妹报名参了军，我便报考了军校。”

“班长母亲和他妹妹现在还好吗？”

“现在，她们是我的岳母和妻子了。”

林宏洲说完，便又指着另一位军官，对唐钰说：“这一个，就是刘安明，他最沉得住气，击毙了两名敌军，自己毫发无损。老班长牺牲后，他便成了我的第二任班长，他转业后加入到了你们公安队伍，在一个镇的派出所当所长。”

“看他年纪也不小，军衔也不低了吧？还当所长？”

“他转业时，也是刚调的副团，按政策降两职安排，原来在市局机关，他待不住，主动要求到最艰苦的基层去，这才被分到派出所，他比我大两岁，也快退休了。”

三

唐钰准备约谈金得来。

唐钰打通了金得来的电话，接电话的却是一个女人，唐钰一愣，以为打错了，不料对面很不耐烦的声音传来："你找老金有事吗？"

唐钰听出来了，接电话的应该是金得来的老伴儿。

"金叔在吗？"

"还有一口气呢，你要是没事，不要来烦他。"

唐钰一惊，便打了吴昊的电话。

"唐凯疯了，金师傅去看他，被他给打了，说是金师傅为什么要离开家，为什么还活着。金师傅现在住院呢！"

"打得严重吗？"

"脸上被抓得血肉模糊。"

"唐凯现在怎么样？"

"病房里的床单、被褥全都被撕碎了，墙上全是抓痕，指甲全都抠出血了，医生只能用镇静剂来使他镇静下来。"

唐钰的心也像是被刀割了一样，她叹息了一声，有谁遇到这样的事，能静下心来！不过唐钰也明白，这是个过程，相信一切的痛苦，都会随着时间的流逝而慢慢淡化的。

唐钰买了一袋水果，来医院看望金师傅，到了病房，病房里围着一大堆人，儿子、女儿、女婿，还有四岁大的外孙女都在。金师傅的老伴儿见唐钰来了，问明了唐钰的身份，疑惑道："你们不会怀疑是我家老金害的人吧？"唐钰把水果放在床头柜上，笑了笑："你看我像是怀疑老金的人吗？"

唐钰看了看金师傅，脸上全是绷带，只露出一双紧闭的眼睛，便问金师傅的老伴儿："要紧吗？"金师傅的老伴儿摇着头道："医生说了，只是皮肉伤，唉，我家老金也是，就跪在他身边，任凭让他打呀！我家老金说了，别说只是抓破点儿皮，就是把他打死，他也认了。警官，我们不会怪罪唐总的，你们不会追究他的罪吧?”

唐钰点头无言，她看了看金师傅，金师傅的双眼微微动了动。她知道，金师傅一定是醒着的，他应该在听她们的对话。

“你来找我爸，有什么事吗?”

唐钰一看，问话的应该就是金师傅的儿子金鑫了，30多岁，接近一米八的个子，膀大腰圆，国字脸上的一道浓眉十分醒目。

“没事，只是来探望探望，也想顺便了解一下唐家的一些情况。”

“唐家的情况，你不要问我爸，他是不会说的。”金鑫说完，看了他爸一眼。

金鑫的话让唐钰警觉起来。

“我怎么称呼你？你在哪里工作?”

“我儿子金鑫，就在明光集团保安公司当保安经理。”金师傅的老伴儿替金鑫答话。

“案发的时候，你在哪里?”唐钰脱口而出，问完了，才发觉自己太唐突了，愚蠢的职业习惯，有时往往让她无地自容。

“你不会怀疑那一家人是我杀的吧?”金鑫果然来气了，声音大了一倍。

“出去，你们都给我出去!”床上的金师傅终于说话了，抬手向众人挥了挥。

众人一时愣了愣，都没有动。

唐钰首先站起了身，正要出门，却被金师傅叫住了：“公安同志，你留下来，我有话对你说。”

唐钰看了看众人，她觉得现在无论怎样，都不是向他了解情况的时候，正在犹豫，却听金师傅火了："你们都没有长耳朵吗?"

众人一一离开了病房，金鑫有些不情愿地看了看他爸，几次欲言又止，最后还是一言没发，出了门。

金师傅等众人出了门，便坐正了身子，刚说了句："老唐他——"便哽咽了，最后竟控制不住自己，像个孩子似的大哭起来。

唐钰也动了情，极力控制住自己，好不容易才把他劝住了。

"我跟了他30多年，他都没有跟我红过一次脸呀，怎么会是这个样子，那天，我为什么要离开他家，唐凯骂我骂得好，我为什么不同老唐一起走!"

唐钰叹息道："你不用太自责，我来找你，就是想弄清事情真相，早日抓住凶手，为唐家报仇。"

"这是哪个，对唐家有这么大的仇恨，下得去这个手!"

唐钰点点头："是呀，您觉得，是谁会对唐总有这么大的仇恨?"

金师傅摇了摇头："不会的，不会的，老唐这样的人，哪里会结下对他有这么大仇恨的人，不会的。"

唐钰正要接着询问，却见金鑫同一个医生走了进来。医生对金师傅说："刚才你儿子同我商量，因为只是一些皮外伤，我们进行了清创包扎，其他部位都没有什么问题，用不着住院治疗，你可以回家好好休养。"

金师傅道："这个不用你们来催，我也没打算再待在这里。"然后对唐钰说，"公安同志，你们不会为了我这件事，找唐总的麻烦吧?"

唐钰点了点头：“我理解，不会的，你放心。”

金鑫便对金师傅说：“老爸，我们就整理整理东西走吧。”

唐钰明白，金鑫是以这种方式，拒绝她同金师傅对话。

唐钰只好再找合适的时机了。

唐钰从医院出来，正要约谈崔延丽，手机就响了，听筒里传来吴昊惊喜的声音：“桐木镇横水村那个藏钱的山洞，发现有人进去了！”

唐钰有些疑惑，这么快？

“身份确定了吗？”

“已进行人脸比对了，这人名叫陈进东，男，28 岁，就是桐木镇横水村人，这人进洞后几分钟就出来了。”

横水村人？是我的判断有误，还是村子里的人因为其他原因进的洞？

“他身上带了什么东西没有？”

“什么也没有带，进去出来，都是空着一双手。”

如果真是这伙人放的东西，过两天就来查看一下，也是有可能的，唐钰不能放过任何线索。

“找到跟踪他的手机信号了吗？”

“有，这人现在还在横水村。”

要是他们发现钱不在了，会怎么样？唐钰不好猜测他们下一步会干什么，问吴昊：“出口封控了吗？”

“封了，发现有人后，我们第一步就通知了附近的几个出口的派出所，市局的特警也出发了。”

唐钰决定去一趟横水村。

第四章　神仙洞

一

唐钰来到了桐木镇派出所，见到了所长，一看觉得有些面熟，一问才知道，原来他就是林宏洲向她介绍过的战友刘安明！

这个世界，有时候就这么小。

“上次你来，我正好在双溪村扶贫，我赶回来的时候，你却走了，害得我白回来一趟。”刘安明矮墩墩的个子，一头青发，圆盘脸，一脸的络腮胡子被刮得剩下一片铁青，一听说话，就知道他是个直道人。

唐钰知道，这个贫困村镇在江东是排得上号的，因此，当地的干部扶贫工作任务很重，凡是带“长”的，还要自费承包几家贫困户的脱贫责任。

“我听说，你是自愿到这里工作的。”

刘所长点了点头，笑了笑，反问：“怎么，是谁跟你说我是自愿来这里的？”

唐钰嫣然一笑：“我也才见过林宏洲，你的战友。”

刘所长哈哈笑了：“我就知道，一定是那个家伙在你面前鼓捣我，他还说什么了?”

“说了班长陆道林以及剑麻诗。”

“这个家伙!”刘所长说到这里，心情就沉重起来，换了话题，“我们是要去横水村吗?”

唐钰笑了笑：“你不用同我去，听说你成天就泡在村子里扶贫，你在扶些什么呀?”

刘所长苦笑：“唐支，你不要误会，我们这些镇派出所，要说治安案子呢，真还没有几件事让我操心，但我想，虽说这个扶贫工作表面上好像与公安工作不是一回事，其实就是一回事。你想想，这村里的群众都脱了贫，富起来了，治安工作自然就会好了，我们做的其实也是长治久安的事。”

唐钰忙摆了摆手，笑着解释：“刘所长你误会了，我不是这个意思，我不让你同我去横水村，就是不想耽误你的扶贫工作，这样，等我们从横水村回来，我去你的那个扶贫村看看你，这总行吧!”

刘所长一听，连忙摇头：“那就不必了，你也忙，那个村子远着呢，哪能让你这么老远去看我!”

唐钰到达横水村时已是下午4时。山路崎岖，唐钰有些晕车，下车时，却见这是大山群中难得的一块盆地，一条小河由北向南穿盆而过，小河流水很少，正中有道拦河坝，拦了数十米满河的水。村子里的民居，星群般散布在四面的山脚下，村委会却在盆地正中的河岸边。

村委的支书姓罗，快60岁了，一头白发，把唐钰引到村委会议室。唐钰一进门，便见到了视频里出现过的陈进东，他正靠在火炉边烤火。

唐钰看了一眼，1.65米的个子，单瘦的身子裹在一件黄大衣中，一头稀稀拉拉的黄发，一张黝黑的脸，嘴上留了两撮黄稀稀的胡子，见了唐钰等人进来，忙从沙发上站了起来，一脸惊慌。

唐钰暗笑，这像是案犯吗！

“你进洞子干什么？”

“去桐木赶集，看到路边有一只兔子，便上去抓。兔子蹿上了山，我一路追，见那兔子进了山洞，我想这下它跑不掉了，就跟着进了洞，没承想这洞的尽头还有一道缝，那家伙掉进缝里了。”

“洞里黑咕隆咚的，你看得见吗？”

“我用手机照明。”

唐钰打开手机，重新看了一遍视频，这监视器是高清带自动启拍功能的，平时没有动感画面时拍摄功能是关闭的，如果镜头内出现有动感的画面时便会自动启动摄录功能，别说一只兔子，就是一只蚂蚁，也跑不了。

果然，在陈进东进洞前的20多秒钟，确实蹿进去了一只黑色的兔子。

“这山里经常有野兔出没吗？”

罗支书道：“多着呢，这些年不光是兔子，野猪也有了，虽然政府禁止，村里的这些人不会专门上山打了，但偶尔遇到了，他们也会弄回来吃或卖。”

唐钰问陈进东：“你是干什么的？”

“在镇子里有个小卖店。”

“元月19日晚上，你在干什么？”

“就在店里，我们店晚上12点才关门。”

“有谁做证?”

“对面卖电器的妹子，晚上9点钟的时候，她出店时，还让我帮她照看一阵子。”

“你们经常有人进洞子吗?”唐钰问话时，不仅是针对陈进东，还向罗支书看了一眼。

陈进东道：“我还是第一次进那个洞子。”

罗支书道：“说起那个山洞，这些年轻人当然不感兴趣，也不会有人进那里去的，我们那些老年人哪个没有进去过? 那洞子冬暖夏凉，夏天酷热的时候，大家都去避暑，冬天冷得实在受不了了，也有一家子人去避寒的，兵荒马乱和闹匪的时候，也有去避祸的，所以这个洞叫神仙洞。只是自从发生了死人案后，再也没有人敢进去了。”

“发生过死人案?”唐钰好奇地问。

“唉，这也是快30年的事了，那年是1991年吧，我记得很清楚，8月15日下午，村子里一家四口，父子三人都被杀死在那个洞里，都是被人用石头砸头砸死的，这个案子到现在都没有破。”

唐钰杏眼圆睁，死死盯着罗支书。

罗支书点了一支烟吸着，叹息了一声：“说起来，这一家人也是报应，这父亲当时快60岁了，姓胡，叫胡进，他老婆叫彭永秀，一气生下三个儿子，分别叫胡大群、胡山群、胡林群，在最小的胡林群八岁的时候，彭永秀就得肝癌死了，一家子就只有四个男人了。胡进有个堂弟，说是在省城公安厅上班。这些孩子里老大、老二长得人高马大，都是一米八几的汉子，父子四人就在村里成了势力，干些欺男霸女的事，村里人对他们又恨又怕，所以这父子四人都没能找到老婆。家里没有女人，这一家子人就干一些钻门撬锁，偷人家姑娘、媳妇的事。这些被祸害的人家，一呢，怕丢丑，二呢，知道他们上面有人，告不了他们，只好忍气吞声。这家人的胆子就越来越大，村子里及附近几个村的女子有不少都受了他们的祸害，有时还发生两兄弟合伙在村庄野外光天化日之下糟蹋人家媳妇的事。出事这天正好是镇子的赶集日，这一家人平时在家里酿酒然后拿到镇上卖。当天是老大大群的生日，中午一家人就在镇子里的一家好来喜酒店吃酒，吃完酒后，父子几人就先后回了家，不想后来竟发生这样的事，一家父子三口被人砸死在洞里，只有最小的胡林群（当时十五六岁）在学校念书，没有去镇上吃酒，才逃过一劫。案发后，不光县里，市里、省里都来了人，公安来调查仇人，谁承想，这村子里甚至附近村到处都有他一家子的仇人，弄了大半年，案子还是没有破。这件事后，我们才知道，他们的什么堂叔在公安厅，就是一个给厅领导开车的司机，一个职工而已。”

“那胡林群还在吗?”

“唉，也不知道还在不在，高中没有念完，就去城里打工了，之后就再也没有消息。”

唐钰想了想，没有再问，她知道，支书也许知道的只有这些，要了解这起悬案的侦查详情，还得问当地的公安。

唐钰转换了话题：“前两天洞里发生的事，你们知道吗?”

“知道知道!”陈进东同罗支书异口同声地说。

罗支书道：“你们封了到镇里的出口，我们就知道了。镇里派出所还怕是我们村里的人犯的事呢，都来人调查了，没有发现有人去过东州，在东州的也问过了，都没有作案时间，我也就放心了。”

“这几天有没有发现外来人进村或者发现他们进过洞子?”

“外来人?”罗支书摇头想了想,“哦,想起来了,王老四他重孙子是元月17日满月,办了满月酒,有20多席,有外面的人,对,东州的人也来了,我看他家门前停的车,就有东州的。”

“他家现在有人吗?”

“有,王老四80多岁了,老两口儿都健在,有两个儿子、一个女儿,女儿就嫁在东州,听说嫁的是一个什么老板,挺有钱的,这次是他的小儿子的孙子满月,他女儿一家也都来了。”

唐钰到了王老四家,果然见这家住宅盖得豪华气派,与别的楼房不同,楼顶用的是青色的瓷瓦,外墙贴的是仿古青砖,一扇大门高大宽敞,一派明清建筑风格,门前一片水泥坪,足有三四个篮球场大。

屋里一个老太太迎了出来,她满头白发,满脸慈祥,见是罗支书,忙将他迎进屋里烤火。

“老四呢?”

“他呀,在家哪里待得住,去秋云家打牌了,这一天到晚的,也没有搁家,成天泡在她那里。”

罗支书便把唐钰介绍给了老太太,说明了来意。

“外村来的,那就多了,我哪里记得住女儿那里的客人呢,一道来的也有两三台车,有两桌子人,除了女儿一家,其他的我也不认得。”

罗支书道:“你家不是上了礼单吗,你把礼单拿出来,我们看一看就是了。”

“你看我这记性!”老太太正在泡茶,一听,拍了下大腿,便进了里屋，拿了一本大红的礼单出来。

唐钰看了看礼单，不觉吃了一惊，她看到了一个名字：金鑫！

二

唐钰回到桐木镇，天已经黑了，她只好同派出所的民警在镇政府食堂草草吃了晚饭，在镇招待所就宿，打算第二天去刘所长扶贫的那个村，她要同刘所长好好了解神仙洞案以及金鑫的事。

第二天一早，唐钰就出发了，看了地图，这个村叫双溪村，路也不远，不到20公里，但没想到山路坑坑洼洼，蜿蜒曲折，竟然走了一个多小时。到了双溪村，发现原来这是处在两个深山谷里出来的两条小河交汇点的一个小村子，有房屋30多间，屋前一片60多亩的水田，水田中有几口鱼塘。在一口鱼塘中，刘所长同一对中年夫妇正在挑塘泥，一男子在挖泥、装泥，刘所长同女子挑泥。见唐钰来了，一家人忙上了岸，唐钰这才发现，那男的应该患过小儿麻痹症，走路时两条腿一上一下，一条腿看起来不像是在走路，却像是在扫地。

唐钰看了看上身穿一件毛背心和米黄色衬衣，脚穿长筒雨靴，浑身是泥巴的刘所长，笑了笑道："你就是这样扶贫？"

刘所长憨厚地笑了："没办法，这一家子又不能出去打工，男人又干不得重活儿，靠种庄稼哪能糊口，打算让他养鱼，现在要赶在过年前弄好，年后雨水多了，就来不及了。"

"光养鱼能行吗？"

"当然不行，你看。"刘所长伸手指了指屋后的山，山上全是挖的星罗棋布的坑，"还给他承包了200多亩山地，全都种了油茶树，这种油茶树四五年就能挂果，茶油几十块钱一斤呢。我算了算，一年收入有好几万块钱，这就是个绿色银行，养这一家没有问题。”

唐钰点了点头，问：“这笔投资不少吧，哪来的钱？”

“这钱嘛，不多，政府出了点儿，我自己也掏了点儿，当然，出大头的还是宏洲。”

唐钰看了看四周山头，全都是挖的坑，岂止200亩，差不多有2000亩。唐钰是农村出来的，她懂，便问：“这样的扶贫户，你有几家？”

“就这村子，我都包了，其实贫困户不多，也才八家。”

唐钰还要问，却见刘所长向女人嘀咕了几句，又硬塞给了女子一把钱，女人点点头，走开了。刘所长这才对唐钰道：“你这么老远赶来，不是专门来打听我扶贫的事吧？”

唐钰笑了笑：“我想知道，神仙洞案是怎么回事。”

刘所长一听，用手拍了拍后脑勺：“这件事与你现在的案子有关吗？”

唐钰摇了摇头：“好奇而已。”

“这个案子过去快30年了，是1991年吧，‘8·15’凶杀案。这要是发生在现在，也该是轰动全国的大案了，但在当年，你知道的，当时的治安环境，像这样的案子虽没有被媒体重视关注，但案子久拖不破，还是受到上级的通报批评。当年参与办案的人，县局局长、市局分管刑侦的副局长双双被撤职，这两人现在也都去世了，市局刑侦支队支队长郭怀明调离岗位，去了监狱当狱警，现在也因病提前退休了，县局的刑侦大队大队长刘放自杀。”

唐钰一惊：“自杀？为什么？”

刘所长点了点头："也许是压力太大了吧，他用枪打爆了自己的头。"

"为什么破不了案？"

"这个案子太复杂。我来了这个镇后，这个案子已过去快20年了。我看了卷宗，也问了村子里的许多人，我想大概有这几方面的原因吧：一是现场收集固定的证据不到位、不及时，当然，当时的技术手段也有限，作为唯一的凶器，就是那块石头，未在石头上收集到固定指纹等证据，也未在石头上提取到DNA等生物检材；只提取到几处鞋印，还不是在洞里，是在通往洞口的山路上，都是村里大多数人穿的塑料凉鞋，而且印痕残缺不全，难以进行有效比中；一些人供述的一些重要线索，也由于当时没有及时提取相关物证而错失了关键证据。二是村里人极不配合调查，造成取证调查困难，村里人认为这一家人死有余辜，没有人愿意替死者申冤，还有就是这死者一家的仇人太多，这些仇家更不愿配合调查，就是有一些供述，也是前后矛盾，真假难辨。还有更重要的一点，当时县局也好，市局也好，刑侦队还要担负其他更多的任务，那些年，案子也多，所以这几个办案的刑侦队队员成天忙得焦头烂额，刘放就是受不了这种压力而自杀的。"

"排除了一些嫌疑人没有？"

"有三四个吧，最后认定的，就是同村的罗小聪夫妻，那年罗小聪40岁，他老婆还年轻，受过这一家的祸害，后来移送检察院后，被检察院直接以证据不足给打了回来，后来罗小聪又翻供，这事就不了了之了。20多年前，罗小聪夫妻也因车祸死了。"

唐钰叹息了一声："那个胡林群呢，后来怎么样了？"

刘所长摇了摇头："案发后，那个在城里给厅领导开车的司机，也就是胡林群的堂叔，接他去了城里，之后那堂叔也没有在公安厅干了，也就再没有他们的消息。”

“你认识金鑫吗？”唐钰终于问到了正题上。

刘所长又拍了拍后脑勺，说：“你说的是明光集团的那个保安经理？我去明光集团看宏洲时，见过他。”

“对，就是他！”唐钰点了点头，“昨天我在横水村查王老四家重孙子满月吃酒的礼单时，发现上面有他的名字。”

“哦，这不奇怪，王老四女儿的老公也是在明光集团做事，应该与这个金鑫很熟。”

“这个人叫什么名字？在明光集团是干什么的？”

“名字叫韩晓堂，也是明光集团旗下公司的老总，是什么公司，我想不起来了。”

正说着，刘所长的手机响了，他接完电话，便对唐钰道：“光知道在这里说话了，连杯水都没有喝，这样，我们就去这个鱼塘的主人家坐坐。你看，快到午饭的时间了，中午这顿饭我已经安排了，就在他家吃个便饭，还有什么话，我们边吃边说。”

唐钰一大早吃的两口米粉早就被一路上的颠簸消化光了，一听吃饭，肚子就有了反应，却又难为情：“我们在你这扶贫对象家里大吃大喝，这样好吗？”

“说哪里话！我还怕你嫌这里不卫生，不敢吃呢。”

唐钰被刘所长领到一家农家乐，虽是一排陈旧的平房，室内却粉了墙，地上铺了瓷砖，上面挂了天花板，令人耳目一新。这是一套五居室，客房就在正中间。女主人出来笑盈盈地打了声招呼，又忙着去烧菜了，八仙桌上早摆上了水果、瓜子，男主人拖着腿，一边给唐钰他们倒酒，一边说：“你们是城里人，不嫌我这家里埋汰吧?”唐钰笑道:“哪能呢,现在农村人吃的比我们城里还环保干净呢。”唐钰同男主人唠嗑,却见门外陆陆续续地进来五六个老人,其中就有村里的王支书,一个个向刘所长和唐钰点头哈腰地打了招呼,被男主人安排坐下喝酒。唐钰明白,这是农家人的习惯,家里来了尊贵的客人,便要请村里的一些体面的老人来作陪。

人到齐了,菜上了桌,头盘就是清炖鸡汤,这鸡还是刚杀的,有鸡血、内脏,鲜美无比,一共十道菜,八荤两素,唐钰道:“不是吃个便饭吗?不要弄得这么丰盛!”刘所长呵呵笑了,说道:“你难得来一趟,人家这还不光是请你,你看,这村里的老辈人都来了。都要来凑一顿。”唐钰看了看刘所长,笑道:“你别来糊弄我了,你以为我不明白呢!”王支书道:“这刘所长呀,是我们村里的福星呢,来村里大半年了,村里人还没有正正规规请他吃顿饭,这顿饭也算是村里人答谢这位福星的。”唐钰暗笑,敢情这顿饭还是村里人搭伙请的。

这酒是村里自酿的米酒,唐钰不敢喝,只是应酬一下,这些老人也不硬劝。王支书喝得来兴,问唐钰:“我听说,你这次来,是请刘所长办案子的?”唐钰看了刘所长一眼,笑道:“是呀,可是我请不动呀!他要在这里挑塘泥呢!”王支书一听,呵呵笑了,说道:“哪能呢!你都亲自来请了,那就是大事,马虎不得。我告诉你呀,这刘所长当年可了不得,是部队的侦察英雄呢,当年可是亲手抓了不少‘舌头’(俘虏),多次立功,你要让他去抓人,不管什么人,让他去,那是如虎添翼。”唐钰一听,来了兴趣,忙对刘所长说:“你说说看。”刘所长板了脸,对王支书说:“当年的事,有什么好说的。不要提了。”

唐钰已经听了刘所长对神仙洞悬案的原因分析，觉得这个刘安明虽说是部队出来的转业干部，转业后又到了派出所，没有干过刑侦，却对刑侦专业一点儿也不生疏，也许，在部队干过侦察兵的人，这方面的专业技能一定不比干刑侦的差。她便有心让他进专案组，至少以后在横水村及神仙洞这一块，有了这个刘所长，以后遇到什么事，给他打个电话就搞定了，便问刘所长：“你这挑塘泥，哎不，扶贫工作要弄到什么时候?”

刘所长警觉道：“怎么，你不会真要把我弄去给你跑腿吧?”

“什么叫跑腿，我只是觉得，神仙洞这一块，总要有个人来做些事吧，我也不能有事没事总往这边跑。”

刘所长叹息一声，看了看男主人。男主人站了起来，对唐钰说：“警官同志，您还是请刘所回去吧，他在这里，干了大半年了，我们心里哪里过意得去，左劝右劝都没用。现在，他该做的事也做得差不多了，这些体力活儿哪里要他亲自来做！这大冷天的，他身子也不好，血压高，心脏也不好。每天看他这么操心，我们都心疼。”

唐钰点了点头，说道：“刘所，那就这么定了，我回去就向孙局请示。”

第五章　定性

一

唐钰刚回到市局，便得到了孙副局长组织专案组开碰头会的通知。吴昊看了看手机，嘟哝道：“孙局也太心急了吧，这才过了两天。”唐钰冷笑一声道：“他不急行吗！你没看新闻吗，铺天盖地的，这孙局不被逼成疯子才怪。”

说是碰头会，其实就是案情进展情况汇报会，三个组里，只有唐钰这个组还没有任何进展。杨茹的现场勘查组分别在三个现场提取到了生物检材，其中，在唐家提取到了受害人唐鸿淦右手中指指甲中遗留皮屑中的DNA，经比对，不是其家人的基因，判断是凶手遗留下的；在地下室经多谱段光源发现并提取了两个人的脚印，判断其身高与唐凯的陈述一致；在劫持现金的G106高速公路下面林子中的现场，发现有五个红双喜牌子的烟头，提取了指纹和DNA，其中一个DNA与在唐家现场提取的一致，判断系凶手所留；在神仙洞现场，也提取了一些脚印和毛发，正在进行DNA鉴定。同时，查了DNA和指纹数据库，没有发现这些基因和指纹中有犯罪前科的人员。

杨茹道：“尸检出了结论报告，五名死者中，保安黄力壮、唐凯的妻子李佩琳及孩子、保姆除了头上的致命性钝击创伤外，其余部位没有任何伤痕，包括约束性外伤和威逼伤，只有唐鸿淦除头上的致命性钝击创伤外，双手臂膊上有轻微的约束性伤痕。五名受害者头上的致命性钝击创伤，从创伤痕迹分析，应该是一把直径38毫米的圆头铁锤击打所致。从打击力度看，凶手均是一击后造成脑颅呈凹陷性粉碎性骨折，受害者因颅脑损伤休克合并失血性休克而死亡。从死者所处位置及血泊情况分析，我们可以判断，凶手首先是将保姆骗到地下室，在其毫无防备的情况下，将其一锤致死，而后又将李佩琳母子带入地下室，以同样的方式将母子杀害，之后在带唐鸿淦到地下室时，唐鸿淦应该是觉察到了什么，也许是嗅到了血腥味，或是看到了被杀的人，所以有过短暂的反抗，以致在楼梯口被杀害。我们判断，一锤致命，这种凶狠而又果断的杀人手段，不是一般人能做得到的，要么是惯犯，要么是仇杀。”

孙副局长若有所思，问道：“你们还记得20多年前，我们这里发生的‘锤头党’系列抢劫案吗?”

杨茹点了点头：“记得，那是20世纪90年代中期，本市发生的乘摩托车的人以锤子锤击行人头部抢劫财物案，这个连环案持续了半年之久，共造成3人死亡，17人重伤，33人轻伤，最后这个团伙有27人悉数落网。现在算起来，被判的人除了死刑和无期徒刑，剩下的大部分人也应该出狱了。可是，我们在已提取的生物检材和相关指印中，并未在犯罪人员信息库中查找比中出有犯罪前科的人员。”

“这个嘛，现在还不能下结论，也许，目前我们还未找出这个团伙的所有人的生物检材，再就是，我们也不能保证当时‘锤头党’全部落网，也许还有漏网之鱼。”孙副局长道。

吴昊点了点头：“好的，我们去查一查。”

吴昊接着说：“查了唐鸿淦父子、金师傅、保姆的电话及微信记录，没有发现可疑人员线索。案发前这些天，唐鸿淦的电话记录不多，涉及的都是公司内部人员，我们都一一排查了，没有作案时间和作案动机；唐凯的电话和微信多一些，我们进行了初步排查，也没有发现与案件相关的可疑线索；金师傅的电话，有些是送菜人的，其他都是与他家人的通话；保姆没有打过电话，与家人的联系都是发微信，联系的人中，没有发现有作案动机和作案时间的嫌疑人员。自制的炸药成分也有了检验结果，是采集烟花和爆竹的火药混合而成，重量约 300 克，使用包装书籍的牛皮纸包裹，引爆装置是用火柴盒发火的磷片部位包裹的火柴头。因为临近春节，烟花爆竹销售和采购的地方太多，我们一时还无法查明烟花和爆竹的来源。牛皮纸上无任何印刷标志，也很难查明来源。

“我们查了案发前十天唐家周围的可疑人员活动情况，找到了一个收垃圾的人。他反映，在案发前几天，他见后山有两个男子在唐家屋后转悠，当时他以为是游客，也没在意。还有一次，就在案发的三天前，守门的保安老黄头儿问他，这里收垃圾的有几个人。他说，平时就他一个人。老黄头儿想了想，没有说话。所以我判断，在案发前，这伙人来唐家踩过点，而且还有可能冒充收垃圾的进过唐家。”

“那跟装修人员，到底有没有关联?”唐钰问。

“没有。装修队都是一个村子里的人，彼此都很熟，他们说，在整个装修期间，没有其他人员混进那个房子，而且也没有其他人向他们打听装修唐家这个房子的事。我们也查了他们的手机联系人和亲朋好友，均未发现可疑线索。所以，装修队这一块，基本上可以排除。”

……

孙副局长听完了，铁着脸看了看唐钰。

唐钰明白孙副局长对目前的进展一百个不满意，看来又要自己来拿主意了。

唐钰说：“现在的关键是，要找出这伙人充电及制作炸药的窝点。”

吴昊说：“这个点，我们还在通过各条路线努力查找，具体细节需要唐凯的配合，可是，目前唐凯一时很难恢复理智。”

唐钰看了看孙副局长，无奈地叹息了一声，说道：“剩下的工作，还是大家继续努力吧——”

“你这就是一句废话！”

孙副局长脸都黑了，看了看大家，说道：“大家看看日子，还有几天就到春节了？我过不过年倒无所谓，新年新节，挨上面的训斥，受媒体的责难，也无所谓，反正也习惯了，我是不想让你们的家属孩子来埋怨我，说我没有人性，连春节也不让大家消停。我的话，就说到这里了，大家都加把劲吧。”

开完了会，唐钰被孙副局长留了下来。孙副局长看大家陆续出了门，对唐钰说：“怎么了，好像连你都没有信心了，你心里真的就没有一个破局的思路？”唐钰苦笑道：“看来，我们这次真的是遇到对手了，对这伙人的作案目的，我到现在还无法定性。从唐凯所说的来看，他并不认识这些劫持他的人。如果是这样的话，那么这伙人纯粹是为财，但又为何对唐家这么多人下此毒手？但如果是为了报复杀人，那么他们既然已经成功脱逃，怎么还会冒着这么大的风险来劫财？我干刑侦这么多年，还是第一次遇到吃了豹子胆的，在杀害了这么多人后，还竟敢公然同公安叫阵劫巨款。”

孙副局长愣了愣，说道：“唐凯不认识，并不代表他们一家人不认识，还有厨师、保姆。即使他们一家人都不认识，可是对劫持犯来说，他们也不能保证自己不被他们认出来，所以才灭口的，其实他们的目的还是谋财。”

唐钰摇了摇头：“他们都戴着全面罩，都穿着装修工作服，目的就是防备被这一家人认出来，就是中间有熟人，只要不说话，也不一定会担心让人认出来。如果只为谋财，他们只要把唐家人带入地下室，把人绑了就是了，他们带走的唐凯是唐家的独子，唐鸿淦也一定会尽力舍财保人，这不比杀了一家人更可靠，担的风险更小？

“如果是仇杀，也说不通嘛，把一家杀绝了岂不更干净？何必还要来个画蛇添足，拿唐凯来诈钱？而且唐凯能活下来，也是我舍命救出来的呀。

“我想，如果他们早有预谋，他们就是承担再大的风险，也不会让唐凯有活的希望，不至于出此下策，连我自己都不相信还能救出唐凯。何况，这么多的烟花爆竹的火药量，不是即刻就弄得到的，而且要取这些火药也不容易，应该是早就备好的。”

孙副局长点了点头：“好在现在雷管炸药管理很严，他们是轻易弄不到的，更别说什么随便能够安装遥控或者定时引爆装置了，所以他们才弄了这么个土办法。也许，他们原来是企图拉引线引爆，但被你这么一逼，他们临时就想出这么个办法，这才救了唐凯一命。也许他们认定这一家人里只有唐凯不认识他们，所以这才劫持唐凯。或者，这些作案的人只是受雇的，雇用这伙人的主谋并没有让他们杀人，而这帮家伙图省事，或者害怕被认出来，自己做主，把人杀了?”

唐钰还是一脸问号：仇杀？还是劫财？还是其他?

二

唐钰的谜集中在金鑫身上，她觉得，得好好查查这个人。

唐钰找到了韩晓堂。

韩晓堂，男，42 岁，身高 1.72 米，梅西市大兴县人，1998 年进入明光集团，现在是在明光集团旗下的兴宇公司当老总。

“你是怎么同金鑫相熟的?”

“怎么说呢!”韩晓堂有些为难道，“他原来在我手下，干业务不行，在外面同人打架斗殴倒在行，进了几次派出所，都被我保了出来，后来还是我向唐老总提出让他当保安经理。你还别说，他当这个保安经理还挺适合的，附近几个派出所，他都熟得很。所以说，他当然得感谢我，对我也言听计从。”

“这个金鑫同唐凯关系好吗?”

“这两个人好像不对付，我很少看到他们在一起说话。”

“难道他们之间有矛盾?”

韩晓堂摇了摇头：“这个嘛，你得去问唐凯。”

唐钰心领神会地点了点头。

“元月 19 日这一天，你们在干什么?”

“元月 19 日?”韩晓堂看了看墙上的挂历，“17 日回了趟岳父家，吃小舅子孩子的满月酒，金鑫也去了，坐了我的车。第二天我们一早回城，到了桐木，金鑫说，他在镇里还有些事要办，就下了车。我还问：‘你什么时候回？要不要派车来接你?’他向我摆手说不用管他了。可是直到第二天，也就是元月 19 日，我问保安，他们都说没有见到金经理。19 日那天，我没有外出，一整天都在公司，晚上 7 点回的家。”

……

唐钰下定了决心，无论如何，她都该去见见唐凯。

唐钰到了医院，却看到金师傅一个人坐在唐凯床边，床头柜上放着一个饭盒，应该是金师傅为唐凯烧的菜。看唐凯的面色，他似乎很平静，只是两眼有些呆滞无神。

金师傅见唐钰进来，忙站起身，冲唐钰点头。唐钰便在唐凯床前坐了下来。

“你们，出去!”唐凯两眼看着天花板，冷冷道。

“唐凯，你冷静些好吗——”唐钰语气温柔道。

“滚！你们给我滚!”唐凯指着唐钰，声音歇斯底里。

唐钰还想劝一劝，却被金师傅制止了。他对唐钰说：“唐警官，还是不要惹他吧，有事以后再说，你看他现在这样……”

唐钰只得作罢，她站起身，对金师傅说：“正好，我还想向您打听些事，您出来，我们找个地方聊聊?”

金师傅看了唐凯一眼，唐凯把脸偏向了一边。

“我有什么好聊的，该说的都说了。”

唐钰看了看门外，门外走廊的尽头是一个露天阳台，唐钰便向金师傅指了指阳台方向：“就在那里吧，您放心，不会占用您太多时间。”

唐钰同金师傅到了阳台，同唐钰一道来的侦查员忙从走廊上搬来一把长条椅，让唐钰同金师傅坐。

“您现在天天守着他吗?”唐钰关切地问。

“唉!”金师傅叹息了一声，“有什么法子！他身边还会有亲人吗！集团也有不少人来看他，要来护理他，都被他轰走了，就像刚才对你这个样子，那个女的，姓崔的，来一次被他骂一次，可是她还偏要来，好几次被他骂得在我面前哭鼻子。”

“你说的是财务总监崔延丽?”

“不是她还能是谁!”

“崔延丽与唐凯的关系不一般吧?”

金师傅一听，向走廊方向看了看，压低声音道：“不瞒你说，要不是李佩琳，唐凯早就同崔总成一家人了。”

唐钰问：“这到底是怎么回事?”

“这崔女子一到公司来，就同唐凯打得火热，时间久了，大家都觉得他们是天生的一双，地造的一对。可就在七年前，不知什么原因，唐凯突然宣布同李佩琳结婚。”

“李佩琳是个什么人?”

“当初我们也感到太突然，后来才知道，李佩琳是韩晓堂经理老家的人，与韩晓堂一同在明光集团旗下的兴宇公司工作，不知怎么就同唐凯好上了。他们结婚不到一年，就生下了儿子。”

“崔总呢?她不怨恨唐凯吗?”

“这个我们也纳闷，自从唐凯宣布与李佩琳结婚以来，崔总并没有什么反常举动，好像与她无关一样，继续与唐凯，甚至与李佩琳都保持着正常往来，而且相处得很好。”

“唐凯与李佩琳结婚，是不是受到他父亲的授意或相逼？”

金师傅摇了摇头：“没有，我看得出来，唐老总从来不做主唐凯的婚事，一切都由唐凯自己做主。”

唐钰一时陷入了沉思。

“唐家出事前的这几天，家里发生过什么事吗？”唐钰这才想到了正题。

金师傅愣了愣，说：“没有，平时他们家里人很少聚会，难得在一起，怎么会有事？”

“我是说，他们父子或者夫妻之间发生过什么矛盾纠葛没有？”

“没有没有，他们一家人都很好的。”

唐钰从金师傅的表情中看得出来，他的言辞有些闪烁。

“金师傅，这一家人出事前，只有您同唐凯知道他家里的情况，如果他家这几天有什么事发生，也许就是我们破案的关键线索。现在唐凯是这个样子，我们不想逼他，只有您向我们提供这些线索了。”

金师傅也急了：“他们一家人好好的，你要我说什么！”

金师傅说着，便站起了身，唐钰只好示意他坐下，忙说：“好了好了，我不问这件事了，您先坐，还有一件事，我听说，案发期间，也就是元月 19 日，您家金鑫不在家？”

“元月 19 日？你是指出事的这一天？”金师傅开始愣了愣，后来像是猛然醒悟过来似的，“你不会怀疑是我家鑫鑫干的这事吧？这不可能的，我的儿子我知道，他过去是有些爱惹事，但这种杀人绝户的事，他没有这个胆量，更下不了这么狠的手。”

唐钰笑了笑：“金师傅您不用紧张，我们对集团的每一个人，都是要排查一下在案发期间的活动情况的。”

金师傅若有所思地看了唐钰一眼，说：“那两天，他确实没有回家，说是去韩经理老婆娘家吃什么满月酒，过了三天才回来，晚上回来时，还喝了酒，第二天睡了一天。”

“他说没说吃完满月酒后又去干什么了？”

金师傅摇了摇头：“他在外面的事，一般都不会对我说的。”

“金鑫与崔延丽熟吗？”

金师傅又摇头叹息了一声，说：“我这个不争气的儿子，其实一直在缠着崔总，听说唐凯要同李佩琳结婚，以为自己的机会来了，便向崔总求婚，不想被她断然拒绝。我这个儿子呢，还死不要脸，老缠着她，为这事，还同唐凯吵过架动过手，要不是老唐总保我这个小子，他早就被唐凯开出集团了。”

唐钰点了点头：“金鑫他抽烟吗？”

“抽，但抽得不多，两三天一包。”

“抽什么烟？”

“什么烟都抽，平时抽得比较多的是红双喜。”

三

唐钰认为，疑点越来越多地集中在金鑫身上。

现在，唐钰明白，要进一步解开金鑫身上的谜团，还得先找崔延丽。

自从见到崔延丽的第一眼起，她给唐钰的印象就是此人不是一个简单的女人。她的眉眼中，透露出平常女子难有的自负和淡漠，而从她与唐钰一道从容不迫救唐凯的行动，以及金家父子对她的态度，唐钰也估摸得出，这是一个有很多故事的睿智女人。

唐钰找了一个安静舒适的地方，同崔延丽来一次促膝长谈。

长寿路62号浓浓情咖啡馆，这是崔延丽定的地点。

崔延丽穿的还是那件红色羽绒长外套。崔延丽坐了下来，脱下了长外套，露出的是紧身的黑色羊绒毛衣，脖子上系着的淡蓝色丝巾很好地透出女人的高雅与自信。

“你喜欢喝咖啡？”唐钰漫不经心地问。

“嗯，你呢？”

唐钰只是摇头笑了笑，她第一次来这个浓浓情咖啡馆，平时，她哪有这闲工夫。

崔延丽向服务生招了招手，服务生应招而来，问：“两位要点什么？”

“来杯玛琪雅朵。”说完，问唐钰，“你要什么？”

唐钰哪知道这些，听着名字都新鲜，只好道：“一样的吧。”

崔延丽叹息了一声，说道：“你们干的这种工作，平时挺忙的吧？”

唐钰还是苦笑着摇头。

服务生端着咖啡来了，唐钰接过咖啡，习惯性地操起勺子搅拌起来。

崔延丽一见，微微笑了，问道：“你是第一次来这里吧？”

唐钰一时愣住了。

“玛琪雅朵是不需要搅拌的，搅拌了反而会破坏它的口感。”

唐钰尴尬地放下勺子，说：“让你见笑了。”

“不，哪敢，那一次你救了唐凯的命，我从心底里敬佩你，一直都没有机会向你表达一下谢意。”

“其实，你也不简单，那一次也让我对你刮目相看。”

“你约我，不是来互相恭维的吧？”

“当然。”唐钰闻出了咖啡的香气，却品尝了咖啡的苦，“我看得出来，你与唐凯关系不一般。”

崔延丽沉默半晌，问：“这事与案子有关吗？”

“那好吧，说说金鑫的事。”

“金鑫？你是不是怀疑，这事与金鑫有关？”

“你是了解他的。”

崔延丽叹息了一声，说道：“说实话，金鑫看起来是个大老粗，但其实他的心挺细的。如果结婚，他一定是个宠老婆的人，只是，我与这种人不投缘，何况，我年纪还比他大这么多。”

“我打听过，元月 19 日这天，他不在公司，家人也不知道他的去向。韩晓堂说，17 日他同金鑫去吃他小舅子孩子的满月酒，他一人去了桐木镇，之后两天都没有回家。”

崔延丽一听，怔了怔。

“你怎么了？”唐钰看她强装着镇定，却皱了皱眉。

“他去桐木镇找我了。”

“找你？”唐钰一惊，“你怎么会在桐木镇？”

“我就是桐木镇人，你不知道吗？”

崔延丽一口喝了大半杯咖啡，不紧不慢道：“那两天我回了桐木镇老家，不知他怎么就知道了，在那里找到了我，19 日一早，我们就回单位了。”

“这两天，你们没有去过其他地方？”

崔延丽摇了摇头。

“可是 19 日这天，单位及家里也没有人见过他。”

“他是坐我的车回城里的，到城里后，我问他是回单位还是回家，他说，把他放到中山路东华广场就行了，所以到了东华广场后，他就下了车，我也不知道他去干了些什么。”

“你之后在什么时候、什么地方见过他？”

“那是在出事以后了，在唐凯的病房见过他。”

“我听说，你差点儿就同唐凯结婚了，后来他为什么又找了现在的妻子？”

崔延丽一听，淡淡地笑了笑。

“你要是不愿说，我不强求。”

“没有什么不好说的，你是警察，我相信你不是那种八卦婆，反正现在说出来也无所谓了，我实话告诉你，唐凯没有生育能力。”

唐钰又是一惊。

“他对我说，这件事他连他爸都瞒着，他不想让他爸觉得在他这一代断了后，所以他说，他与我注定过不了一辈子，他要找一个有身孕的女人结婚，在他们婚后生下孩子，尽管这孩子不是他的，只要能瞒住他爸就行。”

“你说的，就是李佩琳？”

崔延丽点了点头。

“可是，他是怎么找到有身孕的李佩琳的？”

“当时我答应替他找，不料韩晓堂也知道了这事，在他的老家找了李佩琳。这件事，除了我和韩晓堂，没有其他人知道。”

韩晓堂？唐钰突发奇想，她回忆被杀的男孩子的照片，这男孩子同韩晓堂的相貌有些相似。

“难道，这孩子是韩晓堂的？”

“你别瞎猜！这孩子的爹，在李佩琳怀孕不久，就出车祸死了。”

唐钰惊得张大了嘴，半天没有合上。

“唐凯同李佩琳的感情好吗？”

“当然好呀，李佩琳你也看到了，长得还蛮惹人喜欢的，性格好，会讨好男人，两人十分恩爱。唐鸿淦见她有了身孕，更是视若掌上明珠。在孩子满月那天，唐鸿淦破天荒地办了 50 多桌酒席。”

唐钰看崔延丽在说这段话时，脸上充满着笑意，其实，她的内心是不是在滴血？

“其实，你这么聪明，还有很多办法，可以拥有一个孩子同唐凯在一起的，何必出此下策。”唐钰像是在试探。

崔延丽一听，突然哈哈笑了：“你也太轻看我了，你以为唐凯是什么人？不过就是有几个钱的老板嘛，我值得为他，让我拥有不是我们的孩子过一生？”

“可是，你自始至终还爱他，为他的一生操心，甚至不惜让另一个女人夺走你的爱。”

崔延丽又怔了怔，神情忧怨地看着窗外。

唐钰也沉默了许久，她自己也是女人，心里明白，于是转换了话题。

“我听说，唐凯与金鑫好像有些矛盾？”

崔延丽久久才回过神来，神情忧郁道：“是，都是因为我。”

“这么说，他们就是情敌了。”

“你觉得，我会同金鑫这样的人过一辈子吗？”

“金鑫同你在一起，说过与唐凯有关的什么话没有？”

崔延丽想了想，点了点头："他是说过一些过头的话，说，唐凯家不就是有几个臭钱嘛，凭什么他爹就要伺候唐凯一辈子，凭什么唐凯有了老婆，还要占有我，让唐凯不要太过分了，哪天把他惹火了，大不了他们两家同归于尽。"

"他是什么时候说过这样的话的?"

"这样的话他说得多了，不过都是当着我的面说的，在别人面前，没有说过。"

"唐家出了事后，你有没有想过，这事与他有关?"

崔延丽摇了摇头："当初我也想过，为什么偏偏他老爸金师傅走了后才发生了这件事，但是在医院看见他那副样子，我便打消了这个念头。"

"他是什么样子?"

"他当时气得整个脸都变了形，对唐凯说，这些王八蛋，要是被他逮住，他一定一个个活剥了他们的皮，以解心头之恨!"

"就凭这样你就信他?"

"我了解金鑫，他装不出来的。"

……

第六章　牵连

一

刘安明来电话了，他在查找胡林群的下落时发现了一些新的线索，问是不是当面向她做个汇报。

“不能电话沟通吗?”唐钰问。

“这些情况恐怕没有那么简单，电话里哪能说得清楚。”

“要不，你来我这里一趟?”

刘安明有些为难道：“镇里组织春节慰问烈士军属活动，要求一家家必须在节前走完。”

唐钰苦笑道：“好啦好啦！别向我叫苦了，我去找你。”

唐钰赶到镇派出所，已是中午了。刘所长见了唐钰，忙道：“先吃饭吧。”说完就拉着唐钰上车，唐钰道：“别弄这么麻烦了，好像我就是来赶饭似的，叫个盒饭就是了。”刘所长笑了笑：“你以为这是在东州呢，这小镇子哪来的外卖！也不去其他地方，就去我家里，我老伴儿做其他事不行，就会弄几个菜，反正家里除了我老伴儿，也没有其他人。”

“你家孩子呢?”

“在部队呢，现在也是个副连长了。”

“你这军属，薪火相传呀!”唐钰笑了笑，“成家了吗?”

“去年结婚了，在部队结的，媳妇就是这个镇子里的，是个老师。”

“干吗要在部队结婚?”

刘所长说起这事，就越发自豪：“连队领导要求的呀！他那部队也在边防，你说巧不巧吧，就是我原来的连队，驻守在一个大山沟里。有一个在山腰上的哨所，那山叫庭毫山。我带了儿媳妇去连队，哎呀，连队布置得像过大节似的，红旗招展，彩旗飞舞，全连官兵敲锣打鼓，列队欢迎。连长、指导员见了我儿媳妇，都说，我这小子哪来这福气，这哪是你们镇里人，这就是七仙女下凡来了嘛！全连的战士见了，高兴得就像迎接自己的媳妇，专门杀了一头猪，买了鸡鸭鱼酒，为他们办结婚喜酒。全连 100 多号人哩，儿媳妇硬是一个个向他们敬酒，落落大方。那些战友比自己娶媳妇还喜庆。连队也没有什么招待所，指导员住到连长房间，把自己的房间让出来，给我儿子两口子做新房，连长还派了两个哨兵站岗。”

唐钰听了，也在心里赞叹。刘所长又道：“你是不知道，连队 100 多号官兵，清一色的小伙子，聚在那个山沟里，前不着村，后不着店，一年到头，不要说见到一个女人，就是看到一个老百姓也难。老兵们对我说，你是来这里不久，你要是再待上几年，看到母猪都是双眼皮哩。”

“母猪双眼皮!”唐钰一只手捂着嘴笑。

刘所长的家不在镇子里，而是位于镇东北方向的一座山下，沿山脚排列一栋栋有院落的两三层高的楼房，看起来都是新盖的。

刘所长的妻子迎了出来，热情地把唐钰让进了屋，房屋宽敞明亮，茶几上摆上了水果、瓜子、茶。唐钰看刘所长忙着清理放在沙发上的一套书，就问：“你喜欢看书？”刘所长笑了笑：“刚收到的。”唐钰好奇，忙上前接过看了，是一套系列丛书：《留在庭毫山的记忆》《来自庭毫山的报告》《他们从庭毫山走来》《庭毫山的剑麻诗》。

唐钰惊叹：“这都是你写的？”刘所长道：“都是我们在庭毫山当过兵的战友写的。”

唐钰翻开《庭毫山的剑麻诗》，看到其中的一首诗：

复员老兵

作者：刘安明

不要送我
不要让泪水将思念打湿
归乡的路好长好泥泞
没有拐杖我如何走出潇洒

不要送我
泪水会冲淡鸡汤的营养
慈母般的情过去我总消化不了
兄长，我怕途中饥饿

不要送我
弟弟的阵地还在等着你的电话

泪水多了会锈蚀电线

误了长途却不能拨不通号码

……

在学校的时候，唐钰也写过一些文采飞扬的诗，也曾在学生会上高亢激扬地朗诵过。入警后，她多年来也没有这个闲情逸致了，今天看了这诗，让她想起了当年。此刻，她涌现了少有的心动，在那片陌生而神秘的军营，她感受到了很少有过的神圣和纯净。

"这套书，哪里有卖?"唐钰问。

"你要的话，到时我们送你一套就是了。"刘所长回答得很爽快。

吃过饭，两人回到派出所，刘所长找出一沓复印件来，送到唐钰眼前，抽出一张照片，对唐钰道："你看看，这就是小时候的胡林群。"

唐钰一看，是胡林群初中毕业证上的照片，一件绿色军上衣，平头，圆脸，双眼炯炯有神。

"我怀疑，明光集团的唐凯就是这个胡林群。"

"这怎么可能?"唐钰一惊，"你找到了什么证据?"

"你先仔细看看这两个人的长相，有没有什么相似的地方?"

唐钰又取了唐凯的近照，细细比对看了看，对刘所长道："两人长相倒是有些相似，但是，我们不能凭这张照片就断定是同一个人，毕竟，长相相似的人多了。"

"我起初也没有往这方面想，只是我老伴儿偶然对我说，她在街上听一位卖菜的老太太说，有人见过唐凯在清明节到过胡进的坟头上过坟。”

“她们怎么知道来上坟的人是唐凯?”

“我问过我老伴儿了，她说，卖菜的老太太也是听她孙子说的。她孙子七岁，在山上玩，看到一辆黑色的车开到山腰，车上下来一个人，在打电话，说话声音很大，他说他是唐凯。”

“七岁的小孩子，怎么会记得并向别人说出他的名字?”

“说来也巧，这个孩子的一个同班同学，也叫这个名字，所以他也就记下来，向他妈说了。”

“这孩子还在镇上吗?”

“唉，也不巧，两天前这一家人回贵州娘舅家过年去了。”

“要是有这事，这个唐凯应该每年都会来的，问问其他在附近有坟地的人，应该还可以打听到。”

“我打听过了，目前还没有人见过这个唐凯。”

“还有，”刘所长取出了一份资料，“你看，这是‘10·17’罗小聪夫妻车祸案的资料。我仔细看了看案卷，觉得这起车祸案有很多疑点，我怀疑，这是一宗伪造车祸现场的故意杀人案。”

唐钰看了看，是一辆摩托车同一辆货车在半山腰的弯道会车时相撞的事故，车祸造成货车与摩托车双双坠入20多米深的山沟，货车司机与摩托车上的夫妻俩共三人，全部身亡，而驾驶和乘坐摩托车的，正是罗小聪夫妻。

“你的疑点在哪里?”

“有几个疑点，你看，这个坠车现场照片，在货车来的方向，货车停的地方，有一堆烟头，有五个烟蒂，案发前这里下过一场暴雨，而这些烟蒂没有被暴雨打湿，被泥水裹过，而且暴雨之后，除了这辆货车，没有其他车辆出现过，所以应该是这个货车司机在案发时抽的烟。在半山腰弯道这么不安全的地方，他停在这里这么久干什么？这样的话是不是可以推断，这个司机在这里等这辆摩托车？还有，我也去过现场，那是个山腰拐弯下坡路段，摩托车是上坡，货车是下坡，这种会车，即使是发生在紧急情况下，两车都会习惯性向右避让，靠近外侧悬崖方向的是摩托车，靠近内侧山墙方向的是货车，要么是货车司机采取紧急刹车，而把回避不及的摩托车撞下山，要么是摩托车为逃避货车相撞，采取紧急回避措施，货车司机因处置失误而坠落山下。我怎么看，也看不出两车同时翻下山的情况。还有，你看，在这个路面下坡方向，还有一道清晰的小车车轮印，小车停在距离现场四五米远的位置，而当时的这段公路很少有小车在案发期间往返，我怀疑是制造这起车祸的凶手所驾驶的车辆。”

唐钰没有看到现场全景照片，她无法对刘所长的话作出判断，但她对烟蒂的这个判断产生了兴趣。

“五个烟蒂？至少也得半个小时吧？”

“对，那个时候，是 1997 年，村子里的人还没有手机，就是镇上的人，也只有少数人有 BP 机，通信联系不便。如果是有人在蓄意谋划，这个司机就是在等人。我查过了，当天是横水村王老四的父亲 100 岁阴生，也就是 100 年诞辰，他要给父亲修墓竖碑。这个碑是在镇里找人刻的，这个货车司机就是当天一大早给王老四家送碑和几袋水泥的。从横水村回来时是上午 11 点左右，这罗小聪夫妻也正好从镇上赶集回村，就是这么出的事。”

“如果是谋杀，谁会杀他们？为什么杀他们？”

“会不会是胡林群？”

“胡林群?”

“当时公安在‘8·15’凶杀案侦查工作中，已认定了罗小聪夫妻是杀人案的凶手，其主要证据：一是，在大排查中，有他们夫妻二人没有不在现场的证明，案发期间，有人证明罗小聪妻子在现场附近出现过；二是，罗小聪妻子被胡家兄弟奸污过，她只是忍气吞声，罗小聪发过话，要杀他全家；三是，现场发现的塑料凉鞋，经比对，与罗小聪妻子所穿的塑料凉鞋有同一性。最后，罗小聪主动自首，说人是他杀的。案子移交检察院，检察院因证据不足，几次退回要求重新侦查，最后检察院还是以‘连南县公安局认定罗小聪夫妻涉嫌故意杀人的事实不清，证据不足，不符合起诉条件’而退回，后来因案情重大，由市局参与复查，在复查中，罗小聪翻供，称自己的招供是逼供，市局又进行了一个多月的侦查，还是没有找到罗小聪夫妻故意杀人的证据链，所以在将他俩关押近三个月后，把他们放了出来。所以我分析，不排除胡林群及其亲属报复杀人的可能。”

“当时在侦查‘8·15’凶杀案的时候，他们找过这个胡林群没有?”

“应该没有，我没有在案卷中发现他的供述或证言证词。”

刘所长又找出了几张“8·15”凶杀案的现场照，对唐钰道：“你看，这三名受害者都是在洞里不同的位置，其中两人被杀后都被移到了洞子最深处，第三人就是两人的父亲胡进，被杀的位置在距离洞口五米的地方。三人受击的部位，两人是在后脑勺上，胡进是在额头上。当时侦查员的分析判断应该是对的，就是凶手通过一种诱骗的方式，先后将他们三个人在不同时段分别骗到这个洞里，然后乘其不备下手的。因为如果是一名凶手的话，是无论如何对付不了这三个高大魁梧的男子的，他们在杀了第一个来洞里的人后，便移尸到洞里，又开始杀第二个来洞里的人，杀的最后一个就是胡进。当时罗小聪妻子的招供与侦查员的推断一致，所以后来侦查人员锁定了罗小聪夫妻。”

“如果胡林群是‘10·17’罗小聪车祸案的凶手，而胡林群又是唐凯的话，那就太可怕了。这样的话，我们是否可以推断，唐凯一家的被害，又是不是罗小聪等家人的报复?”

“我们查了罗小聪的家人，这对夫妻在村子里没有亲属，不存在有这种报复的人，当然，我们也不能排除当初村里的这些被胡家祸害的人或者真正的杀人凶手知道唐凯就是胡林群的真相后，采取这种手段报复或灭口。”

唐钰的脸上笼罩着阴云。

看来，弄清唐凯的真实身份，是现在迫切要做的事。

“这样，你在这里，首先设法与那个见过唐凯的孩子取得联系，让他辨认唐凯的照片，确认是不是唐凯，还有设法找出‘8·15’凶杀案以及‘10·17’罗小聪车祸案的一些关键人物，比如参与的侦查人员、受害者、见证人等，列个名单给我，看来，这个地方，我们得好好用点儿功夫了。”

“‘8·15’凶杀案的一些被胡家祸害的人，我都找到了，这是名单，共17人，都是女的，这么多年过去了，她们也都儿女成群了。我想她们都不愿再向人谈及她们的往事了，特别是对我这个男的，而你是女同志，又在城里，她们可能顾忌小些，凭借丰富的经验，你找她们谈，应该好沟通一些。”

唐钰想了想，点了点头：“我试试看吧，不过，唐凯的真实身份，我回去也核实核实，弄清楚再说吧。”

刘所长正要说话，他的手机响了，刘所长接完电话，慌忙地站了起来。

“要不，你再好好看看这些资料，我出去一下。”

“什么事？”

“有人报案，皮划沟路边发现一名弃婴。”

“弃婴，这事也归你管吗？”

“人命关天，我们能见死不救吗！”

唐钰便也站了起来，道：“我同你一道去吧。”

唐钰上了车，问刘所长：“所里派不出别的人了吗？”

刘所长把车发动得吱吱响，摇着头道：“所里加上我共七个民警，除了两个单身汉值班，我全都让他们休假了。你是不知道，所里的这几个民警一年到头也没有休过节假日，妻子都在省城打工，好不容易在春节回了家，就让他们多团聚几天吧。”

“所里没有辅警吗？”

刘所长苦笑道：“你以为我们像你们城里有钱的单位，养得起辅警。这里呢，平时也没有什么案子，镇政府多雇了两个保安，刘书记还心疼这笔开支呢！”

二

到了皮划沟，原来这是镇子东面的一条偏僻公路，公路边围着一堆人，一位大妈正抱着一个哭声微弱的婴儿哄着，婴儿被一条白色床单裹着，面部都发紫了。

刘所长一下车，便毫不犹豫地从大妈手中接过婴儿，同唐钰上了车，车子开到一家超市门前，对唐钰道：“孩子可能饿了，你下车买些牛奶，到镇卫生院来。”

唐钰进入超市，挑了最贵的纯牛奶，牛奶是袋装的，唐钰想了想，又买了一个玻璃奶瓶，当场把牛奶注入瓶中，出门时又想，这么小的婴儿，总不能喝冷牛奶，便一边往卫生院方向赶，一边四处张望。走了不远，见路边有一家肉铺正在杀猪。只见两个大汉，一人在往猪身上浇开水，另一人操着大杀猪刀脱毛。

唐钰忙赶上去，举着奶瓶对二人道：“大哥，我想用点儿热水，热热牛奶。”

正在脱毛的汉子40多岁，浓眉大眼，上下打量了唐钰一眼，眼光就有些邪，将手里的杀猪刀晃了晃，嘿嘿笑着：“哟，这妹子年纪轻轻，名堂倒不少，喝个牛奶，还要热的，妹子要是怕冷，到大哥身上焐一焐就是了，何必那么麻烦。”

唐钰办事要紧，哪里有心思理睬那人的戏弄，见旁边有一个大土灶，灶上的大锅里烧着滚开水，灶上还有一个大木勺，便上前取了勺子打了水，把奶瓶放进勺子里。也是唐钰倒霉，瓶子放进去刚一会儿，就听砰的一声，瓶子竟被开水烫得炸开了，裂成几片，牛奶全渗到开水里了。

“这什么破瓶子！”唐钰急得想哭。

那浇开水的汉子50多岁，到灶台取水，取过勺子一看，叹息了一声，对唐钰道：“你这瓶子是在前面的超市买的吧，那个超市有什么好货！你们这些小年轻，看起来有模有样，做起事来怎么连个小屁孩都不如！”便把一勺子的奶水连同碎玻璃瓶往一旁的垃圾堆倒了。

唐钰哭丧着脸正要离开，却见里屋出来一个怀抱婴儿的少妇，上穿一件深红色棉衣，内着一件米黄绒毛衫，一看就知道是在哺乳期。少妇对唐钰道：“这位妹子，你是要奶孩子吧？怎么不见你孩子呢？”唐钰无奈，只得将实情说了，妇人笑道：“你早说呀，怪不得刚才看见刘所的车经过我们家门口，我向他打招呼他都没有理我。你等着，正好我这奶水多，挤些给你送过去。”唐钰有些为难：“这怎么好意思呢？”妇人道：“这没什么，孩子也是一条人命呢。”

唐钰只好等妇人取来奶瓶挤奶，那40多岁的汉子这才凑到唐钰身边，讨好地对唐钰道：“刚才不晓得您是跟刘所一起的，只怪我这臭嘴，不分好歹，您要解气，您就打我耳光子吧！”唐钰一看汉子神态，掩嘴想笑，一旁挤奶的少妇向汉子呸了一声，说道：“让人家打你，人家还怕脏了手哩！你那张臭嘴，迟早会有讨打的时候，哪天被人打死了，我也不会去收尸。”

唐钰等妇人挤满了一奶瓶的奶，向妇人道了谢，便急急往卫生院跑，刚挤出的奶是温热的，唐钰担心凉了，便把奶瓶揣入怀里，贴胸焐着。

镇卫生院不大，唐钰见刘所长把自己的衣服脱下来包裹着孩子，正在给孩子喂奶呢。他见唐钰上气不接下气奔来，说道：“我让你去买牛奶，你去养奶牛了吧？”

“我，我这里有人奶。”唐钰一边喘着气，一边解开上衣，伸手就往胸前掏摸。

“你？”刘所长一时愣了，两眼瞪得像铜铃。

唐钰掏出奶瓶来，看刘所长的眼神，扑哧一声笑了：“你想哪儿去了，是人家奶孩子的妈现挤的奶。”

刘所长松了一口气，尴尬地笑了。唐钰要上前来抱孩子喂奶，刘所长不让。唐钰看孩子吃得正香，问：“检查做得怎么样了？”

“医生只是简单检查了一下，还都正常，只是心脏有些杂音，现在做仪器检查的都下班了，只好等明天，要做个心电图、脑电图和彩超。”

“那今晚这孩子怎么办？”

“要不你回去吧，我在这医院守着，孩子一旦有事，也能有医生处理。”

“这孩子的检查费用，谁来掏？”

刘所长无奈地笑着摇了摇头。

“这孩子以后怎么办？”

“要是没有毛病，倒是可以移交孤儿院，办个手续就是了。”

“要是有毛病呢？”

“那还能哪样，在医院治呗。”

“那这钱谁掏？”

刘所长不吭声，看着孩子，一脸慈祥。

唐钰紧靠在刘所长身边，看孩子吃奶。

“你回去吧。”

“不回，陪你呗。”

刘所长苦笑着摇头。

唐钰想回所里看看案卷，正想起身，刘所长的手机便传来了铃声：“战友战友亲如兄弟，革命把我们召唤在一起……”

唐钰听这支曲子似带步伐节奏，应该是军歌，正想问问，却看刘所长接完电话，脸都绿了。刘所长忙将孩子放到唐钰手里，又拨了个电话过去：“大妈，您饿了吧，送盒饭的今天遇到些麻烦，我再让人送来。您要饿了，床头有水果，先吃些填填肚子吧。”

手机里传来慈爱的声音：“安明，大妈我不饿，你忙你的事吧。”

“怎么了？”唐钰一脸茫然。

“给大妈送饭的小杏被小车撞了，我去下现场，你在这里看护孩子吧。”

“我也去吧。”唐钰本能道，一看手中的孩子，满脸犹豫，值班的两位护士正闲坐在服务台聊天，其中一位护士一看，便对唐钰道：“孩子交给我，你去吧！”唐钰便把孩子交给了护士，跟上了刘所长。

“这大妈是谁？”

“我一位战友的妈，80 多岁了，身体一直还好，生活能够自理，半个月前突发脑梗，好在抢救了过来，出院回家不久，还需要人照料些天。刚好一个送盒饭的小姑娘，叫小杏，说是她离大妈的住处不远，自告奋勇要利用送饭的机会，顺便照顾照顾大妈，大妈看小姑娘实诚，干脆把房门钥匙给了她。这不，刚才小杏来电话，她撞上人家的车了。”

现场就在距离卫生院不远的一个街道岔路口，送盒饭的小杏骑电动车从主道转入岔路，与从岔路快速冲出的黑色奥迪相迎，小杏急忙躲闪，然而电动车还是被奥迪撞倒，小杏一只腿被电动车压了，痛得大气都不敢喘，车上的盒饭撒了一地。女司机从车上下来，一看车身一侧被电动车刮了一道长长的擦痕，不禁勃然大怒，让小杏拿出两万元钱，小杏一时无计可施，只恐耽误了给大妈送晚饭，便给刘所长打了电话。

刘所长同唐钰赶到时，现场围了一堆人，小杏蹲在地上呜呜地哭，一旁的奥迪车前的一名 30 岁左右的女子正滔滔不绝地向众人数落农村来的人素质太差什么的话。唐钰一见，忙上前要将小杏扶起来，但哪里扶得起来，原来小杏的左小腿已红肿渗血。唐钰一边替小杏抹泪，一边看了看一旁的女子，见那女子一身暗红色厚绒长裙，脖子上围了一条淡绿纱巾，大爆炸头，正盛气凌人地看着她。唐钰正要发火，却见那女子一见是刘所长来了，忙展开一张笑脸，向刘所长迎了上去，亲热道："哎呀，是刘所呀！你来得正好，你要替我做主呀！"便把刘所拉到自己的车边，指了指车上的一道划痕，"你看呀，我这车才用几天！她要是在我脸上划一道口子，我也不这么心疼呀！"

刘所长没有理会那女子，上前看了看小杏的腿。小杏含着泪，说话声音咝咝的，对刘所长说："大哥，对不起，耽误大妈的晚饭了。"刘所长二话不说，撑起小杏就往自己车上放，对唐钰道："我先送小杏上卫生院，这里你处理一下。"说着，开车走了。

那女子便凑上前来，问唐钰道："你是刘所的什么人？"唐钰没有回答她的话，随手拍了几张现场照，固定了证据，把身上市局的警察证掏出来向她亮了亮。那女子看清了，说："你是市局的？"唐钰也不理会，把地上的电动车扶到了一边，把手伸向了女子："证件！"

"什么证件？"

"身份证，驾驶证。"

女子掏出了证件，唐钰看了看，女子名叫钟婷婷，便将证件收了，然后说："你可以走了，这几天不要离开这里，等派出所电话。"

"哎呀！"钟婷婷大声怪叫，"凭什么让我去派出所！明明是她撞了我的车！"

唐钰冷笑道：“你不知道看现场，交通规则应该懂吧，你不超速行驶，她会撞上你吗？要等着看那个被撞的小姑娘的伤情，如果伤重了，恐怕你这辆车都要搭进去。”

唐钰看女人在怒气冲冲地打电话，她没有时间耗在这里了，忙向卫生院赶去。

唐钰赶到卫生院，见医生正在按小杏的腿，按得小杏哎哟哟地叫。唐钰把女人的证件递给刘所长，刘所长接过证件，问：“那孩子呢？”一句话提醒了唐钰，刚才进门的时候，没有留心那抱孩子的护士还在没在，忙回到服务台，却见只有一位护士坐在台前打瞌睡。唐钰拍了拍服务台，把护士吓了一跳，唐钰问：“那孩子呢？”护士一愣：“哪个孩子？”唐钰急了：“我离开这里之前交给这里护士的孩子呀！”护士道：“我接班时，没有看见孩子呀！”

唐钰抻长脖子往服务台里看了看，哪有孩子的踪影，心里突突直跳，想了想，便问：“你上个班的值班员是谁？有她的电话吗？你问问她。”护士便用服务台的电话拨了一个电话，那边有人声了，像是一群人的哄笑声，随后一个声音传来：“有事吗？”护士便把电话递给唐钰，唐钰气急败坏地问：“我的孩子呢？”只听对方笑道：“在我这儿呢，你不晓得，这孩子能睁眼看人了，这么小的人，眼珠子滴溜溜转，把我们姐妹一个个都转到了，还冲我们笑着叫呢，都把我们逗乐了。”

唐钰这才放下心来。

第七章　车祸

一

唐钰赶回城的时候，已经是半夜了。她困得连澡都懒得洗了，匆匆擦了擦脸，就上了床。唐钰裹在被子里，感觉浑身半天还没有一丝暖和气，双脚一直都是冰的，也睡不着，脑子里疑窦重重，如果唐凯就是胡林群，如果“1·19”案真的与30年前的神仙洞“8·15”凶杀案有关，如果“10·17”罗小聪车祸案是一宗蓄意谋杀案，那么，“1·19”案是仇杀案，就不难解释了。那么，除了刘所长那边，唐凯一家人中，除了唐凯本人，又有谁能了解这一家人的底细？金师傅、崔延丽还是金鑫？现在，除了金师傅和崔延丽，她还没有接触金鑫。唐钰的许多疑点，又都集中在金鑫身上，看来，她得好好会一会金鑫了。唐钰越想越难以入睡，干脆又起床冲了个热水澡，好不容易一身热烘烘地钻进被窝，手机响了，是吴昊打来的。

“你赶快来局里吧，又出事了，金鑫出车祸了！”

唐钰感觉全身的血都涌上了脑袋，眼冒金星：“金鑫？怎么出的事？人怎么样了？”

“现在说不清是什么原因，人还在昏迷，初步判断是疲劳驾驶，孙局让你赶快来市局情指中心。”

疲劳驾驶？怎么这么巧？唐钰脑子里一团雾水。

凌晨的市局情指中心，依然灯火通明。

“金鑫是在晚上7点20分从市里赶去桐木镇，8点50分左右在G106高速距离市区120公里左右的塘楼村出的事。当时我们赶过去时，人和车掉到了路面下七米深的山林子里。”一名交警向唐钰介绍。

“是谁报的案?”

“是跟在金鑫车后面的一辆货车司机报的案，这名司机亲眼看到金鑫的车冲破栏杆，掉下山谷的。我们当时查看了他的手机通信，当时他正在同一个人通电话，对方是在桐木镇的一名女子，名叫钟婷婷。”

“钟婷婷?!”

唐钰张开的嘴半天没有合上。

“对，我查了一下，这个钟婷婷先后向他打了三通电话，第一通电话是6点55分打来的。我们判断，金鑫就是接了这通电话后，才动身去找她的。最后这通电话，还是这名女子打来的。据后面的货车司机反映，金鑫的车刚超过他的车不久就出了事，当时货车司机的车速是每小时120公里，从金鑫的车的超车速度看，至少达到了每小时160公里。我们判断，也许是金鑫的车开得太快，在接这通电话时，措手不及，翻了车，也许就是疲劳驾驶。我们问了他身边的人，他们反映，金鑫有时晚上有打麻将的习惯，出事的前一天晚上，他打了一夜的麻将。”

难道天下有这么巧合的事？唐钰道：“把钟婷婷的照片放出来！”

钟婷婷的照片很快出来了，正是那位她当天傍晚处理过的开奥迪车的女子。

唐钰当时是看见她在气呼呼地打电话的，难道她当时打电话的对象就是金鑫？如果真的是，那么，金鑫与她是什么关系？如果是，应该是唐钰的话刺激了她，觉得对她的处置不公，而唐钰又是市局的人，当然要搬救兵，这个救兵自然是她最亲近又能帮她忙的人，金鑫接到了这通电话，当即便赶过去，也在情理之中。如果真是这样，那么，唐钰可以判定，这起车祸便是一个偶然，不会与谋杀有关，不会的！

唐钰当即便想给刘所长打电话，看了看时间，已是凌晨4时了，她有些不忍心，想了想，钟婷婷若真与金鑫的关系不浅的话，就一定会赶到医院来看金鑫，她现在急也没有用，耐心等天亮再说吧。

第二天上午，唐钰打了刘所长电话，想问钟婷婷的事，刘所长说，在下乡的路上，正在开车呢。唐钰一听，马上就挂断了电话，便决定去医院，先看看金鑫的情况。

车子到了一家公共厕所门口，看到一个女子正在与一位片警纠缠，唐钰一看，吃了一惊，又是钟婷婷。钟婷婷一只手提着一大袋水果和食品，另一只手指着片警怒吼。

“哎，我们养着你们有什么用，还不如养一条狗，那狗看我丢了东西，还会把东西给我叼回来！”

“怎么又是你？”

唐钰冲钟婷婷哼了一声，便站到了片警面前，向片警亮了亮警察证，问：“发生了什么事?”

片警还未答话，钟婷婷余怒未消，瞪了唐钰一眼，好像是想起唐钰来了，对唐钰冷笑道：“真是冤家路窄，我怎么在哪里倒霉就在哪里碰到你，你跟踪我是不是?”

“你有什么事？向我说清楚，说不清楚，到所里去说，在这里骂大街，像话吗?”

“什么事，你怎么不去问他?”

唐钰看了看片警，片警道：“她在这里上厕所，把手机落在厕所里了，回来找的时候，手机不见了，要我们追回她的手机呢。”

唐钰听了，吃了一惊，手机丢了？她脑海里便闪现出一个预谋来，难道这一切，都是有人在暗地里操纵？

唐钰便对一旁的片警道：“这件事，我来处理吧。”

唐钰忙把钟婷婷拉到了警务室，扶她坐下，倒了杯水递给她，被她一口喝了个精光，唐钰只好又添了杯水递过去：“我要不来，你那样骂下去，不怕喉咙出火吗！”

“我本来心情就不好，难过死了，你说说，我怎么办?”钟婷婷带着哭腔道。

“你仔细回忆回忆，从厕所出来时，手机放在哪里，看到有什么人进来过。”

婷婷想了想，说：“我一边解手一边在看手机信息，完了后找手纸，顺便就把手机放在身后的马桶盖上，后来我穿好裤子就出来了，到附近超市购物，购完物后想打通电话，才发现手机不见了。”

“你不是带着包吗？怎么不放包里，却放在马桶盖上?”

“那包挂在厕所门背后，够不着。”

“你把手机放在后面的马桶盖上，是为了腾出手来拿手纸和系衣带，完事后你不按开关冲洗马桶吗？”

“我冲水了呀！”

“你按马桶开关的时候，难道就没有发现手机还放在马桶盖上？”

钟婷婷一愣，想了半天，说道：“你是说，我按抽水开关的时候，发现手机在马桶盖上，就会把手机取了？”

“我问你呢！”

钟婷婷猛拍了拍脑袋：“天哪！我怎么就想不起来了呢？难道我的手机不是在厕所里丢的？”

“你平时手机都是放在包里吗？”

“不放包里，我哪里还有地方放！”

“你在超市购物的时候，取过手机吗？”

“超市？购物？”钟婷婷想了半天，双眼突然放亮，“我的天哪！是不是我在翻包找钱包时，顺便把手机放在人家柜台上了？”

“你仔细想想。”

“就算是这样，那手机也找不着了呀！刚才那个警察打了电话，都关机了呀，肯定被人拿走了。”钟婷婷还是一脸绝望。

“记得是哪个超市吗？”

钟婷婷拍了拍脑袋，说道：“这一时哪里想得起来。”

“你把超市的购物小票给我看看。”

钟婷婷掏出了小票，唐钰一看，是一家喜佳福超市。唐钰通过手机地图搜索，找到了超市的电话，拨了过去，问明了情况，冷笑着把手机递给钟婷婷。

钟婷婷一听，惊喜地站了起来：“是呀是呀，正是呀，正是呀，好的好的，手机没有电了，是是，我马上过来——”

钟婷婷一边说，一边疯了似的往门外跑，被唐钰喝住：“你等一等，你还想顺走我的手机呀！”

唐钰从钟婷婷手里取过手机，便对片警道：“这类人，你怕她干什么，你就让她骂大街。”

片警摇着头：“你是不怕，你在大机关，不知道我们基层的难处，人家动不动就投诉上告，动不动就发帖上网，动不动就人肉搜索，到时候，我们这些人稍有不慎怎么死的都不知道。”

唐钰叹息一声，上了钟婷婷的车，她要去看看，钟婷婷的手机有人偷看了没有，做了手脚没有。

“你是来看金鑫的吧？”

“你，你怎么知道？”钟婷婷一脸惊慌。

“你不要见怪，我也是去看金鑫的，我们同路。”

钟婷婷看了唐钰一眼，问：“你是金鑫什么人？”

唐钰冷笑：“我还想问你呢！”

“我跟金鑫，可是光明正大的朋友。”

“只是朋友吗？如果只是一般朋友，会遇到芝麻大点的事，就让人家赶100多公里来见你？他要是不去见你，会发生这种事吗？”

钟婷婷一听，带着哭腔道：“我哪里想到他会出事！”

唐钰叹息道：“你是干什么的？”

“我现在哪有什么事干！”

“没有干事，这车是你买的吗？”

“这是朋友的车。”

“哪个朋友会把这么好的新车给你开？”

“是朋友送我的车。”

“是金鑫送的吧？”

钟婷婷哼了哼：“他送得起吗！”

“你认识金鑫多久了？”

“七八年了吧！”

“怎么认识的？”

钟婷婷顿了顿，说道：“洗浴城，给他做过保健。”

“认识崔延丽吗？”

“能不认识吗，要不是她，我们早就是一家人了。”

“唐凯，你认识吧？”

婷婷冷笑道：“剥了皮都认得。”

“既然认得这么多人，为何偏偏要找金鑫？”

“他不是同你们公安派出所都熟嘛！”

车子到了喜佳福，唐钰不想再问了，这个女人心思还是挺深的，她得找个时间再好好同她谈谈。

超市服务员向钟婷婷问明情况后，把手机还给了钟婷婷，唐钰从钟婷婷手里接过手机，按了按开机键，果然没有电了，唐钰把手机送回给钟婷婷，对钟婷婷道：“充好电后，不要去动手机，我们要检查手机内的信息。”

“干什么？为什么要查我的手机信息？”钟婷婷又恼怒起来。

“金鑫的车祸目前还在侦查定性阶段，我们不排除是意外车祸还是人为谋杀。所以，在侦查阶段，对所有与此案有关的人都要调查。”

“你不会怀疑他的车祸与我有关吧？”

“你只要听我的话，好好配合我们调查，是不是与你有关，会查清楚的。对，我提醒你，你不要试图删除手机上的信息，你删除的东西，我们在服务器上都是可以恢复的，我劝你不要干这种蠢事。”

唐钰向钟婷婷交代完了，便向超市服务员询问钟婷婷的手机在店里有没有被其他人使用过，服务员一口咬定，在这期间，除了她，没有任何人碰过。

二

唐钰没有机会向金鑫问话了，金鑫一直处于深度昏迷，于次日晚上10时42分经抢救无效死亡。唐钰的心情沮丧到了极点。

唐钰查了查钟婷婷的基本情况。钟婷婷，原名钟菊秀，女，汉族，高中毕业，身高1.67米，1990年5月出生，连南县桐木镇横水村人。

又是横水村人!

看来，也许这个钟婷婷会知道一些关于金鑫的信息。

钟婷婷住在金水宾馆，唐钰主动上门找她。

钟婷婷开了门，看了唐钰一眼，便默默地坐在床头，一脸憔悴，双眼红肿。

“你们查完了没有？他什么时候才能火化?”钟婷婷冷着脸问。

唐钰已经知道，市局交警支队已经向市局递交了属意外交通事故的定性处理意见，市局还要征求唐钰等相关部门的意见，但唐钰没有签字。

唐钰道：“你觉得我专程来找你，是来回答这个问题的吗?”

钟婷婷将自己的手机递给唐钰："你不是要看手机吗，你看呀！"

唐钰看了看当天的手机信息，没有发现什么异常，把手机递回给钟婷婷："问你几个问题。"

钟婷婷点了点头。

"你对金鑫的车祸怎么看？他平时开车容易失控吗？"

"绝对不会，他的车技很高的，反应也很快，从来不会因为突发情况失控。"

"出现过疲劳驾驶失控吗？"

"从来没有过，他开车的时候，精神状态都很好，他抽烟，车上还准备了咖啡、红牛等提神饮料和口香糖，就是为了在出现疲劳时应付的，他怎么可能会疲劳驾驶失控！"

"你给金鑫打电话的时候，知道他在干什么吗？"

"他正在吃晚饭。"

"他在同谁吃饭？"

"这我哪知道？哦，想起来了，他身边好像还有一个人，听声音好像是韩老板，他说，这么晚了，你还真赶过去呀！"

"哪个韩老板？"

"韩晓堂。"

"韩晓堂？你认识？"

"我当初做保健时，他也常来。"

"唐凯也去吗？"

钟婷婷点了点头。

"我猜得不错的话，你那辆车是唐凯送的吧？"

钟婷婷哼了哼："他才没有这么大方呢，这车是韩晓堂送的。"

唐钰一脸疑惑：“看来，韩晓堂同你的关系也不一般。”

钟婷婷叹息了一声：“你说得不错，可惜他是有妻室的人了，要不然，我就嫁他了。”

“你对唐凯了解吗？”

钟婷婷冷笑道：“我要说出来，恐怕你们都不会相信。”

“你说说看。”

“反正现在他那老爸也不在了，我不怕说出来，他不是唐鸿淦的亲生儿子，是认的儿子。知道唐凯是谁吗？他就是胡进的儿子胡林群。”

唐钰虽然已对唐凯的真实身份有了心理准备，但这消息从这个女子嘴里说出来，还是让她有些吃惊。

“你是怎么知道的？”

“金鑫告诉我的。”

“他为什么要告诉你这事？”

“我也不知道，不过他提醒我，对谁都不能说，要是这事传出去了，唐凯就有杀身之祸。”

“杀身之祸？为什么？”

“我也不知道为什么，听金鑫说，好像在横水村，以及附近的几个村，还有不少他家的仇人，因为害怕他报复，要斩草除根。”

……

唐钰马上给杨茹打了通电话，她要对金鑫的尸体进行毒物化验。

打了杨茹的电话后，唐钰又向孙副局长汇报了情况，申请要进入桐木镇，查神仙洞的“8·15”凶杀案以及“10·17”罗小聪车祸案。

孙副局长有些难以置信："即使你确认唐凯就是胡林群，那你能断定那些案子与这起劫持案有关吗?"

"我当然不能断定，但种种迹象让我不得不怀疑，就是查出来与此无关，也能让我消除这个最大的疑点。"

"那些几十年的旧案，你一时能理得出头绪？一旦我们的侦查方向错了，再回过头来，这个破案的黄金时机就错失了，以后就全盘皆失，这个案子就会拖得遥遥无期。"

"我还是相信我的判断。"唐钰语气坚定。

"你要知道，去异地办案，人家的地盘，你去逞能，人家还不一定领情。还得请示省厅来协调。"

"所以我得向你请示呀。"

"你要多少人?"

"就我一个人，其他人我一个不动，让他们都投入到查访和技术那一块吧，那一块也不能耽误，桐木镇派出所有刘所长配合我。当然，还得麻烦你，向省厅协调一下，还得清新市连南县他们分管的局头点头才行。"

孙副局长道："这件事就不要麻烦省厅了，这个案子，梁厅已发了话，我向清新市翁局打个招呼就是了。我可以给你一点儿时间，七天，七天内，我等着你的结论。"

唐钰看了看日历，十天后，就是春节了。

"好吧孙局，你就把我往绝路上逼吧。"

孙副局长冷笑道："这是你自讨的，只要你不疯就行。"

三

唐钰到桐木镇派出所时已是中午，见派出所的一名年轻民警在门口迎接她。民警热情地从车上提下唐钰的行李箱，对唐钰道：“我姓李名震，您叫我小李吧。刘所一早就同镇领导陪同从东州来的林总去双溪村了，你的住所，林总已给你安排好了，在镇里的明光宾馆的 801 号房间，中午就在镇食堂吃个工作餐，晚上刘所、镇领导和他的战友要一起请你吃饭。从明天开始，就安排在镇食堂吃饭，您生活方面有什么事，找我就是了。”

唐钰问：“你说的那林总就是明光集团的老总林宏洲吧?”

小李点了点头：“唐支你也认识他?”

唐钰问：“镇里没有招待所吗？为什么让他安排?”

“镇里的招待所已经不开张了，服务员都放假回家过年了，节后才上班。刘所说了，这段时间，刘所和我全力配合你的工作，给你安排一个套间，也是为了工作方便。至于房费，你按公差报销的标准交费，剩下的房费也不多，由林总解决。”

唐钰摇了摇头：“这恐怕不行，能找个不超支的房间吗?”

“没有了，镇里不比东州，就这么巴掌大的地方，其他的房间你一定住不下去的。林总说了，你如果不想让他掏钱的话，他只能把房钱降到你交费的标准了。”

小李将唐钰带到了镇食堂，食堂里只有几名老年人在吃饭，小李道：“快过年了，镇里的干部全都下乡慰问去了。”

唐钰问：“那个林总经常来吗?”

“当然，这个镇是林总的重点扶贫镇，全镇 60 个贫困村脱贫工作经费都由他的集团承担。”

“这笔钱是由集团拨到各村吗？”

小李摇了摇头：“集团的扶贫经费是直接拨到县政府，由政府定点拨到各村。这个钱，政府怎么去花，林总他不管，他只是经常去各村镇，看村里群众的脱贫情况，只要他不满意，便以停止拨款为手段，逼政府使出浑身解数。”

唐钰苦笑道：“他把钱直接拨到各村不就好了？”

“要是拨到各村，村里把钱一分，村民吃饱了喝足了，钱用完了，还不是照样穷？林总说了，脱贫不是让政府养懒人，是要让他们依靠农村的优势，利用政府的扶贫资金，凭自己的吃苦拼搏，争取个铁饭碗，这才算真正的脱贫，这些工作，不依靠政府哪能行。何况，现在脱贫工作已成了各级政府的刚性任务，上面压得很死，所以刘所也承担了很大一份担子，除了几个脱贫村，他还主动要求为八家贫困户脱贫。”

“他们这次下乡也是在督查脱贫工作吗？”

“也不全是，也为这个案子来的。”

“案子？”唐钰警觉起来。

“我听说，林总也在关注这个神仙洞的‘8·15’凶杀案以及‘10·17’罗小聪车祸案。”

到了宾馆，小李便掏出一个文件夹，交到唐钰手里：“这是神仙洞的‘8·15’凶杀案以及‘10·17’罗小聪车祸案的一些案卷资料，主要是我们将要找的这些人的相关背景资料，你先看一看，熟悉一下情况，然后我们听从你的安排。”

唐钰点了点头。

小李道：“经我们整理，神仙洞的‘8·15’凶杀案中，当时调查访问的村民达 178 人，其中，被胡进一家祸害过的女青年及妇女达 17 人，涉及 14 户，还有 3 户是母女共同被这胡家祸害过的，被这一家人打骂欺负过的有 13 户 32 人，这些人都有报复杀害胡家的动机。而在这些人中，不能排除作案嫌疑的共有 12 户 21 人，到现在为止，这 21 人中，已有 7 人去世，剩下的 14 人，有 3 人在省城和外省，11 人在本地，其中女的 10 人，男的 4 人。当初的办案人员，现在只剩下 3 人：市局刑侦支队原支队长郭怀明现退休在家，70 多岁了；两名侦查员，王景山，男，62 岁，邹小萌，女，58 岁，都已退休在家。这些人的基本情况，都在这些资料里。”

四

刘所长一行人晚上 7 时才回来。见到唐钰，刘所长一脸歉意。林总道：“都怪我，把你一个人晾在这里。”唐钰笑了笑：“你们忙的都是老百姓的大事，要怪就怪我不应该在这个时候来打搅你们，我也向你们保证，这几天的事让小李陪我就是了，不劳刘所和其他几位领导的大驾。”刘所长忙又介绍了镇书记和镇长，一行人来到镇食堂。

镇书记姓刘，对唐钰道：“本来是要安排在外面吃的，林总说了，知道我们政府的规矩，不能再这么安排了，只好委屈吃我们的食堂饭了。”唐钰笑了笑：“这次是林总来，我奉陪是可以的，以后可不敢这样了。刘所也知道，干我们这行的，没有个早晚，千万不要安排食堂为我备饭，每天随时有个盒饭就是了。”刘书记道："那也好办，这个事刘所负责，让食堂的师傅随时准备盒饭，随叫随送。唐支就不用再客气了。"唐钰只得罢了。

菜端了上来，倒也丰盛。刘书记亲自动手，提了一塑料桶的酒上来，往各人面前的饭碗里倒，酒呈玫瑰红色，一股似苹果味的浓郁香气四散开来，仿佛倒的不是酒，而是饮料。刘书记道："这是大金村的村民自家酿的酒，你们闻的是苹果香，其实不是苹果，泡的是那村子里的刺梨果。这种刺梨熟透了的时候，就是这种颜色，浑身通透紫红，果肉清脆，香甜如蜜。只是这种刺梨遍身是刺，这刺让人生畏，碰都碰不得，所以在过去，尽管这种东西漫山遍野都是，却没有人去理会它。现在听说，它能够润肺、化痰、止咳，更有能够解除酒毒的功效，所以村民用它来泡酒。我们正在联系外商，把它当成这个村的一项产业呢。"

唐钰听了好奇，便试着喝了一口，酒香直入肺腑，便点了点头。林总笑着对唐钰道："你看，镇里这些干部，脱贫都脱得走火入魔了，三句话不离本行。"唐钰也笑道："可不是吗，你看我们刘所，哪里是一个派出所所长，活脱脱成一个脱贫所长了。"刘书记也笑道："这镇里，一年到头，能有几个案子，你放心，等到了明年年底，脱贫任务完成了，我再还你一个更清闲的派出所所长。"刘所长一脸苦笑道："等镇里的老百姓都脱贫了，我还是什么所长，得脱下这身警服，退休回家抱孙子了。"刘书记道："你想得倒美，你退休了，林总会放过你？"刘所长看了看林总，哼了哼："他想让我去当他的马仔，他想得美！"

唐钰便笑着对林总道："林总，我听你说过，你当初在部队的时候，刘所还是你的班长呢，你让他在你的手下工作，他面子上过得去吗！"

刘所长看着唐钰，指着林总道：“你不要看他现在人模狗样的，当初他刚当兵那会儿，胆小如鼠。连队驻扎在边境庭毫山上，那时，两国的战事还在继续，双方常常派些小分队越境进行侦察、袭扰。说是侦察，也就是要摸清对方驻兵实力，必要时还要抓些‘舌头’来进一步收集情报。说是袭扰，常常是派出一个火力组，找准目标后一阵突袭，突袭的时间均在凌晨，人常常都在梦中，突然间枪炮一齐倾泻，打完就走，由于来不及组织抵抗，不用说是一个哨所，一个排的阵地，哪怕是一个连队，基本上都会玩完。所以那时候，我们一天到晚都是枪弹不离身，吃饭、洗澡、睡觉、上厕所都把枪放在旁边，一旦出现紧急情况，我们第一反应就是先取枪。连队的哨兵那更是枪上弹、刀出鞘，时刻处于高度戒备状态。新兵第一次站岗，都要由一名老兵带岗。这个家伙上的第一班岗是我带的，凌晨 1 点到 3 点的岗。到了哨位后，我就呼呼大睡了，我知道，新兵第一次上岗，警惕性会非常高，用不着我来操这个心。我哪里想到，这家伙警觉得有些过度了，我刚眯一会儿，就听到他哆嗦着喊：‘班……班……班……’‘班长’的‘长’字还没有说出口，他的枪就嗒嗒嗒嗒地响了！

“你是不知道，我们是一线连队，对我们来说，枪响就是号令，不到几秒钟，紧急进入战备状态的哨音就嘟嘟响了起来，仅仅几分钟时间，全副武装的全连官兵就按照预案，从宿舍蜂拥而出，进入山顶上坑道，以班、组为单位，在各自阻击点投入战斗状态。连队指挥所移到了哨位旁边的一个地下坑道，指挥班的电台在嘀嘀嘀叫着，连长的电话一通接一通地响着。没多长时间，情况查明了，他发现的敌情是连队放养的一只山羊，山羊被他打死了。天一亮，团、营首长就赶了过来，这件事的结果就是我挨了团、营首长的一顿狠批，再就是团、营首长同全连吃了一顿鲜美的羊肉。”

林总听了，冷笑着哼了哼：“那是团、营首长吃了连队的羊肉，还被连长、指导员灌了不少的酒，要不然，你还有今天！”又对唐钰道，“他呀，他揭我的底，我也来剥剥他的皮，你知道嫂子，对，他的夫人是他怎么弄到手的吗？就是他从驻地弄到手的！”

唐钰道：“我只知道，部队禁止同驻地姑娘谈恋爱，他怎么敢违反规定？”

林总哼了哼：“你不晓得，连队驻扎在半山腰，喝水用水是用山脚下的一台柴油机抽水。有一个简易抽水房，每天都得派人到山下维护看守，这家伙懂得柴油机维修，连队就派他去。驻地村里的一个姑娘常在这山下放牛，下雨天就到这水房躲雨，这日子久了，他们就认识了。后来一个村里的小伙子便来连队告状，说这家伙勾引这姑娘。指导员听了，这还了得！当即就向上级报告，要做提前退伍处理。团政治处的人来了，一调查，原来是这家伙听这姑娘说她爹得了肺囊肿，无钱医治，就凑了300块钱，给她父亲在县医院做了手术。当时，这一家人为了感激他，提出将这姑娘许配给他，被他拒绝了。同村有个暗恋这姑娘的小伙子，听到此事后才到部队告状的。后来，这姑娘死也要跟他，这家伙直到考上了军校，提了干，才把她娶了。”

唐钰笑道：“这哪是他勾引人家姑娘，分明是这姑娘在勾引他。”

“哪里呀，人家姑娘说了，他偷看了人家身子！”

刘所长听了，忙向唐钰打手势：“你别听他胡说八道，什么我偷看了人家身子！那天突然下暴雨，那姑娘跑到我们水房的时候，浑身都淋得像是水里捞出来一样，我一见，只好躲在柴油机后面。她当时是脱了衣服拧水的，连裤子都脱下拧了。本来她看不见我的，只怪有凉风一阵阵吹来，我忍不住打了一个喷嚏，才把她给吓住了。我说我没有看，她抵死不信。”

林总哈哈大笑：“对，你是没看！你后来对我说，没想到她这农村妹子皮肤会那么白！”

唐钰也忍不住笑道：“也许，她早就晓得你躲在房子里，故意这么做，让你看的！”

吃完了饭，林总同刘所一同送唐钰回到宾馆，唐钰对林总说：“我们办的案子涉及你的集团，让你安排住宿，不合适。”林总说：“知道你们政府人员有规定，本不想由我来安排，但是老班长说，镇里的招待所没有人了，我才安排了一下。你们办案子，总得有个地方住吧。我也不是不让你出钱，该出的，你照样出，能有什么问题？要说这个案子，我今天来，还真有些事情向你反映。”

唐钰只得罢了。

林总道：“这个案子，我本来不想过问的，但是金鑫又死了，我就觉得有些可疑。这金鑫在集团干了多年，我还算了解他，这人是有些匪气，但还是很讲义气的，说话办事也还讲规矩。虽然他与唐凯关系不好，但同唐凯的父亲唐叔的关系还是不错的，唐叔对他也很关心，即使他有杀唐凯的心，也绝对不会杀唐叔，何况案发那天晚上，他还专程到我家来找过我，让我劝劝崔延丽，不要再对唐凯痴心了。案发时，他还在我家呢。还有一点，金鑫开车十多年了，从来没有发生过失误，我们都没少坐他的车，有时开一夜的车，都不会犯困，在车上接一通又一通电话，他都不会走神。他那天晚上开车去桐木，才一个多小时，怎么就会出事了呢?”

唐钰听了，脑中一团迷雾，问：“如你所说，金鑫既然与案件无关，而又是有人谋杀，那么这个杀他的人会是谁？为什么要杀他?”

林总听了直摇头：“这件事，我也想不出个所以然来，向你反映这件事，只是担心你们把唐家的案子牵涉到金鑫身上来，而又把金鑫的死亡当作一宗意外的车祸处理了。”

“事情没有我们想得这么简单。”唐钰道，“也许，我们看到的只是一些表面现象，如果不是他这次意外死亡，我还不敢肯定他与唐家的案子有关，现在既然他被谋杀，那就一定不会无缘无故。”

林总一时无言。

唐钰问：“你知道当晚金鑫吃晚饭时的情况吗?”

林总摇了摇头：“这几天，集团已是一团糟了。当晚，我们在召开董事会，开完会后，已经到了晚饭时间，金鑫说是安排了晚饭，我没有去，后来听说韩总等几个老总都去了，具体是什么情况，我也不太清楚。”

“你们集团，虽然唐董事长不在了，但你是集团的接棒人，有你掌舵，怎么会一团糟了?”

林总苦笑：“你不知道，当初唐叔虽然有这个指定，但毕竟未正式交接，现在唐叔不在了，有些元老提出来，由唐凯来接任，这样才对得起唐叔的在天之灵，毕竟这个集团是唐叔一手创办的。

说实话，从我个人来讲，我早就没有这个接棒的想法，把它交给唐凯，我相信他也应该担得起这个担子，管好这个摊子。”

唐钰听了，更是惊疑：“现在唐凯的神志还未恢复正常呢，难道这么快就发生人事争议了？”

林总摇了摇头，叹息道：“集团内部的事很复杂，一时说不清楚，我只是想，你们能尽早破案，让事情真相大白，我们这一切也就好办了。”

五

唐钰第一个要找的，便是市局刑侦支队原支队长郭怀明。

78岁的郭怀明在老家连南县一个村子里养甲鱼。快过年了，来收购甲鱼的鱼贩子，还有附近村来买甲鱼的就多了，郭老忙得不可开交。唐钰找到他的时候已是午饭时分，郭老正在陪几个鱼贩子喝酒吃甲鱼。得知唐钰和小李的来意，便招呼唐钰上桌，唐钰再三推辞，郭老道：“你要是嫌弃呢，那也好办，我们就另外再重新给你弄一桌，总不能让你到了我们这地界，饿着肚子办差吧。”唐钰见状，只好上了桌。

郭老见唐钰上了桌，便道：“接到上面的通知了，这件事我不配合也不行。”唐钰见桌子上的人，三男两女，都是三四十岁的年纪，欲言又止。郭老笑了笑，端起酒杯对唐钰道：“好了，不说这件事了，我们喝酒，喝酒，你得和我多喝两杯，要不，我这酒喝不够，怕等下兴不起这个话头。”唐钰关心道：“郭老身体要紧呀！”郭老哈哈一笑：“你看我这身子，天天王八养着，要不是老婆子不行了，我还想生个二胎呢！”旁边一个妇女掩着嘴笑，说：

“郭老板，我听来听去，怎么觉得你还是在向我们推销你的王八呢!”

大家吃饱喝足，郭老送走了客人，便向唐钰说起了当年的悬案。

“说起这个案子，也是我这一辈子的一个遗憾。这么多年了，这块心病一直挥之不去。说起这个凶手，罗小聪我不敢百分之百肯定，但是他老婆林月娥，我吃定了，那是百分之百赖不掉的。”

郭老说着，喝了一口茶，继续道：“案发的整个过程，你应该看案卷了，那天是胡家老大的生日，胡进同两个儿子在桐木酒店吃饭庆生，吃过了饭，两兄弟就在酒店打麻将，打着打着，这父子三人过半个多小时回家一个，先是老大，然后是老二，最后是胡进，那桌麻将后来全都换了人。我们在神仙洞里发现的三具尸体，也是按照这个顺序被杀的：先是胡大群，接着是胡山群，最后是胡进。被害者都是被同一件凶器石头重击头部，造成颅脑碎裂死亡。林月娥已供认，当时她是在桐木酒店当临时工，做服务员，是她用美人计哄骗这三人先后来这洞中，在他们企图对她行奸时，被躲藏在一旁的人用石头袭击，砸击头部。从林月娥的供述细节看，都与现场的痕迹相吻合，基本上没有什么偏差。从路口到山洞的脚印看，有女子的鞋印，与她的鞋印相符。只是，我们认定的杀人凶手罗小聪的供述却与现场的痕迹有明显不一致的地方。尽管我们现场采集到的脚印与罗小聪的相符，但是，因为当时男性村民大多数穿的都是同一品牌的塑胶凉鞋，只是号码不同，而且当天下午是大雨天，采集的鞋印都比较模糊残缺，所以虽然比对与罗小聪相符，但也有多位不同人的鞋印与之相符，所以与罗小聪的鞋印不具排他性。从两人以及其他人的供述和证词看，案发当天，镇上是集市，因为是五天一集，所以横水村以及附近村庄的妇女大多数都来赶集了，经过神仙洞的人也很多。由于神仙洞附近山林茂密，经过这个洞的人都看不到洞子及附近的情况，所以很难找到证人，也很难排除其他人有没有进这个洞子。罗小聪当时也去了镇上赶集，据他们交代是罗小聪两人经过密谋后，先由罗小聪到洞里，然后由林月娥先后约他们父子三人到洞里，再将其杀害。”

唐钰问：“据我所知，被胡家奸污过的女子以及欺负过的人有不少，要报复他们的人也不少，既然没有相关证据链，很难排除其他人参与，又如何只认定是他们夫妻俩？”

郭老道：“你说的没错，我们之所以认定这对夫妻，是因为在被胡家奸污或欺负的这些人中，罗小聪夫妻是受害最深的。林月娥供述，她同罗小聪结婚五年了，好不容易才怀了孕，怀孕才不到四个月，一次在山上打柴，碰见胡家老大和老二，这两人就先后将她轮奸了，导致她当场流产，而且医生还说，她可能终身不能生育了。林月娥当时要向村支书罗大林告状，但当时罗支书不在家，便向支书老婆杨贵莲说了这事，后来罗支书到林月娥家里来，说胡家上面有人，告也没有用，让他们私了算了，赔他们家200块钱的损失费。林月娥没有要这个钱，当时她就说过，既然村干部、政府不敢办他，大不了大家都不要活了。”

郭老又喝了一口茶，叹息道：“当初我们只是先抓了林月娥，林月娥很快就交代了，但拒不供出同党，只说是她一个人做的。我们也知道，这种事她一个人是绝对办不了的，她个子娇小，而胡家父子除了胡进外，这两个兄弟都是身高一米八以上，五大三粗的，别说一个弱小的女子，就是两个男子也不一定是他们的对手。后来我们没有想到，她老公罗小聪主动上门自首，说人是他杀的，是他威逼他妻子做引诱。”

唐钰道：“虽然罗小聪作案证据不足，但既然可以认定林月娥，为何检察院还要退回？”

郭老道：“还是证据不足，没有现场的铁证。能作为证据的只有她的杀人动机、口供和鞋印，而杀人动机及口供是形成不了证据链的，而那鞋印只是在去洞子的途中采集的，并不是在洞子里采集的，只能证明她去过洞子，并不能证实她就在洞子里杀过人。而且后来罗小聪的供述，又与林月娥的供述前后很多的细节都不一致。”

“听说后来检察院退回后，罗小聪又翻供了。”

“唔，罗小聪也不傻，知道证据不足，他俩都定不了罪，当然这么做了，谁不想惜命呢！”

“后来你们就把他们放了？”

“把他们夫妻分开关了几个月，后来我们就把他们关在一个房间里，并且在房间里装了视听录像，想听听他们夫妻会说些什么。他们见面后，就紧紧抱在了一起，两人那个哭呀。林月娥说：‘你干吗呀！你干吗要进来呀！你干吗要自己找死呀！你为什么这么傻！’罗小聪说：‘我说过，我不会看你去死的，要死，也让我先去死，我替你去死！’”

唐钰一阵莫名其妙地心酸起来。

郭老叹息了一声：“这个案子之所以后来不了了之，是因为有这几个原因：一是我们后来又接手了另一宗大案，这个案子本身就是一宗报复杀人案，镇里、村里所有人都觉得这胡家人该杀，都拍手称快呢，破不破，我们都没有心理上的压力；二是我们后来的补充侦查难度实在太大，当时的现场勘查比较马虎，根本没有采集到什么有价值的物证，别说什么毛发、皮屑等微量物证了，连个指纹都没有采集到。林月娥交代的一些物证，也由于当时没有采集到，后来要采集时，却因为现场早已被破坏而失去采集的价值；三是因为当时案发时间段一直下着大雨，现场周围很少有行人，就是有行人，他们也打着伞、戴斗笠或穿着雨衣冒着大雨赶路，看不清远一些的地方，很难找到目击者，更别说村里人因为对胡家被害而称快和对凶手的同情，都极不配合我们调查取证，所以我们也很难得到相关证人证词，这也就导致这个案子成了悬案。”

唐钰听了，呆了良久。

郭老道：“你现在要查这个案子，我看也好，很多当年被调查访问过的，也还有不少人在，也许，你真能找到见证人。这些见证人包括被胡家侮辱欺负过的人，当时也许害怕不敢说、不想说，现在过去了这么多年，也许会说出来。我永远不会相信，这么大的案子没有一个见证人，没有一点点凶手的踪迹线索。”

唐钰点了点头：“您觉得，除了罗小聪夫妻外，还有哪些人嫌疑最大？”

郭老沉吟良久，道：“女的，只有这个林月娥，我的判断不会错，只是另外一个人，我们排查来排查去，除了罗小聪外，真还找不出别的人。找不出这个人的原因就是村子里的一些人对我们说了谎，提供了假证词。”

“那个村支书，是不是有包庇胡家的嫌疑？之后对案件的态度又是怎么样？”

郭老摇了摇头：“当时胡家在村里气焰嚣张，村干部哪里治得了他们！村支书是一个老好人，能调解的就调解，调解不了的，也只能劝胡家收收手，不要再弄事。出了杀人案后，村支书也辞职不干了，一气之下，带着女儿去了城里，再也没有回来。他老伴儿杨贵莲就出家为尼，现在还在那云山庙里呢。这个村支书去年因肺癌去世了。”

唐钰心里一震，问：“杨贵莲出家为尼？”

郭老点了点头：“我们后来也找过她几次，她连面都不见，后来好不容易见了面，她又什么都不说。其实，我心里都明白，她知道的比谁都多，这些被胡家欺负过的女子，都找她哭诉过的。”

唐钰问：“她女儿当时多大了？”

“十五六岁吧，还在念高中，那年杨贵莲38岁，只生得这么一个女儿。”

唐钰似乎找到了感觉，她是在农村长大的，农村妇女是信佛的，相信因果报应，但如果不是受到沉重的心理打击，或者身负巨大的罪恶感，她是不会轻易离夫别女，出家为尼的。

看来，她得好好找这个杨贵莲谈一谈了。

第八章　老尼之谜

一

唐钰回到镇派出所，查看了杨贵莲的一些基本情况：杨贵莲，女，1951 年 7 月出生，桐木镇横水村人，初小文化，身高 1.73 米，1974 年元月与同村罗大林结婚，1976 年生下女儿罗珊珊……

唐钰让小李领她去找杨贵莲。

“唐姐，恐怕你去了也是白去，她什么也不会说的。”小李道。

“是吗?”唐钰看了看小李，疑惑地问。

“你也看了，案卷中没有杨贵莲的任何笔录，我也听当时办案的人说，当时省厅都去人了，也没有用，她说，她已经是个死人了，让我们不要再为难她了，给她留一口气吧。”

“唔，”唐钰点了点头，“我不会为难她，我们只是做一对男女香客，去拜拜佛，敬敬香，再向她请教请教佛缘，总可以吧?”

唐钰便向小李打听云山庙的情况，小李道：“这座寺庙，听说在民国时期，香火还旺盛，只是在 20 世纪 40 年代毁于一场山火，之后也只盖了一座简易砖瓦房，有一个老尼在续香火。杨贵莲上山到庙里的时候，那老尼已 80 多岁了，正愁无人续香火，正好收了她，之后不到三年，老尼就去世了，现在只有这杨贵莲一人守着。”

唐钰同小李来到云山庙山脚下，看到的便是一条青石板路盘山而上。唐钰到达云山庙的时候，已经累得气喘吁吁，一抬头只见位于半山腰的一处两个篮球场大的平地上有一座三间平顶的砖瓦房，正中的房间便是佛堂，佛堂中供着的是与真人一般大小的观世音菩萨，两旁便是更小些的三四尊佛像，唐钰看不出是什么菩萨。里面有一个老尼，正向着门口，守在一堆炭火盆边烤火。老尼看见唐钰等过来，便不慌不忙地起身，向唐钰双手合十，念了一声阿弥陀佛，便去佛前敲磬。唐钰只好同小李双双向观音行了礼，点了香，又向功德箱里放了20元钱。老尼便取了卦来，请唐钰问卦，唐钰却看了看老尼，虽然近70岁的年纪，身高仍在一米七以上，体态丰满，满头青发，面部有些浮肿，看不出一丝皱纹。唐钰一看就知，她年轻时，一定是一位面容肤色姣好、身材十分性感的女人。

唐钰没有接老尼的卦筒，而是向老尼摆了摆手。老尼见唐钰在端详自己，不免有些狐疑。唐钰笑了笑，对小李道：“你先下山等我，我有话对师父说。”小李会意地点了点头，出了门。唐钰便对老尼道：“师父，我们坐会儿说说话。”便主动请老尼在火盆边坐了下来。

唐钰道：“恕小徒冒昧，小徒虽然年纪小，但也从小拜师，学了些相人之术。刚才看了师父气色，很是不好，如若师父不介意，可否直言相告？”

老尼也打量了一下唐钰，说道：“施主不必客气，有话直说就是。”

“师父可晓得，你数日之内，必有大难?”

老尼怔了怔，又抬眼看了看唐钰，沉着脸道：“施主这话，从何说起？我一生全仗佛祖保佑，什么难什么灾的，有佛祖在，我也不怕。何况，我一个老人，死也死得了，不必施主操心。”

唐钰双手合十：“佛祖面前，小徒岂敢打诳语，师父既然不以为念，也就罢了，佛祖虽然可保此生，也可度来世，只是师父若是罪孽深重，即便魂归天国，想那冤死之鬼也定然不会轻易放过的，冤冤相报，佛祖也便无力回天了。”

老尼脸色骤变，站起身来：“你是哪里来的人，你想干什么?”

唐钰看老尼满脸惊恐，她一切都明白了，笑了笑：“师父不必惊慌，这里没有别的人，此事，你知，我知，佛知，我不会说出去的，师父您坐下来，等小徒当着佛祖的面化解这一冤债，如何?”

唐钰一面扶着老尼坐了下来，一面叹息了一声，说道：“师父这么些年，难道从来没有下过山吗?”

老尼双手合十，念了一声阿弥陀佛，说：“当年师父在的时候，我下过山，采购衣食用品。师父升天后，这里的衣食全仗四方的施主送来，老尼就再也没有下过山了。”

唐钰点了点头：“难得师父如此虔诚，冤孽之事，师父信也好，不信也罢，请师父想一想，我与师父虽然素不相识，但救人一命，胜造七级浮屠，何况今天还是当着佛祖的面，佛祖慈悲为怀，既然我已经看出师父的不祥之兆，若不向师父指点出来，佛祖岂不会怪罪于我了？师父若信我，我可向师父指点一化解之道。师父方便的话，可于后日午时，去距离此地正东方五里之地，那儿必定有一处阴重之地，师父可多带些香火纸钱，诉其冤孽情由，求得宽恕，以消孽缘。”

老尼听了，沉默了半晌，问：“正东方五里之地，是个什么地方？如何找得到？”

唐钰摇了摇头：“是什么地方，我也不晓得，师父只凭我说的话，沿此道而行，行五里即可，沿途最好避开人，到了那里之后，更不能有人在身边，我想，阴重之地，无非是冤魂积聚之地，我想师父应会悟到的。师父了却此事之后，再在佛祖面前沐浴戒荤七日，七日内，每日持斋举香，敬佛三次，以求佛的宽恕。”

唐钰说完便站了起来，有要告别的意思，却被老尼拉住了手，唐钰感觉到老尼的手在微微发抖。老尼道：“我的这事，施主能不向外人说吗？”唐钰点了点头：“我在佛祖面前说过的，此事，你知，我知，佛知。”老尼还是拉着唐钰的手不放，把唐钰拉到了佛堂左侧的卧室，从床头柜里找出一沓钱来，约莫有 1000 元，便要送给唐钰，唐钰慌忙挥手拒绝，老尼为难道：“除了这身外之物，我也不知拿什么来报答施主之恩了。”唐钰道：“萍水相逢，也算是缘分，师父既能信我，了却师父的冤孽，正是师父虔诚佛祖，仗佛祖保佑所至，师父如要谢恩，就多敬谢佛祖吧！师父这里，我还会常来的，请师父收回吧！我说的话，师父千万耽误不得，切记！切记！”唐钰再三推辞才下山。

唐钰下了山，对小李道：“杀害胡家父子的真凶找到了，就是这个老尼杨贵莲。”小李大惊，问：“她说了？”唐钰一笑：“不用她说，她的一言一行躲不开我的法眼。”小李一脸疑惑道：“怎么可能是她？难道不是那个林月娥？”

唐钰叹息了一声：“我们当时的办案人员，思维方式可能局限在一个传统和想当然的框框内，认为杀人凶手必定有个男的。我们为什么就不能认定两名凶手都是女的？他们可能会认为，能用石块连续击打头部造成颅脑破裂，这么大的力度不是女人能达到的。但是我们想一想，如果这个女子因为受辱对其恨入骨髓，在这种仇恨的驱使下，是完全可以达到这个杀人的力度的。再者，如果说是林月娥以色诱其入洞，我们也想一想，胡家兄弟轮奸林月娥造成其堕胎，胡家兄弟难道不知道林月娥对他们的仇恨？何况罗小聪已发出话来，要与他家同归于尽，难道胡家对林月娥就没有防备？怎么会轻易相信其诱骗而自投罗网？我之所以怀疑杨贵莲，是因为我从小在农村长大，像杨贵莲这样的中年妇人，如果与这起案件无关，如果不是自己身负巨大的恐慌心理和罪恶感，是不会狠心抛下丈夫和女儿，上山做尼姑的。”

“她为什么会杀人？难道这胡家父子也欺负过她？”

唐钰点了点头：“如果我判断不错的话，不仅是这杨贵莲本人受到过胡家人的奸污，也许连她的女儿也遭了殃，这也就是在案发后，她那个还正在念高中的女儿随着父亲远走他乡的原因。这胡家人还以公布与她女儿的奸情相威胁，要求继续与杨贵莲私通，这就是杨贵莲可以诱骗胡家父子进洞，而不被胡家父子防备的原因。杨贵莲伙同林月娥杀了人后，一是感到罪孽深重，二是为了逃避打击，才上山为尼的。”

“可是当时调查了那么多人，村里人，包括她家里人，没有一个人说出她们母女被胡家欺负的事。”

“你想想看，如果你是杨贵莲，在自己及女儿受辱后，会轻易把这件事说出去吗？杨贵莲的丈夫是一村支书，如果连自己的老婆女儿都受人欺负，而又不能将其绳之以法，这个村支书在村子里还能有威信吗？所以，她宁愿自己忍气吞声，连自己的丈夫都瞒着。也许正是因为如此，胡家父子才会认为杨贵莲软弱可欺，在她面前以此相威逼，更加肆无忌惮地霸占她。在杨贵莲看来，她的出路只有一条，就是杀了胡家父子。”

“如果是这样的话，林月娥宁愿让她丈夫来顶罪，也不肯供出杨贵莲。”

唐钰道：“应该说，比起杨贵莲来，林月娥更想杀了这胡家，所以这两人在一起密谋杀胡家父子，就顺理成章了。她俩也应该是有攻守同盟，而罗小聪完全是不忍心看自己的妻子受苦受死，才主动请罪的。”

小李一时陷入了沉思，唐钰便将在庙里与杨贵莲说过的话对小李说了。小李还是疑惑道：“正东方五里的地方，不就是胡家祖坟所在地吗？她真的会相信你的话，去胡家祖坟消罪？”唐钰道：“我想她应该会去的，不过，还得加一把火才行。这样，你派俩人明天去一下庙里，有意无意向她透露一些话。”小李不解地看着唐钰，唐钰道：“我向她说的话，她当时是会信的，我怕她这一夜会睡不着觉，想来想去，过了这么多年，都没有什么事，难道，我这一来，就会有大难？这么一想，她便会动摇。你明天派出的最好是上了年纪的人，找个理由去烧香，以对话的方式，让她能听得到就可以。在她面前透露一个信息，就说，公安现在要搞什么破悬案积案活动，30 年前胡家的那个案子又要重新侦查了，听说过完年后，上面就要派人来。”

小李道：“如果这样的话，她会不会觉得这么巧的事，是我们的阴谋？”唐钰道：“不会的，像杨贵莲这样的老太太，没有读过什么书，只会信佛，也迷信，相信因果报应，除了这些，她不会有其他什么心机，不会想这世上还会有这样的阴谋，会有如此复杂的尔虞我诈。这也就是现在这些年，这一代的老年妇女容易被骗钱财的原因。”小李点了点头：“既然这样，这事交给我，一定按你说的办好。”

二人说着，便赶去胡家墓地。唐钰测量了一下，加上从云山庙下山的路程，五里路多一点儿。小李担心道：“她会不会找不到这里来？”唐钰笑道：“放心，我一说到这个方向，她就会明白，村里的坟地，就只有这一块，她不会不明白我说的就是这个坟地。”

这是一片乱坟地，杂草丛中，漫山遍野都是墓碑，唐钰找到了胡家的坟地，她想着如何在坟前安放录音设备。唐钰知道，杨贵莲要来这里消罪，肯定要默念她的一些罪孽的起因和过程。如果要说的话太多了，默念是记不住的，只有发出声音来，才不会导致前后逻辑混乱。只要身边没有人，她就会发出只是让自己听得到的声音。如果录音机距离她说话的地方太远，就录不到声音了。胡家的坟地只是一个土堆，土堆上长满了丝毛草，土堆前是一片沙地。小李见唐钰在为找不到合适的地方为难，便道：“这还不容易，明日我弄个香炉来，装些灰，插些残香，把录音机藏在香炉里，把香炉放在这坟前，反正杨贵莲没有来过，不会知道以前有没有这个香炉。”

唐钰点头叫好。

二

次日一早，唐钰得到了一个好消息，唐凯神志已清醒了些，向警方透露了些被劫持的细节。根据他的描述，吴昊已找到了案犯制造炸药和充电的地方，原来是废弃的水泥厂遗留的一座水泥仓库，对这一现场的勘查及周边的调查走访工作正在进行。

唐钰连日来一直紧绷的心情有些舒缓，唐凯的清醒以及这一现场的发现使唐钰终于看到了一线曙光，便又问了问杨茹对金鑫的尸检情况。杨茹道："金鑫的体内确实含有酒精以及苯巴比妥残留，酒精残留不多，估计在开车前饮用过少量的酒，至于苯巴比妥，我们现在还不能确定本人有没有长期服用安眠药的习惯，所以还得对他的知情人进行调查才能下结论。"

这一结果不出唐钰的意料，看来，林总的判断也不是没有道理，金鑫的死又是一个谜。金鑫绝对不可能在晚饭时就服了安眠药，在接了钟婷婷的电话之后，要连夜开车去桐木，就更不可能服药了，那么，他身体内的安眠药残留是怎么来的？如果是有人预谋，唐钰绝对不相信钟婷婷的车辆事故是有预谋的。钟婷婷要让金鑫去桐木，会有很多理由，不会以如此低能的事故为由。金鑫从接到电话到饭后驾车去桐木，时间不会很久，虽然当场也有不少人在一同吃饭，也听到了金鑫当即要去桐木的消息，但在这么短的时间内，难道还会有人要谋害他而让他服用了安眠药？如果真是有人谋害，是因为金鑫与"1·19"杀人绑架案有关，还是因为其他原因？

唐钰只得组织人员对金鑫的车祸进行调查，她要一份当晚金鑫晚饭时到出车前所有他接触过的人员及知情人的调查笔录。

唐钰找到了38岁时的杨贵莲和罗珊珊的合影。果然不出唐钰所料，杨贵莲当时身材高挑丰满，面容姣好，罗珊珊也已发育成熟，面容清秀。发现调查罗珊珊毫无踪影。唐钰将罗珊珊的照片在人口信息库进行人像识别，她惊讶地发现，在一组相似率超过95%的人像中，竟然有一个人：崔延丽！

难道是她？唐钰不禁倒吸了一口凉气。

也许，仅仅是相貌有些相同而已吧？而且，若真是她，她也应该有40多岁了，怎么也看不出崔延丽已有这么大的年纪，唐钰在心里掂量着。

第二天，小李十分兴奋地告诉唐钰：“她说了，什么都说了！”

唐钰知道，小李拿到杨贵莲的录音了。

唐钰松了一口气，对小李道：“你带上录音，我们一起去找郭老。”

在郭老的甲鱼塘边，唐钰打开了录音机，杨贵莲的话断断续续：“胡进叔，大群兄弟，山群兄弟，我今天赶了这么远的路，是专程来向您一家赎罪的。我对不起胡叔您，对不起您一家，当时，是我鬼迷了心窍，下这么狠的手……事后我痛心呀，我后悔呀，当时我死的心都有了，后来我一想，我只有去庙里，一天天烧香拜佛，天天求菩萨保您一家托生个好人家，来世有享不尽的荣华富贵，求菩萨保佑您家林群平安吉祥，发大财，当大官。我在庙里这28年，哪一天不在为自己赎罪，哪一天不在求菩萨保您……我不知道叔和兄弟们还能不能原谅我当年的过错，叔和兄弟们若是要报复惩罚的话，就惩罚我吧，这件事与我女儿珊珊无关，请放过我的女儿吧……”

郭老反复听了三遍，半天没有回过神来。

“这些东西，你们是怎么弄到手的？”

唐钰便介绍了事情的经过。

郭老听了，苦笑着摇头，叹息道：“当初我们去村里办案，就听说罗支书家的老婆去庙里了，再也不回家了，罗支书一气之下，便带着高中还没毕业的女儿去城里打工了。我当时也纳闷，也想过是不是与这家人有关，可是后来一调查，没有人反映这一家有什么事。对于罗支书的老婆去庙里这件事，村民说是罗支书这老婆平时就信佛，村子里出了这么大的血案，她也许认为是自己作为村支书的男人没有尽到心，这才去庙里求佛的。我们去山上找她，她也不开口，只是念佛，我们就想，算了，一个信佛的人总不至于杀人吧。那罗支书，我们也去城里找过，他说的也是这个意思，说是这女人是担心这些冤魂会向他索命，才去庙里求神拜佛的。我们也调查了罗支书一家人，案发时，罗支书在镇里开会，在镇里吃了晚饭才回来，这女人当天也去镇上赶集了，下午三四点钟的时候回的家。因为我们没有收集到罗支书一家受到过胡家欺负的证据，也认为这一家没有杀害胡家的动机，所以就没有把他们家列为重点排查对像。更重要的是，我们也想象不到一个女子，竟然有这样的心智和力度。”

唐钰道：“能下这么狠的手，可以看得出，杨贵莲受到胡家的侮辱绝不亚于林月娥。不知道郭老方便不方便，我们想请郭老去一下云山庙。”

“去，我一定要去!”郭老说完，便站起了身，“我倒要看看，这都过去快 30 年了，她还能不能开口。”

唐钰点了点头，对郭老道：“既然郭老亲自去，我就不去了，还是回镇里等消息吧。如果她还是什么都不说，也不要逼她，等把她押下了山，我找个机会见见她，会让她说的。”

郭老道：“放心，我会让她开口的。”

唐钰看得出来，郭老心中的一口闷气还紧紧地压在心口，这口闷气一直积压了28年，唐钰之所以让早已退休的郭老出面，是因为她知道这件事在郭老心中的分量，她得让他亲自出面，才能将这口气释放出来。

唐钰回到镇里，便忙着查“10·17”罗小聪夫妻车祸案，看了案卷的现场勘查笔录、尸检报告、证人及辨认笔录。其中，据王老四笔录证言，给父亲修墓竖碑的事，也是女儿女婿提出来的，花的钱也不用他操心，都是他们给办的，那司机也是女儿给找的。至于这司机姓什么叫什么，什么时候出的车，他都不知情，他只知道，司机送到货后，大约上午10点半就回镇里了。当时他想请司机师傅吃过午饭再走，司机推辞了，说是吃饭还早，他还有事要办。没想到了晚上，从镇子里回村的人就告诉他，说是那个司机出事了，车子撞了村里的罗小聪夫妻，全都摔到了山沟里，都死了。

据王老四女儿王娟英的笔录证言，司机姓刘，叫刘涌，是一个跑运输的个体户。她当时同她老公去镇里找人刻了碑，那碑又长又重，他们的小车装不下，要找辆送碑的车。刻碑的人便说，送碑的车，他负责去找，她告诉家里或者墓地的地址，让司机送去就是了。当时讲好的价钱是120元钱，他们给了钱，写了地址给他，还请司机顺便捎带四袋水泥。第二天上午大概9点半的时候，司机就送来了，开的是一辆东风牌货车。当时车开到墓地山脚，司机卸下货后，还帮忙一直送到墓地，之后就开车走了，走的时候大概就是10点多。

看尸检报告结论，三人伤痕均系人随车从高处坠落时形成的撞击或者触碰伤，均不同程度造成四肢骨折和颅脑、肝、肺、脾等内脏破裂出血死亡，未发现身体外表部位有死前遗留的约束伤或威逼伤。也就是说，三人在死亡前可排除被人控制或者威逼造成的谋杀。

从现场照片看，全景图是一个凸半月形的山崖，一条公路在半山腰呈“U”形绕过，两车相撞的地方，正是在“U”形中心拐弯的位置。两车在这个地方相遇，如果双方都不减速、不鸣笛、不靠右行驶，就极有可能相撞。以上种种证据，都会让交警认定其为一起普通的车辆事故。

那么，现场的烟头是怎么回事？一个人要抽上五六支烟，就是一支接一支地抽，少说也得半个钟头的时间，如果证实是这个司机抽的，那么在这么危险的路段，这个司机停留这么长时间，究竟想干什么？从王娟英的笔录看，并未提及司机是否有通信工具。还有，现场的小车车轮印又是怎么回事？从案卷看，找到了两个发现这辆车的知情人，却又没有问出任何线索。看来，要解开谜团，弄清事实真相，必须向当时的办案人员了解情况。

唐钰注意到，此案的负责人为县局交警大队大队长方明，而这个方明次年便调离县交警队，在城东派出所任所长，后退休。还有一个县局交警大队民警赵明全，现在是清新市公安局治安支队副支队长。

唐钰正想通过小李联系赵明全时，小李却来了电话：“杨贵莲已经招供了，现在已押到县看守所。”

唐钰松了一口气：“说了她女儿的情况没有？”

“她只是招供人是她杀的，是她与林月娥合谋杀的，与其他人无关。其他事，比如胡家人欺负她们母女的事，她闭口不谈，只说是为民除害。郭老说，这件事，也许她不好当着男子的面说，还得请唐支去问她。”

唐钰明白，若光是为民除害，杨贵莲一个信佛的女子是下不了这个狠手的。看来，她是逃避不了了，还得接触接触这个不平凡的女人。

三

唐钰着一身夏常服，单独出现在看守所审讯室杨贵莲的面前，让其他人都在监视室杨贵莲看不到的地方记录。

杨贵莲冷冷地看了唐钰一眼，半天没有表情。

唐钰真诚地说：“对不起，我向你隐瞒了自己的身份，但是，我对你所做的一切，也是在拯救你，拯救你应有的善良，卸下你这么多年来一直隐藏的罪孽。”

杨贵莲哼了哼，说道：“你现在说什么我都不会相信了，你就是个大骗子！”

唐钰想笑，但她笑不出来，只能正色道：“你应该知道，我今天同你面对面，我将要问你什么，我需要知道的是什么。我知道，这件事就像你心里的一道永远都抹不去的伤口，你不愿再去揭它。可是，你知不知道，这道伤口里还藏着一个恶魔，你难道不想揭一揭这道伤口，放出这个恶魔，来减轻你心里那抹不去的伤痛吗？”

杨贵莲铁青着脸看着唐钰，一言不发。

唐钰耐心道：“现在，这房间里只有你我两个女人，我想，我们女人之间不应该难为情的。我实说了吧，你虽然承认杀了人，但我还是不相信你的话，能够连续把三个人的颅脑击碎，别说是一个女人，就是一个身强力壮的男子，如果不是因为血海深仇，如果不是职业杀手，是下不了这个狠手的，一定是下不了的，何况，你还是一个信佛的人。”

唐钰说完，看杨贵莲把双眼移到了右侧，死死盯着窗外。窗外，天气阴沉沉的，杨贵莲的脸就如天气一样阴沉。

唐钰等了半天，说道：“好，你不说，我来说吧。胡家父子不光是污辱了你，还污辱了你的女儿，而且还以要公开与你女儿行奸的事相要挟，继续逼你与他们往来。你可以忍受他们的欺凌，但你绝对不能忍受女儿受他们的污辱，绝对不想让你的女儿名声受损，于是，你便与林月娥密谋，由你分别引诱胡家父子三人来到洞里，将其杀死……”

“你不要说了！不要说了！”杨贵莲终于喊了出来，声音因愤怒而颤抖。

唐钰停了停，双眼盯着对方，半晌道：“还是你自己痛痛快快说出来吧，瞒是瞒不住的，这件事，不光是你知情，还有你的女儿。”

“不关我女儿的事！”杨贵莲红着双眼道，“都是我的错，我的错！”

唐钰目光灼灼，直逼对方。

杨贵莲叹息了一声，抬着头道：“我全都说了吧——”

唐钰忙接了一杯水，递到杨贵莲面前，杨贵莲喝了一大口。

“那几年，那些受胡家父子祸害过的姐妹，对别人都不敢说，包括她们的丈夫、父母、子女、兄弟，连我当支书的男人都不好意思说，却都来向我说，说是能不能请我男人出面处理。我也向我男人说了，我那男人，说是村里的支书，但他就是一个窝囊废呀，他能处理吗？他说，这件事，要处理的话，就要公开，就要报案，让公安来查，让我问她们想不想公开。想公开的话，他就报案；不想公开的话，他也只能私下里警告警告他们，不要再弄事了。你是不晓得，村子里都是抬头不见低头见的人，真要公开了，她们还能在家里待吗，还能在这个村里待吗！所以到了后来，这些受祸害的姐妹只好忍气吞声，这胡家父子更是有恃无恐，胆子越来越大。我当时做梦也没有想到，他们居然还会来打我的主意。那天胡家杀猪，请我家男人去吃猪血，这村里每家杀猪，都是这么请的，谁知这一去，到了半夜还不见回来，后来就听见是胡家的人来敲门，说是支书喝多了，扶他进来。我就起了床，当时天气热，我只穿了一件背心和短裤，披了一件单衣就出来开门。开门一看，进来的是胡家老大和老二，我在门口看我家男人不在，刚问了句大林呢，就被这两人一个抱头，一个抱腿，就往床上放。我喊了句‘你们要干什么’，就被那老大用手堵住了嘴，我女儿当时也醒了，吓得从床上跳起来，就要跑出去喊人。老二追出来，抓住我女儿就到了另一间房子里，我听到了隔壁房子里女儿在尖声绝望地喊妈——”

杨贵莲顿了顿，继续道：“这俩恶魔完了事后，竟又丧心病狂地轮换着对我和女儿重来了一遍，还警告我说，我要是把这事说出去，他们反正无所谓，只怕我们母女俩就难做人了。他们走后，我去看我女儿，只见她躺在床上，下身全是血。她见了我，扑到我怀里哭。我当时就恨不得拿着刀，十刀进百刀出千刀捅，把他们一个个捅成筛子呀，可是我想了一夜，我能干什么？我不能把这事告诉我那个窝囊废丈夫，他知道了又能怎么样？让他同胡家去拼命，还是让公安来抓他们？去拼命，不是他们一家人的对手；让公安来抓他们，这事传了出去，我倒无所谓，大不了一死了之，我女儿怎么办？她还不到 15 岁。我想来想去，就劝女儿不要把这件事告诉她爸，也万万不能告诉其他任何人。我那窝囊废丈夫第二天天亮后醉醺醺地回到家，我们母女俩装作什么事也没有发生。

“过了几天，就是林月娥来我家，向我哭诉她被胡家老大和老二两兄弟欺负了。由于她当时激烈反抗，这两人就用强，还反复多次，她刚怀孕三个多月，结果就流产了，她同罗小聪结婚五年，好不容易才怀上的。事后医生说，这事伤到了子宫，以后怀孕就更难了。她对我说，她也不怕这事公布出去，就是要让他们去坐牢，如果村干部不替她做主，她只好与他们家鱼死网破，这样大家都活不成。我当时听了，就说，让他家去坐牢，那也还是便宜了他们，而且听说他们有亲戚在省公安厅，不要到时候你的丑事传得满城风雨，还办不了他们。要干，就让他们一家人都死光，给我们村里除了这一家恶魔。月娥问，要怎么除？我就说，这还不容易，我们找个地方，把他们骗来，一个个把他们弄死，用斧子劈，用锄头捶，用刀砍，还怕弄不死他们！月娥看着我，说：‘你愿意跟我干？’我说：‘我比你更想让他们全家死光光呢！’

“也是老天有眼，这一家人死期到了。那天是他家老大生日，中午在镇里吃酒，我去镇里赶集，在街上碰见那老二，那老二看了我，居然还对我说：‘你老公在镇里开会，要不我们现在去开房？’我当时恨不得上去咬下他一块肉来。他见我脸色难看，居然说：‘你不要这样子嘛，你不怕惹恼我了，把你女儿的事说出去？你女儿那个地方还有块胎记呢，怎么样，你去不去？’我这时便想到了林月娥，心里就有主意了，于是对他说，不用去开房了，怕被人撞见，他要是真有这心，我在神仙洞里等他，那洞子里也凉快，又不会被人看见。他一听，便嬉皮笑脸点了点头，说让我先去洞里等着，他吃了饭就去。我等他走后，便去找月娥。月娥在酒店做帮手，她一听，便说，杀他一个人不解恨。我说：‘那还不好办？那两个人我都去一一约了，让他们算定时间，半个小时一个，进一个弄一个。只是那个胡进，我不好对他说。’月娥说，胡进更好办，他反正要回家，在他回家经过神仙洞的时候，她去路边骗他，说老大和老二把我弄到洞里去了，让他快去看看，他听了这事，不会不进洞的。

“那天下午，突然下起大雨来，我同月娥一起进了洞，我俩都没有带东西，就从洞里找了一块石头，那石头有些重，要两只手才举得起来。第一个进洞的是老大，我对月娥说，这个人，我来做他，让月娥在洞口迎他，这老大见到是月娥，便问了句：‘怎么是你，贵莲呢？’月娥说：‘是贵莲嫂子让我来这里等你的。’他一听，二话不说，抱着月娥就把她压在地上。我双手拿着石头，悄悄走了上去，双手举起石头，狠命往他后脑勺上砸。他一声都没有吭就瘫下了身子，我也不知他死了没有，半天才想到同月娥一起把他往洞子里面拖。刚刚清完了地上的血迹，不想老二也来了，我们都照着这样做了，也是由月娥做勾引，我杀的人，杀完了这两人，我就让月娥去路边等胡进。那时大雨还下个不停，村子里去镇上赶集的人，要么就在镇子里等雨停了再走，要么就买了雨伞或雨衣回家，所以这一路上很少有人来往，就是有人路过，因为下大雨，也不会注意路两旁有什么人。我们等了一个多小时，也是他该死，一个人穿着黑色的雨衣回来，看到了站在路边雨水里的月娥，月娥也不知对他说了些什么话，就见她把胡进领上了山。一进洞，月娥就把胡进抱住了，然后把他往地上放。胡进当时也蒙了，可能是看见了地上的血迹，感觉不对，正要挣脱月娥起身，就被我用石头击中额头，也是还来不及吭一声就倒下了。

“我们弄完了胡进，慌忙一起出了洞，下了山，幸好一路上都没有碰见什么人。我同月娥回到我家，女儿上学还没有回来，家里只有我一个人。我俩便洗了澡，换了衣服，把换下的衣服都洗了。月娥还是心惊胆战，总在问我，人死没死，如果没死，我们就死定了。我想了想，那石头本来就重，我双手这么高举着用力砸下去，看见脑袋都凹进去了，哪里还能活！月娥还是不放心，对我说：‘要是公安查出来了，我就说人是我杀的，与嫂子你无关。’我说：‘还是由我来担了吧，你还年轻，日子还长着呢。’她说：‘我的事，我老公也晓得了，村子里的人也不会不晓得的，我们两口子也早已放出话了，要与他们家同归于尽，我就是不说，公安也会怀疑到我，怎么也不会想到是嫂子，嫂子又何必陪我去死！你身边有老公，还有女儿。我呢，这一辈子也生不下一儿半女了，也算是无牵无挂，出了这口气，我死也值了。’我就是在她的一再坚持下，才不顾我那窝囊废丈夫和女儿，上了山。”

唐钰被带入一种深深的情境中，半晌才回过神来，问：“你女儿现在在什么地方？还与你联系吗？”

杨贵莲摇了摇头：“她爸带她走的时候，我就告诉过她，让她走得越远越好，一辈子都不要回到这个村里来，就当我死了。”

“难道现在也没有联系吗？”

杨贵莲还是痛苦地摇了摇头。

唐钰本想拿出崔延丽的照片让她辨认的，但看她的表情就放弃了这个念头，唐钰不忍心再在她伤口上撒盐，只好等她心情好些再说了。

杨贵莲的口供还形成不了证据链，唐钰问刘所长：“那块凶器石头还在吗?”刘所长道：“在呢。”唐钰道：“剩下的事你们也知道该怎么做了，辨认凶器，指认现场——”

刘所长连连点头：“县局的人正在路上呢。”

第九章　情殉

一

晚上，唐钰打电话向刘所长说，要去看看“10·17”罗小聪夫妻车祸案现场。刘所长道：“那个现场，你不用去看了，现场的痕迹早已无影无踪，看了照片就知道了，实在要看，也要由当时看过现场的人向你介绍才行。我晚上有时间，带你去见见老所长方明。这个案子，他比谁都清楚。”唐钰道：“你那么忙，晚上就好好休息吧，让小李带我去就行了。”刘所长道：“我不去不行呀，那个方明现在躺在医院呢，我要不去，他还不一定见你，就是见了你，还不一定什么都对你说。”

唐钰一惊：“他得的是什么病？要紧吗？”

“胃癌，不过幸好发现得早，做了手术，已过了五年，没出什么事，前两天听说又住院了。”

唐钰吃过晚饭，便到超市买了些水果和营养品，等刘所长来接她。等到晚上快 9 点了，唐钰才见刘所长的车匆匆驶来，满车都是泥水。刘所长看唐钰提的东西，笑道：“把你的东西放回去，留着自己吃吧，人家现在哪能吃得下这些东西！他也不会收的。”

唐钰不依，坚持要拎着，刘所长只得罢了。

到了县人民医院住院部，唐钰看到了方明，人已瘦得不成样子，不过精神头还好。方明见刘所长带了一名女子来，笑道：“刚才还在念你呢，正想给你打电话，你却自己找上门来了。”见唐钰把一袋礼品往床头柜上放，忙对刘所长道，“安明，安明，你安的什么心？”刘所长忙解释道：“她就是唐钰，人家第一次来看你，给人家一个面子吧。”方明听了，便“哦”了一声，坐直了身子，对刘所长道：“安明，你是不是看我这把老骨头没有几天撑头了，提前给我拆架子来了？”唐钰只得上前，笑对方明道：“方老，要怪就怪我吧，是我不知趣，自己要来的，方老真要嫌我多事，我走就是了。”刘所长便笑着对方明道：“你少在我面前装，别动不动就几天几天的，这么多年了，我看你是越活越精神了，你以为人家闲着没事，来看你这个死老头子闹情绪？”

方明便笑着直摇头，对唐钰道：“我知道你是为嘛事来的，你来得正好，这件事，我也正要同安明聊一聊，要不然我这个难言之隐，便要带到阎王殿那里了。”刘所长一惊：“老方，说的什么屁话？”方明向刘所长摆了摆手：“你听我说，那个案子是我一直经手的，你向我说的那些疑点，说实话，我当时也不是没想到过。比如那堆烟头，我也看出来了，确实是司机刘涌抽完烟扔的，但我们也不能就此断定他就是在那里等什么人吧？说不定开车开到这里，觉得疲劳了，要下车歇歇，抽几根烟提提神，这一抽，又在想什么心事，就待得久了一些？至于两车都翻下了山，这种可能性虽然小，但也并不能排除，突发事件造成双方都乱了神，都晕头转向，这种案例也不是没出现过。这两件事说来说去，一切都没有证据，你叫我怎么办？但不管怎么说，有一个疑点，倒是让我上了一回心，就是在现场留下的一道车辙，给我的印象太深了，我一看就知道，那是一辆高级小轿车的车辙。按理说，在当时那个时间、那个地段，能有高级轿车出入的，只有王老四女婿的车符合，可是，当时他们的车还一直在村子里没有开出来，这个车辙与他的车辙也不符。我后来让小赵固定了这个车辙，查这辆车子的情况，小赵也查了，说是整个镇里都没有发现有这一车辙轮胎的车。我想，真要扩大范围，在当时的技术条件下，只能是大海捞针了，所以，我们查了两个月，到了年底，上面催结案率，我们便只好草草结案，所以就这样不了了之。”

“您当时也认为，有人在现场制造了这起车祸？”唐钰问。

方明点了点头：“你说的没错，我当时也有这种判断，所以我一面让小赵查车辙，一面走访调查事发前两天这个司机以及罗小聪一家人的社会关系和交往的情况。可是查来查去，司机刘涌的社会关系也就几个找他拉货的人，罗小聪夫妻没有什么亲友，认识他们的人就更少了，没有打听到他们交往过其他可疑人员。”

“您知道当年那个胡林群的情况吗？”唐钰试探着问。

方明点了点头：“我当时也想过，是不是这个胡林群的报复，所以我也把胡林群作为重点人员。只是，我们苦心找了半个多月，也没有找到这个人，他那个堂叔，后来也没有在公安厅开车了，之后也不见踪影。不过，你们既然决心要查，我想来想去，你们可以去找一个人，县城城关镇老丁头儿。”

“老丁头儿？是什么人？”

“说起这个老丁头儿，当时是县城城关镇一个修车店的修车师傅，当时侦查员小赵找到他，让他看车辙，他当时就认出来了，是一辆三菱六缸的越野车。案发当天下午，这辆车开到这家修理店，让他们给洗车。小赵要了解详细情况时，老丁头儿说，是车店的小徒张大庆给洗的车，要问他才知道。当时张大庆不在，说是有事回老家了。小赵第二天等了一天，不见张大庆来店里，后来一打听，这张大庆不辞而别，去外地打工去了，之后一直就没有同这个老丁头儿联系，我们后来一直也没有找到这个张大庆。”

“我们现在找到这个老丁头儿有用吗?”

方明摇了摇头：“这个老丁头儿心里有鬼，据小赵反映，他前后两次见小赵的态度大相径庭。第一次见他，极力配合，态度很好；第二次见他的时候，他极度不合作，说话前后矛盾，一问三不知。后来我们打听，这个小徒就是他的亲外甥。老丁头儿的妹妹离异后，就外出打工了，把这孩子交给老丁头儿照顾。张大庆高中毕业后没有考上大学，就在老丁头儿这店里学修车，学了才不到一年，不要说是亲外甥，就是师徒一场，外出打工，也应告别一声，或者会来一个电话。所以我们估计，这家伙一定在这期间受到过什么威胁或者收到过什么封口费。我们后来还把他弄到了派出所，想打听这张大庆的去处和联系方式，这家伙一张铁嘴，不吐一言，说实话，要是能用些手段，不怕他不说出来。我估计，一定是对方使用了什么手段，他是害怕，死也不敢说。我们后来还找到了张大庆分别在长沙和东州的父母，也没有找到张大庆，后来也就不了了之了。我想，这张大庆是不是改名换姓了，但不管怎么样，现在有两个人一定知道这张大庆的信息，一个是老丁头儿，另一个是张大庆的妈。但他这个妈，现在新成了家，这张大庆还会不会与她联系，就难说了。”

“我们现在去找他，他也未必会说。”刘所长道。

“那得看你们的功夫手段了，我听说，这老丁头儿今年 77 岁了，在老家金田镇丁沟村养老，老伴儿也不在了。他有个孙子，叫丁金华，今年22岁，大学刚毕业，一心想进公安，考了两次，成绩都排在前几名，就是面试通不过。这老丁头儿就这么个孙子，为这事心急火燎，到处找人。我讲这些，你们心里应该有数。”

刘所长看了看唐钰，唐钰点了点头。

刘所长同唐钰向方明告辞。方明指了指唐钰放在床头柜上的礼品：“把这东西拿走，你看我这样子，还能吃这些东西吗？正好，拿去看看老丁头儿吧。”唐钰想说句话，被刘所长制止了。刘所长上前取了礼品，两人出了病房，见到一个白发老妇人，她一只手提了个盒饭过来。刘所长忙上前打招呼，唐钰一听，原来是方明的老伴儿。刘所长便问：“老方是什么情况，怎么又来医院了？”老人两眼红红的，摇了摇头，叹息道：“这次还真是不行了，医生说，能熬到过年就不错了。”刘所长一听便呆了，半晌道：“怎么会呢，我刚才看他精神头还好。”老人道：“你还不知道他，他这是做给你看呢！”

唐钰心里不免一阵揪心，看了看刘所长，刘所长一言不发。

二

晚上，吴昊来电话，说了查金鑫当晚与人接触的情况。当天金鑫一早就在集团开会，中午在集团食堂吃的工作餐，均有人证实他没有喝酒。吃晚饭时，当时在一起吃饭的有八个人，除了韩总外，还有五个公司的经理、两个公司的女助理，这些人因为都要开车，没有饮酒，也没有喝饮料，金鑫在接到钟婷婷的电话后，过了有20多分钟，饭后就散了。其间，坐在金鑫右手边的是韩总，左手边是福安公司的张总，其他人共同做证，这些人各自吃饭聊天，根本就没有对金鑫有任何可疑的举动，甚至连相互劝菜夹菜的动作都没有，大家都一直没有离开过，包括金鑫。饭后，大家一起到的酒店门口，各自上各自的车。

“金鑫是上的自己的车吗？”

“是的，不过，他的车钥匙不在自己手里，是他从酒店出来后，一个小伙子把他的车钥匙递给他的，后来我们找到了这个小伙子，是他手下的保安，名叫程洪。他说，是金经理让他买几箱牛奶和水果放到车上。”

“保安是什么时候取到的车钥匙？”

“是金鑫接到钟婷婷的电话以后，打电话让他到酒店来的。金鑫同众人饭后出来到了酒店门口时，正好那程洪也办完事回到酒店，当时大家也看到了，程洪只是把车钥匙递给他，并没有其他可疑举动，我们在现场也看到了抛撒到四周的新购的牛奶及水果，对其进行了化验，并没有发现有药物含量。”

唐钰觉得还在云里雾里，如果是这样，他体内的酒精和安眠药从哪里来的？不管怎么说，她不相信金鑫真的就是死于自己的意外过失。看来，她还得亲自找那个保安程洪谈一谈。

唐钰通过人口信息库查张大庆，却冒出几百个张大庆来，最后一一排查，果真没有发现符合要求的人，不是年龄不符，就是籍贯不对。唐钰只好带着小李，在金田镇派出所魏所长带领下，前往金田镇丁沟村找老丁头儿。

车子沿着蜿蜒的山道，七弯八拐，一路颠簸，30多里的路程，走了一个多小时。唐钰一路昏昏沉沉，下车后，五脏六腑都快吐了出来，吐完后，才觉得好受些。眼前一面是一口半月形的大鱼塘，大鱼塘的前边是一大片水田，水田的对面是沿山脚一字排开的民楼群，一面是挂着村委会牌子的三层楼房。一个 60 多岁的老汉领着一个 70 多岁的老大爷热情地迎了上来，同唐钰握手，魏所长介绍道："这就是村里的丁支书。"又指着另一位老大爷道，"这就是你们要找的老丁头儿。"

丁支书同唐钰寒暄了几句，便要把唐钰往村委会带，对唐钰道："我看你脸色不好，这一趟路不好走吧，没事，先喝点儿水，吃点儿水果，再休息一会儿。饭已经备好了，是我让老伴儿弄的菜，也都是自己家养的种的，你放心，没占公家的便宜，吃了饭，再办事。"唐钰看了看老丁头儿，对魏所长和丁支书道："我没事，要不先办事吧。我看这样，我们这么多人来问丁大爷，也不好，我就同丁大爷一起去他家，你们先在这里聊聊，完事后再过来吃饭。"丁大爷听了，连连点头，小李心里明白，便道："这样也好，我们在这里歇歇，让唐支先办事吧。"众人只得依了。

唐钰便从车上取了方明退给她的水果和营养品，跟着老丁头儿走，老丁头儿的家就在对面的民楼里。两人穿过一片水田，来到老丁头儿家。老丁头儿家里也是一栋两层半的楼房，楼房墙外还没有装修，裸露着红砖，室内却是新装修的，进来是大堂，大堂里空荡荡的，只有正中摆着一个火盆，火盆上面放了一张小方桌，四周摆了些凳椅。老丁头儿过去生火，见唐钰把礼物放到了一边，忙上来道："您是公家人，来办公事，怎么还带了礼来？我怎么担得起！"唐钰笑了笑道："要过年了，就算提前来拜个年吧！"

老丁头儿往火盆里添了炭，生了火，取了些烟糖瓜子来，又取了水壶烧水备茶。唐钰只得等着老人一切都忙完了，围着火盆坐了下来。唐钰问：“家里就您一个人吗？金华也不在吗？”老丁头儿道：“都在城里他媳妇娘家那里呢，说是过两天回家过年。”唐钰问：“您一人在家，自己过得惯吗？”老丁头儿乐呵呵道：“自在得很呢，没事跟几个老头子打打牌、聊聊天，自己想吃什么就弄什么，家里有电，有煤气，有冰箱，有空调，有洗衣机，这是我们小时候做梦都想不到的好日子。”

唐钰叹息道：“可是，有些人吃了半辈子的苦，却没有享到这福。”

老丁头儿便不吭声了。

“罗小聪、林月娥两口子，你听说过吧？你知道胡家是怎么祸害林月娥的吗？是胡家两兄弟轮着强暴她的呀！当时，林月娥还怀有快四个月的身孕，罗小聪是一脉单传，他们结婚五年多了，好不容易才怀上的，被两兄弟强暴后，当时就流了产，而且医生说，她再也不能生育了。那胡家的老大和老二还强暴了村支书罗大林的妻子杨贵莲，还当杨贵莲的面强暴了她不到 15 岁的女儿，而且还威胁杨贵莲如果把这事说出去，就把她女儿被他们破了身的事说出去。是村支书罗大林的妻子杨贵莲与林月娥合谋，由她俩分别引胡家父子到洞里，再由杨贵莲取石头打死的。后来公安抓住了林月娥，林月娥自己招供了，但她却死也不说出杨贵莲来。她丈夫罗小聪不忍看妻子去死，主动投案说是自己伙同妻子作案，说自己是主谋，让自己顶替妻子去死。后来，公安把他们夫妻关在一个房间里，在房间里装了视听录像，想听听他们夫妻说些什么。他们见面后，就紧紧抱在了一起，两人那个哭呀。林月娥说：‘你干吗呀！你干吗要进来呀！你干吗要自己找死呀！你为什么这么傻！’罗小聪说：‘我说过，我不会看着你去死的，要死，也让我先去死，我替你去死。’”

唐钰说到这里，让自己的心平静了一下，看老丁头儿一张脸形如木雕，便取下一张照片，递给了老丁头儿：“这是他们夫妻的合影照，你看看，多么幸福的一对人呀，我听村里的人说，两口子过日子，要是都像罗小聪和林月娥这样恩爱就好了。”

老丁头儿接过照片看了看。

唐钰接着道：“像这样的案子，她应该是从犯，应该不会判死刑，她们可能要坐牢，也许坐十年、二十年，但不至于死。这个罗小聪，就更死得冤了。可是，他们就这么不明不白地死了，那个凶手至今还逍遥法外。”

老丁头儿难过地低下了头。

唐钰道：“丁大爷，您应该知道我为什么这么大老远来这里找您，我也知道您为什么不配合公安调查。这么多年了，我今天不来找您，您应该不会把这件事忘了吧?”

见老丁头儿还在沉默，唐钰叹息了一声，继续道：“这件事，我们不会忘，这么多年了，案子一直还是悬着，是悬着也还罢了，可是我们现在发现，正因为这个案子悬着，这个冤冤相报的血案还没有完。前些天东州市的‘1·19’血案，一家三口被杀，我们怀疑，还是与这个胡家以及罗小聪夫妻的案子有关，如果真是这样，我们就是翻江倒海也得查出真凶，管他十年、二十年、三十年，都要查得水落石出，涉案的人一个都漏不掉的，知情不报、故意隐藏和包庇犯人的人，与案犯同罪。我相信，依靠我们现有的技术手段，我们也不怕找不到真凶以及一切与案件有关的人。”

唐钰说完，看了看老丁头儿，老丁头儿还是铁青着脸，一言不发。

唐钰沉默了一会儿，说道：“我听说，您孙子要当警察?”

“你怎么知道的?”老丁头儿这时才抬起头来，答了话。

“魏所一路上同我说的，我说，这是好事呀，好像只是面试没有过关，这个不要紧，下次再面试，您告诉我一声，我可以陪他去，当面给他出出主意，给他打打气，克服紧张怯战心理，我相信，只要他有信心，一定能如愿的。”

老丁头儿一听，忙站了起来，伸出双手来拉唐钰的手，感激不已：“谢谢了，太谢谢了！要是我家金华能考上公安，当上警察，我这一生的心愿就了了，我一定登门拜谢。”

唐钰拉着老丁头儿的手坐了下来，笑了笑：“这是应该的，不过，要当公安，政审很严的，如果他的政审通不过，我就帮不上忙了呀!”

老丁头儿一脸疑惑地看了看唐钰，唐钰含笑向老丁头儿点了点头。

“就是，就是……”老丁头儿好像还有话不便说出口。

唐钰笑了笑：“您不用说了，我明白。您也知道政策的，您以前的事，被人威胁也好，收了人家的好处也好，但是您如果今天说出来，我就算您是举报，如果能帮助我们破案，就算是立功了，您的这一笔旧账，可以勾销了呀!”

老丁头儿看了唐钰一眼，沉默了片刻，慢慢地站起身来，走进了内屋。

不一会儿，就见他手里攥了一封信从内屋出来，递给唐钰：“这是大庆写给我的最后一封信，从这以后，他就再也没给我写信了。”

唐钰一看，还是十年前的信，信封上写的是“江东省连南县城关镇陈有才收”，寄件人是内详。

“为什么收件人是陈有才？这是什么人？”

“这也是我收的徒弟，在县城开修理店，因为怕被公安知道，才写给他然后转交给我的。”

“可以看信吗？”

老丁头儿点了点头。

唐钰看了看信，信上只是一些问候的话，说自己在深湖一家汽车修理厂做工，工作虽然辛苦，但工资也不少，除了自己的吃喝住的花费，每个月能存一笔钱，不用担心，等等。信的结尾留了地址：东江省深湖市港湖区布顺街黄金大道顺达汽车修理店，丁丰收，邮政编码：518112。

“这个丁丰，就是张大庆？”

老丁头儿点头道：“他跟了他妈的姓，我当天给他写了回信。再后来，陈有才的店里安装了电话，这大庆就通过陈有才店里的电话和我联系，开始是打收费的座机电话，后来大庆买了手机，但还是通过陈有才的电话同我联系。直到几年前，他说他不在店里干了，自己出去单干，这后来也就没有消息了。打他的手机，手机号已换了我们不认识的人。”

“有他的手机号吗？”

“有，是当地的号，83180846。”

“您同您妹妹还保持联系吗？”

“打过几次电话，她现在有了新家，我们也没有什么来往了。”

“您妹妹有没有谈到丁丰？”

“说了，说儿子从来没去找过她，说儿子大了，她也管不上了。”

唐钰淡淡一笑：“丁大爷，我这次来不是找大庆，而是找您。”

“找我？”老丁头儿一脸惊异。

“我直说了吧，案发后，当时公安人员第一次到您的店里，您向公安提供了一辆三菱六缸的车来修理店洗车的情况后，到第二次公安来找张大庆时之前，一定有一个神秘人来找过您，让您闭口。我要找的，就是这个人。”

唐钰说完，看了看老丁头儿，老丁头儿的神色由惊疑变成了惊恐。

唐钰追问：“都到这个时候了，您难道还怕他们吗？”

老丁头儿惊恐地看了看门外。

“放心，这附近没有别的人，你现在说了，在凶手抓到前，这件事天知，地知，你知，我知，凶手抓到了，你的担心也就消除了。”

老丁头儿沉默了半天，才支吾道：“那人说了，我要是把这事说出去，就会像罗小聪一家人那样死的，别说公安了，连老天都查不出是人害死的。”

“除了这句话外，还给了您一笔不少的封口费吧？”

“给了，给了五万块钱。”

“他叫什么名字？您还记得吗？”

老丁头儿摇了摇头：“他怎么会告诉我他的名字！”

唐钰掏出了金鑫的照片：“是这个人吗？”

老丁头儿看一眼，忙摇头道：“不不，不是他。”

“是他吗？”唐钰又掏出了唐凯的照片。

“不不，也不是。”

……

唐钰掏出了纸笔："您说说，那人长什么样子。"

……

三

唐钰回到东州，先将丁丰的资料和老丁头儿提供的画像送到了技术室查找比对，然后同吴昊一起去看金鑫车祸的现场。

现场位于G106高速距离东州市116公里的塘楼村附近，这是一段由南向北有85度的拐弯处。唐钰同吴昊从塘楼村下车，步行了三公里才到达现场。金鑫的黑色本田车就是在这里冲出防护栏，掉入七米深的山林子里，山林子是大南山西面山脚的一处斜坡，车子掉下去后，往山脚处翻滚了四五米，卡在一棵直径30多厘米的松树下。唐钰看四周围着的警戒带还没有被收走，心里松了一口气，看那车，车前的两个轮子已散了架，滚到了山底下，车体的玻璃也如珍珠般散落在掉落的地方，车头的部分已经严重变形，车架子虽然有些凹凸变形，但还没有散架。唐钰两人往车内外看了半天，没有发现异常，看车前中控台正中间的平台上，有一处黏合剂的痕迹。

唐钰叫来吴昊，指了指痕迹："你来看看，这个地方应该放置什么东西？"

吴昊看了看："应该是香水瓶，或者装饰物什么的吧？"

"当时现场找到了这个东西吗？"

"我看了现场勘查的图片，好像没有。"

"如果没有的话，就不应该是装饰，装饰物应该是很鲜艳的颜色，而且因为轻软，不易抛撒得很远。如果是香水瓶，就要验看验看，这里面会不会有问题。”

“你是说，有可能是利用香水的挥发性，在瓶内注入药物，造成人员昏迷？”

“唔，”唐钰点了点头，“晚上气候寒冷，而且在高速路上，我相信金鑫一路上不会打开窗户，为了保暖，车内外空气不对流，形成一种密闭环境，不排除这种香水内有挥发性的药物造成金鑫昏迷。”

“可是，尸检报告的苯巴比妥残留，不会通过挥发性介质吸入吧？”

“苯巴比妥不会，但酒精残留从哪里来？如果是乙醚，是容易被误判为酒精的。”

“那么，谁会在这么短的时间内，在车内注入致人昏迷的药物？”

“先找到东西再说吧！”

两人便四处寻找，找了大半天，哪有香水瓶的影子！

“要是随便就能找到，这些现场勘查的人该下岗了！”吴昊道。

难道我的判断错了？唐钰想了想，便打了钟婷婷的电话。

从钟婷婷的电话中，唐钰得到了确切的信息。

“金鑫刚买车时，在前车窗下有一盒消除车内甲醛用的空气清新剂，一只绿色的小圆盒子，使用的是白兰花香型，不过后来他有没有换过，就不知道了。”

“盒子有多大？”

“能有多大，像个化妆盒，比化妆盒大一点点吧。”

“是什么材质？玻璃的还是塑料的？”

“是有机玻璃。”

白兰花香型！绿色！唐钰道："为什么偏偏用绿色?！这附近地上全是绿色植物！要不，让警犬来吧！顺便买上这种白兰花香型的清新剂，作为嗅源。"

警犬嗅到了，用两个前爪在泥土中刨，原来这个盒子被抛出车后，掉进一个土坑内，而后在车子翻滚时，压埋在一片泥土里。唐钰挖了出来，令唐钰意想不到的是，在挖出清新剂盒子时，还发现了一瓶压得严重变形的仍有残留丝滑拿铁口味的雀巢咖啡即饮瓶！

清新剂及咖啡瓶的残留咖啡汁很快化验出了结果：清新剂内含有大量的乙醚残留，而残留的咖啡汁内有大量的苯巴比妥粉末！

唐钰当即将保安程洪请到了市局刑侦支队审讯室。

程洪供述："金老板给我打电话的时候，我正在吃晚饭，他让我去买点儿牛奶和水果放到车上，我吃过了饭，就去金老板那里拿车钥匙，他的车就停在酒店门口，我本来要开车去，门口的保安六石说，去超市买东西，何必开着车去，那地方找个停车位都难，还不如骑他的电动摩托车去，就几百米，一下子就到了。我就听了他的话，把金老板的车钥匙放在他那里，骑了他的电动摩托车去了，买完东西回来，同保安交换了车钥匙。刚好把东西放到车上，金老板就从酒店出来了，我把钥匙给了他。"

"你买食品用了多长时间?"

"大概不到 20 分钟吧，我记得交钥匙的时候，好像是 7 点钟多一点儿。"

"你留意他的车上有什么东西了吗?"

程洪摇了摇头："我只注意到他的后备厢里有两个纸箱，一个纸箱里面放了雨鞋和雨衣，另一个纸箱里好像放了一个黑色的包，还有两箱酒，一箱红酒，一箱白酒，一把雨伞，还有一套钓鱼工具。车前面有什么东西，我没有注意。”

“酒店保安六石实名叫什么？”

“钱磊磊。”

很快，唐钰在保安宿舍内找到了六石。六石供述，他拿了金鑫的车钥匙后，就把它扔在值班室的桌子上，一直就没有动过它。不到20分钟，程洪就回来取了钥匙走了。

“你在这期间离开值班室没有？”

“就离开过一会儿，接到电话，说是地下室车库的自动护栏坏了，我下去看了看，是电源插头不知怎么被扯掉了，我弄好后就上来了，这期间也才几分钟的时间。”

“几分钟？”

“五六分钟吧。”

唐钰调取酒店门口监控，门口有五六拨人，共20多人经过保安值班室。保安值班室内没有监控，人员进出画面在值班室门前消失，无法看到取钥匙的画面。而金鑫的车也停在监控视频之外，无法看到是否有人接近车辆的画面。

“要不要对在这个时间段出入这个酒店的人进行一一筛查？”吴昊问。

“不用了！”

唐钰已意识到，从了解到的情况看，在这么短的时间内，如果不是有预谋，无论是程洪，还是酒店保安，或是有人故意破坏酒店护栏，让保安离开，都不可能有充足的时间备下装有苯巴比妥的咖啡饮料瓶和在车内的空气清新剂内加入乙醚。除非在这之前，就知道金鑫要在当晚出车，而且是出长途车！唐钰也不能相信，钟婷婷的事故是有预谋的，绝对不会！

“难道，金鑫在决定当晚去桐木见钟婷婷之前，还有其他在当晚或者次日一早长途出车任务？”

“这个不排除，但如果是有人故意安排的，这个人怎么会供认？只有金鑫自己知道了。”

“我们查！一是查与他关系比较亲密的人，包括这个程洪，还有就是，查他这两天的通话记录，看有没有人约他或者让他在案发当晚或者次日一早要长途出车！”

下午，技术室让唐钰前去辨认老丁头儿向唐钰提供的人像比对嫌疑对象。唐钰一看，毕竟是人物画像，相似度低，但也列出了 20 多个人物头像，唐钰不能确定，只好将其一一打印出来，要交给老丁头儿亲自辨认。同时，丁丰的身份证出来了，经查询，深湖市公安局已证实，丁丰已在几年前因吸毒过量死亡。

“吸毒过量死亡?!”唐钰又是一阵震惊。

“是的，深湖市局来电说，这个丁丰先后三次进戒毒所，不但没有戒掉毒瘾，反而毒瘾越来越重，死的时候，骨瘦如柴，体重不到 80 斤。”

“他是怎么死的?”

“是房主收房租时在他的出租房内发现的，发现时，丁丰死了两天了。”

“有验尸报告吗?”

“不用看了，那边已经定性了，是他本人注射过量冰毒死亡的。”

“有照片吗?”

“好的，我联系一下，请他们发过来。”

唐钰心底涌出一阵阵心酸和烦恼，这么大个事，难道丁丰的母亲会不知道？丁丰的母亲知道了，能不告诉她的哥哥老丁头儿？而从唐钰对老丁头儿的言行观察看，如果他知道丁丰死了，完全没有必要隐瞒。如果丁丰是“10·17”罗小聪夫妻车祸案的一个重要证人，那么唐钰不能不对丁丰的死存有疑虑，她恨不得即刻飞到深湖，弄清丁丰死亡的来龙去脉，但她也知道，“1·19”案一宗又一宗难以厘清头绪的线索在缠着她，她一时哪里走得开!

不管怎么说，她还得去找一找老丁头儿，她亲口答应他的，不光是替他保密，更要紧的是不能让他担惊受怕。

唐钰赶到金田镇，幸好魏所长已将老丁头儿从丁沟村接到了镇里，让唐钰单独在招待所见他。唐钰拿出与画像相似的20多张照片让老丁头儿辨认，老丁头儿马上指出了一个人：罗向东，男，1972年7月出生，高中文化，湖北鄂州林岗镇沙头沟人。

“能确定是他吗?”

“这个人的样子，我一辈子都忘不掉。”

唐钰犹豫了一阵，是否把丁丰过世这个不幸的消息告诉他，但想到了案子，还是狠了狠心，向老丁头儿递上了丁丰的遗像和死亡证明。

“这是深湖市公安局传来的消息，他是因为长期戒毒无效，痛苦难忍，注射冰毒自杀的。”

老丁头儿看了看照片，脸慢慢痛苦地变形，双手在发抖。

“我就知道，他会是这个下场，是这个下场……”老丁头儿一只手护着胸口，喘着气道。

“您知道他吸毒?”

“他娘告诉过我，进了几次戒毒所。”

“这件事，您上一次没有同我讲。”

“他妈对我说，她也只在戒毒所见过他两次，人出来后，就找不到了，我告诉你，又有什么用!”

……

唐钰查罗向东的资料时惊讶地发现，这个罗向东原来是东江省深湖市“8·09”特大贩毒案团伙首犯之一。五年前在深湖市公安局组织的一次对“8·09”特大贩毒案团伙的清剿行动中，罗向东因持枪拒捕，与警察交火，被深湖特警队队员当场击毙。

四

查金鑫的出车情况有了线索，据程洪交代，案发当天上午，金鑫让程洪将他的车加满油，说他第二天一早要跑长途，具体去什么地方干什么，他也不知道。

吴昊便查问了明光集团林宏洲、韩晓堂等一些老板以及金鑫的父亲金师傅等亲友，没有一个人知道。查电话联系人，在事发前三天内，金鑫先后同七人通过电话或发过微信，其中，除了钟婷婷和程洪，还有公司的韩晓堂、崔延丽以及两个保安，另外就是在深湖市的一个名叫阿杰的人。阿杰在金鑫案发的前一天，先后和金鑫通过三次电话。吴昊打这个阿杰的电话，电话已关机。查电话登记，阿杰，实名郭伟杰，男，1973 年 6 月出生，大专文化，连南县桐木镇横水村人。

“又是横水村人？”唐钰有些意外。

“我查了一下，阿杰是深湖市布顺区黄金大道银色月光娱乐城老板，我估计，金鑫是不是要去他那里？”

布顺区黄金大道？唐钰心里一激灵，她清楚地记得，丁丰留给老丁头儿的地址，也在这条街上，她又想到了罗向东，看来，她有必要去一下深湖市了，她有很多的谜，要去那里解开。

元月29日晚上，南方农历小年，度日如年的孙副局长再一次召集专案组的人凑情况。

唐钰简要汇报了自己查访的情况，孙副局长铁青着脸，问吴昊查唐凯提供的仓库情况，吴昊道：“我们虽然找到了那个水泥仓库，但经过现场勘查，仓库里的一切痕迹都被人为地破坏了，显然是有人早已赶在我们之前就做了手脚，到处是水泥灰，连个脚印都没有。这个仓库远离人员居住区，没有通电，案发期间，周边没有群众出入，我们到周边调查走访，也没有找到一个目击者。距离仓库西面800多米处有一户人家，是一栋五间的砖瓦房，这户人家房门锁着，估计是去外地过年了。我们判断，他们当时给摩托车充电，就是在这一家拉的线。”

罗局长也介绍了查视频这一块：“我们查看了案发期间从唐家到东羊村东竹街道、水泥仓库，以及高速公路劫持点的这几处有可能的途经路线的所有视频监控，发现这六名案犯在东羊村东竹街道的两处监控视频中出现过，在通往水泥仓库的方向的襄庄镇的一个交警监控视频中出现过，在通往G106高速公路劫持点方向的新靖镇一交通监控视频中出现过，都是骑着四辆电动摩托车快速通过，而且都是戴着头盔和护目镜，我们无法辨识其面容以及他们的体态特征。还有，对在连南县大刚山三个出口的封控人员进行了调查。封控期间，被查的人员共 1330 人，其中，桐木镇是赶集的日子来往人员多，共 770 余人，无法辨明混入的这 6 个人的体貌特征。”

“这么说，这么多天来，我们摊子铺得这么大，还是没有摸到凶手的任何线索?”孙副局长的脸色更难看了。

唐钰明白孙副局长说摊子铺得这么大，说的就是她，只得说道：“我之所以要去桐木镇查那两个积案，就是在内心深处总排除不了杀害唐家的凶手有报复杀人的嫌疑。而从桐木镇的神仙洞‘8·15’凶杀案以及‘10·17’罗小聪夫妻车祸案两起积案侦查的情况看，更加深了我的判断，就是这两宗积案与这起‘1·19’杀人劫持案有牵连。从目前掌握的情况看，杨贵莲、林月娥就是杀害胡家三人的真凶，而‘10·17’罗小聪夫妻车祸案，也有证明系他杀。现在初步掌握，神仙洞‘8·15’凶杀案的受害人的亲人胡林群，也许就是这个唐凯。‘8·15’凶杀案真凶杨贵莲女儿罗珊珊，至今下落不明，现在又出了金鑫的车祸案，经查有谋杀的嫌疑。所以，综合这些因素，我有一个推断，唐凯，也就是当初的胡林群，为报家仇，有制造一起车祸，杀害了罗小聪夫妻的嫌疑；在唐凯的身份暴露后，这个罗珊珊或其他当初被胡家欺负过的人又来寻他报复或杀他灭口，而金鑫也许参与或知道了太多的案件内幕而被灭口。”

孙副局长看了看大家，一脸苦笑：“你们大家都动动脑子，想想唐钰的这个推断成不成立。”

“如果按照这个判断，那么，下一个目标就很明确了，从集团内部，特别是从唐凯这里打开缺口?”杨茹道。

唐钰摇了摇头：“如果我们没有掌握充分的证据，这个明光集团，我们现在不能动，而且唐凯在目前这个状态下，更不能惊动他。我们下一步的重点，是要做以下几件事：一是查金鑫案出车的知情者；二是找到这个罗珊珊和当初的那些被胡家欺负过的人；三是找到涉及制造‘10・17’罗小聪夫妻车祸案的嫌疑人。”

唐钰说完，看了看孙副局长和众人，吴昊点了点头：“唔，现在看来，也只有这样了。”

孙副局长沉默良久，说道：“既然这样，唐钰，你可以按照你的判断去做你的事，但是我要提醒你，留给你的时间不会太多，如果出现方向上的错误，不光是你这些辛苦都是白费的，更重要的是影响到整个破案的进程。”

唐钰知道，孙副局长对自己的工作进展是万分不满意，更重要的是，她的侦查思路并没有得到孙副局长的认可，但是，唐钰到了这个地步，已刹不住车了，不管方向对错，也不管冒着多大风险，她只有顶着风，迎着雨，踏着坎坷，寻找她需要的结果。

第十章 “8·09”专案

一

次日下午，唐钰开着自己的白色本田直奔深湖市。

车子到达深湖市高速出口，天已经快黑了，深湖市公安局刑侦支队支队长莫小荣亲自到高速路口迎接。唐钰有些意外，这种迎来送往的一套，现在早已不兴了，何况刑侦这一块，哪里还有这个工夫。唐钰同莫小荣虽然相识，但打交道不多，见了莫支队长，打趣道：“莫支，我没有想到，深湖的刑侦还会这么闲！”莫支队长笑呵呵道：“这会儿你怎么酸我都行，但是你别得意，我今天不是冲你来的，是邓局的指示，我得执行。”唐钰问：“哪个邓局？”莫支队长道：“你不会不认识我们的邓胜亮局长吧？”

唐钰一惊，这名邓局长，是深湖市局的一位拼命三郎，虽说是部队转业干部，半路出家从事刑侦工作，却在他的指挥下，五年内指挥侦破了13起大案，其中五起还是部、省督办的大案。五年前他在退休前还一举破获了“8·09”特大贩毒团伙案，这个刑侦队一次被公安部表彰荣立集体一等功，两次记集体二等功。

“他不是早已退了吗？”

莫支队长挥了挥手道：“五年前就退下来了，我不知道他怎么就晓得你要来深湖，让我来安排，他指示，今天晚上，由他宴请，已订好在锦都酒店东江厅，6点钟在酒店恭候。现在，我领你去酒店。我也按照你的要求，将你安排在市局警官训练中心食宿，晚饭后再去训练中心。邓局特别交代，晚上的饭局，你不能推托，必须参加，饭后，关于案情的事，他要同你好好谈一谈，明天一早，他亲自陪同你去几处地方实地调查走访。”

“他都退休多年了，我怎么还好劳他的大驾?”

“这些话，你不要同我说，你当面同他说吧!”

到了锦都酒店停好车，莫支队长就向唐钰挥手道：“再见。”唐钰问：“你不去吗?”莫支队长笑着摇头：“我的级别还不够。”见唐钰发愣，笑道，“我也没空儿在这里耗着，你吃完了饭，直接去训练中心休息，房间我订好了。”说完开着车走了。

唐钰到了东江厅，便愣住了。

在座的几个人都站了起来，来的人中竟有林宏洲和刘安明!

只见邓胜亮站了起来，笑呵呵向唐钰道：“我担心直接联系你，你没有时间理会我这个已退休的老头子，所以只好让小荣出面，我要不说案子的事，还怕你不来这种场合!”便回头向一位年约六旬、精神抖擞的人道，“老王，今天我让你见到真人了!”然后向唐钰介绍，“王伟杰，我们边防部队十三团的老政委，河洲省政法委原副书记，现在也退休了，今天是王政委来了我们深湖，所以我们几个人为王政委接风，王政委早已听过你唐钰的大名，听说你也来深湖，便想见你一面，我们这些人可都是你的粉丝。”

唐钰一时有些受宠若惊：“邓局，您不是在取笑我吧，各位都是军队的老前辈，都是我敬重的人，要说粉丝，恰恰相反。”

邓胜亮忙拉着唐钰在他身边坐下，然后对唐钰道：“今天请你来，有三层意思：第一呢，听安明说了，你要一套我们的庭毫山丛书，这次，我专门送你一套；第二呢，这在座的，除了宏洲，都是政法队伍的人，不是外人，就是这宏洲，也是我们十三团的战友，搞侦察的，其实也不是外人，从业务上讲，也属同行，只不过打交道的对象不一样，一个是国外的敌人，一个是国内的罪犯，我们王政委很想见见你这尊真佛；这第三呢，你来查的这个案子，你找别的人没有用，只有找我，而且为了这个案子，我一直想找个像你这样的干将来深挖深挖，这些年一直没有找着机会，却没想到你竟主动来揽这个事了，说实话，昨天听说我这老搭档来了，我心里本来就欢喜不已，又听说你要来这里弄这个案子，我更是喜上加喜，有你这位大将出马，我就放心了。”

唐钰一时不知说些什么好，半晌才道：“今天能参加各位的聚会，真的很荣幸——”

“不能这么说!”王伟杰不等唐钰说完，感慨道，“你能来，荣幸的应该是我们，我知道你的事迹，一个女孩子，真的不容易，我们这些老军骨，还总以为在战火纷飞的边境做一名守土卫士而自傲，其实，在和平年代，你们这些警察所作出的牺牲，丝毫不比戍边卫士失色。”

唐钰惭愧道：“首长过奖了!”并忍不住问邓局长，“我听说，部队的一个团长管几千人呢，现在管几十人，不感到失落吗?”

“失落?”邓胜亮哈哈笑着翘着食指点了点唐钰，“这丫头，专点我的死穴说话，你是不知道，刑侦支队头一次集合，我喊口令，那声音差点儿把几十号人的耳朵都震聋了。队里的一个女刑警怯生生对我说：‘邓支，您以为这是在对几千人喊话呢!’唉，没办法，喊习惯了，这声音就降不下来。”

唐钰忍不住笑了，感叹道：“可是，像各位这些经过战火硝烟的人，又投入到这警察的岗位上，而且还做得这么好，真的让我想不到。你看，邓团长，我现在也弄不明白，在战场上，打仗是英雄，到了刑侦，半路出家，工作还是这么出色，屡破大案，连我们这些老科班都自叹不如，我不知道您这功夫是怎么练到家的？”

“他呀，什么本事没有，就是有一股实干劲！同大伙一块儿拼命。”林宏洲哈哈道，“我跟你说，我当兵刚到连队，认识最大的官就是连长。有一天下暴雨，通往连队的公路塌方了，那时，这是一条战备公路，每时每刻都要保持畅通的，我们全连的人都扑到了公路上，很多人都没有工具，大家就穿着雨衣，冒着大暴雨徒手在路上捡石头刨土块，我身旁的一个老兵同我一块儿搬一块大石头，费了九牛二虎之力还搬不动，却见他指着在一旁的连长道：‘你过来。’连长二话不说就过来了，我一见连长亲自过来了，忙向连长说：‘不用了不用了，哪用连长亲自动手，我同这位老同志搬得动。’连长也不搭理我，同我们一起把石头搬了，然后对我说：‘你是新来的吧，听你老同志老同志叫得这么亲热，你知道这位老同志是谁吗？他就是我们十三团的邓团长！’哈！你是不知道，我一听，吓得差点儿尿裤子了！”

唐钰也哈哈笑了：“可是，搞刑侦，毕竟不能凭满腔热情和气力。”

邓胜亮点了点头：“你说的没错，当初局里安排我管刑侦，我也是这么跟局领导说的，当时的沈局长是市委常委、市政法委书记。沈书记对我说：‘这个刑侦专业，我知道你不懂，但这不是你需要担心和考虑的，因为你的手下，不缺刑侦专业人才，自然有不少破案能手、专业高手，我需要的，是你在十三团时的那种精神，那种吃苦不要紧，只要主义真，亏了我一个，幸福十亿人，不惜牺牲生命来换取国家和平安宁的那种敬业精神，那种令行禁止、雷厉风行的纪律作风，你只要让你的队伍有这种精神，我就不怕你这个队伍带不好，就不怕这个队伍干不出成绩来，就不怕这个队伍完成不了任何艰难困苦的任务。’”

唐钰连连点头赞叹。

王伟杰对唐钰道：“唐钰，说到这里，我有句话，不知道在这里同你说，是不是违反了纪律。宏洲这个明光集团的情况，你是不是了解一些，宏洲不好向你说，他对我说，现在集团上上下下，正在进行权力争夺，宏洲很可能要把位置让给唐凯。当然，宏洲我是了解他的，他对这种权力争夺已心灰意冷，决意退出，让位给唐凯。当然，对他们集团的内部事务，我们都插不上手，只是我在担心，当初唐凯他父亲唐鸿淦没有把集团交给他的儿子而交给宏洲，是因为宏洲同老唐是一条心，就是舍得在帮助政府扶贫项目上开支，其实集团是有不少人反对这项开支的，同时，在经营理念以及经营方向方面，唐鸿淦及宏洲与唐凯等部分人是有不同理念的。现在这唐鸿淦走了，唐凯的势力鼓动唐凯夺权，那么，集团原定给政府的扶贫项目恐怕就要泡汤了，更让宏洲担心的是，这个集团很有可能会被某些势力所控制。”

“被某些势力所控制?”唐钰头脑嗡地一响，“难道会有某些黑社会势力?”

邓胜亮对唐钰道：“本来，这些事，我要单独向你谈的，但是在座的都不是外人，我想向你说的是，当年在侦破‘8·09’特大贩毒团伙案时，被我们击毙的罗向东，只是我们深湖市的一名毒枭，他应该还有一个上级，而这个上级只与罗向东单线联系，所以罗向东被我们击毙后，这条线索就断了。但我听他的手下交代，他听到罗向东几次打电话都称对方为‘八姐’。你知道，中缅边境有个地名就叫八姐，我想，他的这个上级应该就在瑞邦，可是，我们下了好大的功夫，也去了瑞邦，都没有找到丝毫线索。这两年，我才明白，现在的毒品都不是用鸦片来做了，而是用化学物品合成，主要就是冰毒，瑞邦那条线基本上没有人走了，而这个组织早已不在云南瑞邦，很有可能就在东州。”

“东州？‘八姐’？”

唐钰敏锐地意识到，也许，面对凶残至极的血案，通过报复的动机来查找凶手，也许是她侦查方向的重大失误，而真正的凶手或许是一个深藏在东州的贩毒团伙，而这个团伙正是为了控制明光集团，才对唐凯一家大开杀戒？“八姐”？如果“八姐”是个女人，那么这个人是不是崔延丽？唐钰当初在看到杨贵莲女儿罗珊珊的长相与崔延丽相似的时候，她还怀疑不会有这么多的巧合，但现在看来，如果真是她的话，一切都符合情理了：杀罗小聪夫妇，是为了替她母亲灭口；杀唐凯一家，既是报当年之仇，也是清除他们企图控制集团的障碍，唐凯不死，正是为她控制他进而控制集团，控制了集团，就有了毒品制造、囤积、销售以及洗钱的渠道。而她唐钰也不过是被崔延丽利用的一颗棋子！

想到这里，唐钰感到不寒而栗。

二

唐钰在湛关监狱，见到了正在服刑的“8·09”特大贩毒团伙成员蒋中惠。

邓局长介绍：“这个蒋中惠，外号堂哥，是个孤儿，是毒枭罗向东身边最得力的干将，在我们击毙罗向东时，这个堂哥也受了伤，被判死缓，现改为有期徒刑15年。审讯中，这家伙因为在抓捕时腿部中弹，术后被锯一腿，所以对警察十分仇视，拒不交代犯罪事实，只求一死。我们后来发现这家伙也不是铁板一块，在医院治伤过程中，对一直照料他的护士非常感激，所以我们就让这名护士来感化他，他这才向我们交代了一些犯罪事实，但对于罗向东，他还是不愿意透露对方的任何犯罪事实，也许罗向东的死，让他心灵受到的打击和痛苦太大了吧。现在过了这么多年，我们再去找他，也许这个打击和痛苦对他来说早已淡忘，只要引导得好，或许会交代一些犯罪事实。”

“这些毒贩子，他们自己不吸毒吗？”

邓局长点了点头：“很多团伙都有规矩，是不容许团伙成员吸毒的，我们在调查这伙成员的过程中，没有发现一人是吸毒的。”

“那么，难道丁丰不是这个团伙的？”

“从我们掌握的情况看，丁丰不是这个团伙成员。”

“据我们掌握，罗向东有制造交通意外，故意杀害罗小聪夫妻的嫌疑，而丁丰是罗向东杀人案的见证人，所以，丁丰与罗向东不会没有联系。”

“这个情况，我们已经掌握，据蒋中惠交代，丁丰吸食的毒品就是罗向东提供的。”

“那么，丁丰的死，果真是他自己吸毒过量致死?”

“我们也有过怀疑，但是，经过多次现场勘查，并没有发现有他杀的痕迹物证和目击证人。”

……

唐钰细细端详了这个蒋中惠，一米八七的个子，略显微胖的身材，长方形的脸，满脸的胡须刮得精光，一双细长的眼，色眯眯地盯着唐钰。

“你今年多大了？在这里还有几年?”唐钰微笑着正视着对方邪意的目光，声音温柔。

对方怔了一下，然后一声尬笑：“你问这话，是不是等着我出来找你?”

唐钰笑着点了点头：“希望吧，不管你现在怎么样，出来后，作为一个普通公民，我们都是平等身份，既然有缘，都有可能成为好朋友的。”

“哈哈!”蒋中惠轻蔑地一笑，“朋友？你就不要同我套近乎了，你找我什么事，直说了吧!”

唐钰笑着点了点头，从手机里找出了崔延丽的照片，向他晃了晃：“认识这个人吗?”

蒋中惠盯了半天，问：“她叫什么名字?”

“崔延丽。”

蒋中惠摇了摇头：“没见过，不认识。”

唐钰又向他晃了晃丁丰的照片。

蒋中惠看了看：“他不是已经死了吗?”

“这么说，你认识?”

“他是老大的朋友。”

“既然是你老大的朋友，他是怎么让这个朋友染上毒瘾的?”

“他是怎么染上毒瘾的，我不晓得，倒是每次他来向老大要‘粉’时，老大都要与他大吵一回，无非是让他不要再吸了，可是，他哪里劝得住!”

“你认为他真是吸毒过量死的吗?”

蒋中惠冷笑道：“你问这话是什么意思，难道我们还会去害他？这种人，到头来还不都是这种下场?”

唐钰明白，蒋中惠应该还不知道他的老大与丁丰相识的渊源，便转换了话题：“认识金鑫吗?”

“金鑫，不认识，没听说过。”

“那么，‘八姐’呢?”

蒋中惠一听，叹息了一声，又哼了哼，说道：“我看你绕过来绕过去，最终目的还是要来打听这个‘八姐’吧，我向你们说过一万遍了我不知道，那邓胜亮就差没有给我上老虎凳、灌辣椒水了，我跟你实说了，我要是知道，我还恨不得自己亲手抓了送到你们手中。”

“就算你不认得‘八姐’，你们的毒品来源不都是通过‘八姐’来的吗？难道你们连她手下的人都不认得一个?”

“那都是老大的手下人干的，我呢，只不过是他的司机兼保镖，他也从来没有去过现场，我只知道，他们走货都是通过正规物流过来的，我们的人只管去提货，除了认识开车的司机，他们的人都见不到一个，而那些司机都被蒙在鼓里，根本不晓得他们拉的货里有‘粉’。”

“他们都是通过什么物流过来的?”

“什么都有，都是通过正规知名商家夹带的货。”

“正规商家？是哪些商家？”

“具体我就不晓得了，我说过，我和我们老大从来不去交接货现场的。”

正规知名商家！这更进一步证实了唐钰的判断。

唐钰要找的第二人，就是丁丰的母亲丁盛香。

唐钰向邓局长一打听，才知道她这一家人日子过得并不怎么样，住在城乡接合部的一套出租房里，两个女儿还都在念大学。丈夫是保安，云南人，一身黑膘肉，脾气有些暴躁。一听唐钰要问丁丰的事，他伸手就把唐钰往外推：“去去去！我家里没有这个人！”唐钰被推得打了一个趔趄，差点儿摔倒。

与唐钰同来的是属地派出所的林副所长，他喝道：“刘水强，我们是来找你问问情况的，你发什么疯！”

丁盛香这才从屋内出来，有些胆怯地看了看她男人，哆嗦着道：“我实在不晓得丁丰的事，多年没有来往了。”

唐钰看这男人在向女人翻着白眼，心里明白了，对男子道：“你俩去一个人，跟我走，去派出所协助调查。”

“凭什么跟你走？”

唐钰叹息了一声，说道：“你做了多久保安了？是怎么当上保安的？一点儿法律常识都没有吗！”

“要去她去，我不去！”男子瞪了丁盛香一眼。

唐钰等的就是他这句话。

唐钰将丁盛香带到了距离她住处不远的一道河沟边，在一片草地上坐了下来。

“我知道，在你男人面前，你不敢说。”

丁盛香点了点头，双眼却死死盯着河对面的一片灰色的枯草，一言不发。

“你是不是一直瞒着你男人同丁丰来往？”

丁盛香脸色阴沉下来，沉默半晌，哽咽道：“是我害死了他。”

“可是，他也不是小孩子了，应该能独立生活了。”

“他第一次来我家找我，就被我男人骂走了，从此以后，他就再也没有踏进我这家门。后来是他吸毒被公安送到了戒毒所，派出所通知我去见的他，你不知道，见过他以后，我死的心都有了，要不是为了身边的两个女儿，我早就离开这个家，同大庆一起过日子了。”

“知道他为什么吸毒吗？”

丁盛香摇了摇头：“也许是他女朋友离开他之后吧。”

“你知道罗小聪夫妻的车祸事故吗？”

丁盛香点了点头：“当时，我问他为什么不跟着我哥，瞒着我跑到深湖来，他就说了这事，是我哥劝他躲着什么人来的，我问躲的是什么人，他开始不说，被我逼急了，才告诉我，罗小聪夫妻的车祸案是罗向东做的，罗向东给了我哥一笔钱，让大庆远走高飞，还威胁我们如果把这事说出去，就杀他家和我家全家，所以几年前公安来调查，我都没敢说。后来，不晓得罗向东也来这深湖了，还同大庆住在同一个街道，你说，这不是冤家路窄吗！也不知道他们怎么竟然成了好朋友。”

“大庆除了这个罗向东，还有什么要好的朋友吗？”

丁盛香摇着头：“再就是他那个女朋友了，我只知道她叫阿萍，湖南人，其他有没有什么朋友，我就不知道了。”

“你家里男人和孩子知道这些事吗？”

“哪里敢让他知道，包括孩子，涉及大庆的事，我半句话都不敢吭一声。”

“这个男人对你好吗？”

丁盛香叹息了一声：“好不好的，也只能这样过了，他就是脾气大了些。他这保安，因为爱同人干架吵架什么的，换了好多家单位了，但对我和家里的孩子还是很好的，也顾家。”

“你同你以前那男人还有来往吗？大庆还与他有联系吗？”

丁盛香摇了摇头：“你别向我提这个人了，我与他离婚，不为别的，他是一个赌棍，把家产赌光了不说，差点儿把我都卖了，你想想，我还会与他联系吗？只恨不得离他越远越好，至于大庆，别说没有与他有联系，就是与他有联系，我也会阻止的，我还担心他把大庆给带坏了。”

“大庆的女朋友叫什么名字？你有她的联系电话吗？”

“不知道她姓什么叫什么，也没有给我联系电话，听大庆说，她跟着一个老板跑了，不过，当时公安也在找她，不知查到她没有。”

三

唐钰向邓局长了解到，这个名叫阿萍的人，实名叫杨婧萍，女，汉族，1983年7月出生，高中文化，湖南常德人，因参与“8·09”贩毒团伙贩卖毒品案，于2015年7月被判处有期徒刑7年。

唐钰又马不停蹄地来到双江女子监狱，找到了杨婧萍。

令唐钰意外的是，杨婧萍还不知道丁丰吸毒，更不知道丁丰已死于过量吸毒。

“我离开他的时候，还好好的一个人，他怎么会去吸毒？怎么会吸毒毒死自己？”杨婧萍痛心地哭诉。

“听他妈说，是你离开他以后，他才吸上毒的。”唐钰冷冷道。

“难道、难道，他发现了我藏匿在他房间里的冰毒了？”杨婧萍喃喃道。

“你认识他的时候，就贩毒了？”唐钰惊问。

“不是的，不是的，是我认识的一个老乡，认我作姐妹，叫六姐，说是临时要把一袋东西放在我这里，那是一个用牛皮纸信封袋密封的东西，说让我一定要保管好，千万不要弄丢了。我自己住单位宿舍，四个女工一间房，不敢放在宿舍，就趁丁丰不在房间，把那包东西悄悄用透明胶贴在床底板上面，六姐问我藏的地方安不安全，我就向她说了藏匿的地方。后来，六姐带我去认识一个老板，他们逼我贩毒，我不干，他们就说如果不干，就举报我贩毒，我替她藏匿的一袋毒品，就是证据，所以我后来只好跟着他们干了，还忍痛同丁丰分了手。之后，我就一直没有机会到他房间取那袋毒品。”

“六姐和老板叫什么名字？”

“她叫黄蕾，老板就是她的男朋友，叫阿辉，实名叫万志辉，黄蕾自己吸毒死了，万志辉被判了 15 年。”

“你们团伙里不是禁止吸毒吗？”

“谁知道呢，她想死，谁拦得住。”

“你们在团伙里，主要从事什么工作？”

“接收毒品，然后把收到的毒品分发到下家。”

“通过什么渠道接收?”

“电器货柜车，都是夹带在这些电器包装里。”

“具体都是些什么公司？什么电器?”

“多了，好像大多都是明光集团下属公司的。”

“为什么要通过这种渠道运毒?”

“唉！你们又不是不知道，不通过这种渠道怎么办？其他渠道都不行了，现在坐什么交通工具，不要安检？坐飞机要安检，坐铁路、地铁要安检，坐船要安检，就是自己开车，公安检查站也要过一遍。”

“你们是怎么利用这些电器货柜车夹带的?”

“这个我就不知道了，我只负责被人带到一些没有视频监控的道路边，取下车上的货。但是后来我听说，是我们的人收买了货车司机或者发货人，而这些司机也好，发货人也好，在被抓了以后，都不知道他们的车上有夹带的毒品，所以连累这些公司也受牵连，听说那明光集团的唐总还多次向公安局道歉。”

唐钰拿出崔延丽等人的照片让她辨认，杨婧萍摇了摇头。

唐钰向邓局长打探收买发货人及司机的人，邓局长道：“这个人是个女子，叫黄蕾，当时让她跑了，我们发了通缉令，三个月后，她吸毒致死。”

“是她自己吸毒死的?”

“不能排除是他杀，我们在城郊一个偏僻的废弃的农舍发现的尸体，当时尸体已高度腐烂，死亡时间已过了一个多月，那段时间风雨天多，很少有人去那里，我们除了查出身体中有冰毒残留外，没有提取到任何有价值的物证，这个案子也就不了了之。”

唐钰深深地叹息了一声：“这伙人除了她，就没有其他人干这种事了？”

“我们当时掌握的线索也就这么多，不过我们判断，也是有可能的，用一个可靠的人也够了，毕竟干这种活儿的人多了，老板不会放心的。”

“她的男朋友万志辉，没有与她一起干？”

邓局长摇了摇头：“不相干，他同杨婧萍一道只负责供货，对接货的事，他们都说不知情。”

唐钰似乎明白过来，既然这个团伙有不容许成员吸毒的规矩，黄蕾怎么会吸毒？她既然已逃避了抓捕，为何还要服毒自杀？也许，所谓收买供货人或者拉货的司机，本身就是一种骗局，说不定就是公司自己在进行运毒、贩毒，而这个骗局的重要知情人之死，更让唐钰判定，在这种骗局的幕后，应该还有一个潜伏在明光集团的高智商团伙，如果是他们策划的阴谋，这个黄蕾就必须死。

唐钰见到的万志辉，是一个身高不足一米六、身躯肥胖的秃头男人，看上去像是60多岁，比实际年龄至少相差20岁，戴着一副深度近视眼镜，眼镜下，闪着一双狡黠的三角眼。

“今天找你，是想了解了解黄蕾的情况，请你配合。”

万志辉一声冷笑：“这都是什么猴年马月的事了，怎么还来纠缠？”

“这起案件还没有完，黄蕾的事，我昨天见了杨婧萍，她向我提供了一些新的情况，所以必须向你证实。”

万志辉哼了一声：“新情况？杨婧萍那婆娘出来了？”

唐钰明白，遇上了个难缠的人。

“万志辉，你要明白，如果我们发现由于你还有事情没有交代，以致造成任何后果，你不会不明白你的后果是什么！”

“该坦白的，都坦白了，杨婧萍那婆娘的八卦嘴你也信！她为了开脱自己，给自己减罪，什么事做不出来！”

唐钰一声冷笑：“万志辉，黄蕾干的事，说她收买明光集团的内部人员，利用其运送货物的货柜车夹带毒品，你是她的男朋友，你难道真的不知情？”

万志辉摇了摇头：“警官同志，我要是知道她干这种事，我能不交代吗！不知道就是不知道，什么后果不后果的，你就是活剥了我的皮，我也说不出来呀！”

“那好，我问你，黄蕾吸毒吗？”

“这个我也已经交代过了嘛，我们被抓之前，她没有吸毒，就是想吸，也不敢，之后，说她吸毒，她怎么吸毒，还吸毒死了，我在这里，我怎么晓得！”

“你们平时都在一起吗？”

“她有她的活儿，我有我的活儿，她在KTV上班，从下午到凌晨都不见人，我呢，身份是开货柜车的，虽然后来不亲自开车了，但也管着手下几十号人，成天担惊受怕地忙，哪能常在一起！”

“你们被捕的时候，在一起吗？她是怎么逃脱的？”

万志辉“唉”了一声：“你们那个邓局，不说是侦察兵出身的吗，高手嘛！我们一伙的有30多人，住的地方和活动的地方有十多处，也不晓得他们是怎么一一摸到的，摸得那么准，都在凌晨同一时间集中抓捕，一分一秒都不差，想通知同伙都来不及。我当时还在床上做梦呢，就被他们破门而入，我选择跳窗，人刚一落地，就被守在窗下的警察来个守株待兔，人没有逃脱，还摔断了腿。那会儿，她在 KTV 还没有回呢，我哪里知道她的下落，后来在审讯时，我才晓得公安没有抓到她。”

“她除了你，还有什么要好的朋友，包括男性朋友?”

万志辉哼了哼：“看你这话问的，别说她没有，就是有，她还会让我晓得!”

“杨婧萍是你让黄蕾拉进来的吧?”

“就算是吧，她是杨婧萍的闺密，要不拉她进来，我担心那婆娘一旦知道她做的事，说出去我们都得完蛋。”

“这么说，杨婧萍的男朋友丁丰，也是为了堵他的嘴，把他害死的吧?”

万志辉狡黠地笑了笑：“你用不着这样向我下套，那个丁丰，他是我们头儿的朋友，他们的关系比我们亲密多了，还用得着我们来害他!”

“你相不相信黄蕾会服毒自杀?”

万志辉一时沉默起来，半晌没有回话。

唐钰继续道：“至于黄蕾的死，虽然当时警方没有找到可靠证据，证明黄蕾是他杀，但我可以告诉你，我有一种预感，黄蕾的死不是我们预料这么简单。从目前我们掌握的情况看，你们这个团伙的上一级还在继续犯罪，如果黄蕾是唯一与这个团伙的上一级打交道的人，那么，这个团伙一定不会让她留下口实，她必死无疑。”

唐钰说完，万志辉的脸已经扭曲了，变得可怕。

“知道‘八姐’是谁吗?”唐钰补充了一句。

“你是说，是‘八姐’害的她?”

“除了她，还有谁?”

唐钰问完，从手机里翻出一张照片来，那是唐钰在案卷中拍下的夹在手机透明塑胶套内的照片，是一张发黄了的黄蕾与万志辉的合影，她递给了万志辉。

“这是在黄蕾的死亡现场发现的唯一遗物。”

万志辉盯着看了半天，眼眶红了。

“要是黄蕾在天有灵，不会看你无动于衷吧!”

万志辉抬起了泪眼:“我还有一个老母亲，70 多岁了，还有哥嫂侄子一家五口，我担心他们报复。”

“他们老家在哪儿?”

“四川万峰县平山镇塘背村老家。”

唐钰叹息一声:“你长个脑袋好好想一想，他们会这么傻，冒这么大的风险千里迢迢跑到你老家去杀人，那么偏僻的地方，一查就跑不掉，再说了，你交代不交代，我们不说出去，有谁会晓得，我们公安也会这么无能吗!”

万志辉沉默了一会儿，说道:“你去找一个叫阿乐的人。”

“阿乐? 是什么人?”

“黄蕾就是经常同这个人电话联系，具体叫什么名字我不知道，但我偶尔听到过他的声音，应该是个男的，年龄大概 30 岁，应该是明光集团的。”

四

唐钰在回东州前，吴昊给她提供两个消息，金鑫要出车的知情人找到了，是崔延丽，还有，在崔延丽的一手策划下，明光集团正式推举唐凯为董事长，原定的接棒人林宏洲仍为集团董事和集团旗下的宏盛公司总经理。

“崔延丽是怎么知道金鑫要出车的?”

“我们找到了集团的一名清洁工，她向我们反映，金鑫打电话的时候，在电话里说明天上午10点到深湖，说就他一个人，在深湖住一晚就走，当时清洁工看到崔总经过金总的办公室门口，清洁工在金总对面房间，连清洁工都听到了，崔总从走廊经过，不可能听不到。”

“金鑫是什么时候打的这通电话?”

“是案发当天的上午10点左右。”

“唐凯身心状况怎么样？对集团换将的事，他是什么态度?”

“身心状况基本正常了，至于换将，他当然首先是推托，架不住崔延丽向集团董事会打悲情牌，又以她是唐凯的救命人自居进行游说，所以唐总也就半推半就了。”

一切都如唐钰的预料，所以，她回东州要做的第一件事，就是采取什么样的方式方法，同崔延丽打交道。

“你告诉他们，不要去惊动崔延丽，一切由我来安排，还有林宏洲，你可以暗地里向他提个醒，不要与我们公安有过多来往。”

“明白!”吴昊心领神会。

唐钰没有想到的是，她一回到东州，就接到了崔延丽的电话。

“唐女神，有空儿吗？想找你聊聊。”

唐钰一时有些发愣，什么情况？难道她在深湖的活动，被对方察觉到了，找她探听虚实？

唐钰不能拒绝。

“好呀，我正好也想同你聊聊。”唐钰含笑答复她。

“你要是不习惯咖啡，就换个地方吧？”

“不换了，就那家，挺好的！”

唐钰约会前，给吴昊发了一条短信：“今天晚上，保持无线电沉默，天大的事都不要来打搅我！记住，包括微信或短信！”唐钰不想在崔延丽面前有任何引起她怀疑的工作中的信息。

“你什么情况？”吴昊有些不放心。

“崔延丽约我聊天。”

吴昊沉默了一会儿，担心地问：“要不要派人保护你？”

“放心，她主动的，我不会这么傻！”

长寿路62号浓浓情咖啡馆。

东州的冬寒还没有退却，细雨绵绵，唐钰穿的还是那件白色的羽绒长外套，看坐在对面的崔延丽，头上是如瀑布般波浪形的黑发，一套黑色的阿迪达斯灰色毛呢外套，外套衣领上灰色的软绒貂毛与黑色的波浪头发温柔地包裹着一张粉白色的鹅蛋般的脸，一条黑皮带紧束细腰，更衬出丰满的胸和滚圆的臀。

“没有想到你这么忙，还这么爽快来见我！”崔延丽一边脱外套入座，一边道。

“你不是也很忙吗，怎么想到见我了？”

“为我妈的事。”

“你妈?”

唐钰突然明白，如果崔延丽的母亲果真是那个已被她诱捕的杨贵莲，那么，公安机关一定会想方设法寻找她的女儿，这是崔延丽无论如何也逃避不了的现实。崔延丽是个什么人?她会坐等公安机关找上门来?现在利用这个机会，主动向唐钰坦白，是一个明智的选择。

“你妈怎么了?”唐钰不动声色。

崔延丽缓缓地喝了一口咖啡:“家母叫杨贵莲，你知道的。”

唐钰故作惊讶:“你是杨贵莲的女儿?”唐钰上下打量了一下崔延丽，“这么说，你的年龄——”

“看不出来吧?我与唐凯同年。”崔延丽自信地笑了笑。

唐钰这次是真的惊讶:“天哪，你是怎么保养的?”

崔延丽摆了摆手，叹息了一声:“还是说我妈的事吧，我相信她什么都跟你说了，这些年，我改名换姓，不去见她，就是因为这些缘故。我多次回桐木镇，暗地里采办食物及生活用品托人送上山带给她，都不敢暴露自己的身份，可是，按她的话说，还是没能躲过这一劫。”

“这件事，你会怪我吗?”唐钰一脸歉意。

“哪能呢!你也不知道她就是我妈呀!再说了，就是知道了，又能怎么样呢，这也是你应该做的。”

“你现在找我，需要我做什么?”

崔延丽苦笑道:“事到如今，我还能请你做什么呢!不过想向你诉诉心事，也算向你‘投案自首’吧。”

“投案自首?你是受害人，案件本身与你无关。”

"至少也算得上是知情不报吧。"

"你是说，你妈做的事，你都知道？她都向你说了？"

"我与我妈受辱的事，她对我父亲都不透露半个字，她杀人的事，就更不会向我说了，不过，我知道人是她杀的，她让父亲带着我远走高飞，她独自上山向佛，我是她的女儿，哪能不懂她的心事！"

"这只是你的猜测，你不向公安机关透露你知道她杀人的事，公安机关也不会追究你责任的。"

"是呀，所以我才什么心事都对你说，说出来了，心里也就坦然了，至于怎么处理我，那是你的事。"

唐钰苦笑道："你这样做，岂不让我难做人？"

"你是我心目中的女神，我把你当亲姐妹一样，你怎么对我，我都接受。"崔延丽惨然一笑。

"你什么时候想见见你妈？"唐钰看到她那一笑，心想，她要是一个普通的女人就好了，不由得让人心生怜悯。

"她现在在看守所，不能探视吧？"

"别的我不敢担保，这个忙，我一定帮！"

崔延丽感激地点了点头："谢谢你，唐钰！"

唐钰笑了笑，问："你是怎么到这个集团来的？"

"说来话长了，当初我跟着父亲到了城里，没想到父亲在这儿认识我们桐木镇塘丰村的一个老支书，他的儿子大学毕业后被分到市教委，安排我父亲在学校当保安，看我学习成绩比较好，安排我复读，后来我考上了省财经学院，毕业后，便到了这个集团当会计。"

唐钰故作轻松地问："之后村子里发生了很多事，罗小聪夫妻还出了车祸，你听说了吗?”

“听说了。”

“你觉得他们真的死于车祸吗，会不会有人在蓄意谋杀?”

“蓄意谋杀？不，不可能吧，不是说警方都定性了吗?”

唐钰注意观察崔延丽的反应，她没能看出异常。

“还有，金鑫的车祸，你觉得正常吗?”

“这个事，我心里很难过，要真是有人谋杀的话，那这个人，一定与杀害唐总一家人有关，我知道，金鑫知道唐家不少事。”

“我还听说，集团这次高层人事变动，唐凯能上位，你帮了不少忙。”

崔延丽看了看唐钰，叹息了一声：“我哪有这个本事，只是集团的一些元老觉得他家出了这么大的事，挺可怜的，这个集团是他父亲一手创立的，现在让位给他，也算是对他父亲的一种安慰罢了。”

唐钰点了点头：“有句话，不知当问不当问。”

崔延丽嫣然一笑：“你把我当外人了吗?”

“你爱唐凯吗?”

崔延丽沉默了半晌：“情感这东西，不是一句爱恨能表达清楚的，它就像一杯酒，你很难品尝出是甜还是苦。”

唐钰怔怔地看着她。

“你别这样看着我，我们都是女人，我只能说，情到深时便是苦，苦海无边，我是回不了头了。”

唐钰点了点头。

第十一章 “剿毒”行动

一

唐钰查明光集团有关“阿乐”的情况，却失望而归，集团姓名中带“乐”字的只有三人，这三人都不是她要找的人。

唐钰来到市局禁毒支队。

禁毒支队朱浩支队长告诉她一个好消息，省厅正在组织一次全省有史以来最声势浩大的剿毒行动，目标是连南县河安镇塘坝村——一个数百人参与的冰毒制造基地。全省已部署数千名警力，包括警用直升机等装备，计划在除夕之夜行动，力争将其一网打尽。

唐钰十分惊异：“这么大的行动，我怎么不知道？”

朱支队长嘿嘿笑道：“你没有看孙局那张脸，一天到晚好像谁都欠了他钱不还似的，他是不想分散你的精力。不过，行动结束后，我看你也躲不过去，几百人的预审、取证，够我们忙活的了，你这样的大能人，我们不敢惊动你，厅里会放过你吗？”

“这个制毒基地与东州的毒枭有联系吗？”

朱支队长叹息：“这次行动只是打击其制毒基地，至于东州毒枭的线索，我们这些年也一直在摸，虽然大大小小抓了不少人，包括一些大小头目，但其最上层的大毒枭，至今还是没有浮出水面，我们还希望通过这次行动，顺藤摸瓜，将他挖出来。”

“知道一个叫‘八姐’的人吗?”

朱支队长点了点头：“几年前，深湖在打击处置‘8·09’贩毒团伙贩卖毒品案后，邓局向我反映过，我们当时查了几个月，杳无音讯。”

“现在，与那起案件线索有关的人，还能找到吗?”

“有，你要找哪方面的人?”

“与‘八姐’有关以及牵涉到明光集团的。”

朱支队长想了想：“与明光集团有牵连的，就是那个洪阿强了，被人收买，运用明光集团的物流参与运输毒品，被判了七年，可能快出狱了吧，你可以找他。”

“是不是外号叫‘阿乐’的?”

朱支队长摇了摇头：“我没听说有这么个人，这个洪阿强也绝对不叫‘阿乐’。”

唐钰到监狱找洪阿强，令她失望的是，洪阿强因在狱中表现好，已提前两年释放了。唐钰无奈，只好联系他在河南的老家派出所，派出所回应，洪阿强没有到当地派出所报到。唐钰只好找明光集团打听，洪阿强的单位好友告诉她，洪阿强出狱后，只身去了云南，在昆明开出租车。

唐钰咬了咬牙，带上何小宇，即刻去了昆明。

再过两天就是春节了，东州到昆明的高铁票早已告罄，高速公路拥挤，自驾车就更没个准，唐钰只好向局里打报告，乘飞机前往。

唐钰刚从昆明长水国际机场下机，就接到吴昊来电，通过昆明市局查询，洪阿强已在两个小时前离开昆明，回河南老家南庄县北阳镇高桥庄过春节，现在，正在赴河南的高铁上。

唐钰气得想摔手机，只得购买到郑州的机票，可是春节前到郑州的机票早已售完，唐钰只得求助机场公安，好不容易弄到了两张退票，当天就飞往郑州。

从郑州下了飞机，已是下午4点，唐钰马不停蹄地去乘开往南阳的高铁。到了高铁站，车站已是一片人的海洋，售票厅排起一条条长龙，已延伸到了门外，唐钰两人无奈，只好硬着头皮往车站入口挤去。到了检票口，唐钰亮出了警察证，说明了情况，检票员便呼叫了车站派出所，来了一名值班民警，问明情况后，便予以放行。

唐钰两人上了车，没有座位，车上也是人满为患，唐钰没想到春节期间的高铁上也卖这么多的站票，只好同何小宇挤在两节车厢之间。高铁开出了郑州，看窗外是一片漫无边际的平原，大地碧绿如毯，村庄炊烟袅袅，田间刚出嫩苗的小麦，被尚未融化的白雪覆盖，像是挂着一串串珍珠。唐钰还是第一次看见华中平原如此壮观景象，不觉心旷神怡。

唐钰从南阳下了高铁，已是晚上7时。南庄县北阳镇派出所郑教导员早已在车站出口处举着写着“唐钰”的牌子，见了唐钰，便热情道：“这大年节的，你们还这么老远赶来，我们知道一定是要办特急特重的事，所以一点儿也马虎不得，我同所长早已安排好了，等下吃过了饭，就去高桥庄，见那个洪阿强。这个洪阿强今天上午刚到家，我们也不敢告诉他你们要来找他，但又担心他乱跑，所以我们接到通知后，早已派人悄悄在他家盯着了。”

唐钰感激不已，问："他家里还有些什么人?"

"父母都在，60多岁，还在干农活儿，一个姐嫁到市里，一个弟在省城打工，这次也回来了，还带了个女朋友回来，他姐两口子，按我们这儿的习俗，要过完年才回，现在这一家应该是五个人。"

唐钰想了想，说："既然是他弟的女朋友第一次上门，我们不好去他家的，要不你让派出所去个人，让他到所里办个手续，我们就在所里找他谈吧。"

"这样好！这样好！"郑教导员满意地点了点头。

北阳镇派出所审讯室，洪阿强满脸疲惫地坐在唐钰面前。

"知道你远道归家，很辛苦，你只要好好配合我们，用不了多长时间，我们送你回家。"唐钰道。

"有什么话，你说吧！"洪阿强满脸厌倦。

"认识'八姐'吗?"

"谁是'八姐'? 我没听说过。"

"认识'阿乐'吗?"

"不认识。"

"想好了再回答我，免得后悔。"

"说不认识就不认识，你逼我认人吗?"

"黄蕾，认识吗?"

"不认识。"

"我看，是不是让我带你去见她，你才认?"

"你别蒙我了，她早就是一堆骨灰了，你让我去地狱见她?"

唐钰一声冷笑："你不是不认得她吗，怎么知道她死了?"

“我，我听人说的……”

“啪!”

唐钰怒了，重重地拍了一下桌子：“洪阿强，事到如今，你还想隐瞒到什么时候?”

何小宇插话道：“洪阿强，这次我们本来要去你家找你问话的，是唐支担心你弟的女朋友第一次上门，不忍心让她知道你的底细，所以才请你到这里来。我们如果没有掌握你足够的证据，会在这大年节的，专程千里迢迢从东州赶来找你? 你可以不说，我们也可以现在带你去东州，可是，你不为自己，也要替你年迈的父母和弟弟的女朋友想一想吧!”

洪阿强一阵沉默。

唐钰放缓了语气道：“你在明光集团干了多久?”

“七年。”

“你的老板是谁?”

“我只是一个打工的，管我的人多了，都是我的老板。”

“你们公司老板是谁?”

“韩总，韩晓堂。”

“与你联系的下家就是黄蕾，是不是?”

洪阿强迟疑地点了点头。

“那你告诉我，你的上家是谁?”

“哪有什么上家，就是她欺骗我，说让我捎带点儿东西，她给我好处，我哪里知道就是毒品。”

唐钰脸色又变了：“我告诉你，如果只是你说的这样，我就不会在这个节骨眼上，这么老远跑来找你了，你是聪明人，你也不想跟我们去看守所过这个年吧。”

洪阿强又是沉默。

“我再问你一遍，‘阿乐’是谁?”

“他们都晓得我的老家，我要说了，我这一家人命都保不住，我还怕去看守所过年吗!”

唐钰苦笑道：“洪阿强，你电视剧看多了吧？一家人命都保不住？这话从你嘴里说出来，好像我们这个社会穿越到百年前了，我跟你说，再穷凶极恶的毒枭，我们都打过交道，我还没听说有人竟敢在被抓后还能报复杀人全家的，现在是什么世道，难道我们这里派出所的公安民警，都是吃干饭的?”

何小宇笑了笑：“何况，事情到了这一步，你只有早些交代，让我们早些抓住罪犯，将他们一网打尽，你才不会担心，才能安心踏实过日子。”

洪阿强双手捧住了脸，双腿在微微颤抖。

唐钰看了看表：“现在已是10点了，你父母家人一定在焦急等你吧?”

“你们能不能答应保证我和家人的安全?”

唐钰向何小宇道：“把郑教导员叫来吧!”

一会儿，何小宇同郑教导员进来，唐钰便对郑教导员道：“你来跟他说吧。”

郑教导员笑着道：“洪阿强，你看不起我们北阳镇派出所是不是？我可以告诉你，从今天起，你家老小，要是谁敢动一根毫毛，我这个所领导都跟着去坐牢好了。你要再不放心，我可以给你一家重新安排一处住的地方，让谁都找不着，直到让你放心为止。”

唐钰等着郑教导员说完后出了门，向洪阿强投去询问的眼神。

“那个‘阿乐’，实名叫程洪，是金鑫手下的人，那货就是他交给我的。”

“程洪？就是那个保安？”唐钰有些不相信自己的耳朵。

“对，别看他只是个保安，他与别的保安可不一样，这人平时不爱说话，表面装老实，其实却很有心机，金鑫最信任他。”

二

唐钰同何小宇从河南回东州的这一天，正是腊月二十八，这一天凌晨，江东省省史上最大的一次对制毒村——连南县河安镇塘坝村制毒人员的清剿行动提前开始了，全省共出动3000多名全副武装的警力，包围了整个村庄，分成100个抓捕小组，悄无声息地直扑塘坝村，共捣毁制毒工场77个，抓获了202名犯罪嫌疑人，缴获冰毒2900多公斤，制毒半成品23吨，缴获毒资8000多万元。

唐钰刚下飞机，省厅的通知果然就来了，手机的短信是孙副局长亲自发的，通知她即刻到省厅“12·28”专案组报到。

唐钰尽管早有心理准备，但看了这条短信，心里还是不免有些失落，难道是孙副局长对“1·19”案虎头蛇尾，还是对她唐钰的工作表现失望而放弃她？她必须向孙副局长讨个说法。

电话一接通，唐钰刚要说话，不料就被孙副局长狠狠一顿数落：“你还向我来什么电话！整整一上午，你电话关机！就是坐飞机，有这么久吗！五个多小时！从郑州都可以飞过太平洋了！朱厅长指名道姓要抽你，我是好说歹说，说你的案子正在关键阶段，我说，至少征求一下你本人的意见吧，你倒好，偏偏电话关机！”

唐钰明白了，她同何小宇上了飞机就关机了，可是飞机晚了差不多两个多小时后才起飞，唐钰倒是好不容易美美地睡了一觉，她哪里想到，这期间，发生了这么大的事！

“朱厅是分管禁毒的，怎么知道我？一定是朱浩那家伙出卖了我，看我回去不剥了他的皮！”

孙副局长哼了哼道：“你现在就是拆了他的骨头都没有用了，这也是个大案，公安部都来人了，谁也顶不住，省厅通知我发你了，唉，这个事，几百人呢，一个个审，还不知道弄到猴年马月！”

唐钰一脸苦笑：“我倒有个法子，做到两不耽误，这事，电话里说不清楚，回来向你汇报吧。”

唐钰同何小宇一下飞机，便约了吴昊，一同来到孙副局长办公室，看孙副局长一脸憔悴，一头枯草般的头发好像半个月没打理了，双眼充满了血丝，便有些怜惜起来，不知说些什么安慰的话才好，只得把查到的线索简要做了汇报，最后道：“从目前掌握的情况来看，我分析，这极有可能就是一个贩毒团伙为控制明光集团，利用该集团从事贩毒活动而制造了这起‘1·19’杀人劫持案，而该案的受害者，应该是发现了集团内部有人从事贩毒活动，贩毒集团为灭口而杀害知情者，从而企图进一步控制该集团，继续从事贩毒活动。”

孙副局长一听，嗞嗞地吸了一口气：“唐钰，你把我弄糊涂了，你原来不是一直说有报复杀人的嫌疑吗？如果如你所说，那么，他们杀了人即可，何必还要劫人谋财？”

唐钰道：“要制造这么大的灭门案，总得有个理由，否则，岂不是引火烧身，自取其祸？他们这么做的目的，无非就是转移我们的注意力罢了。”

“他们留下唐凯的命，你去搭救唐凯，难道也是他们蓄意谋划的？”

“这种结果，有两种可能：一种是我们的救援行动打破了他们的计划，让他们没有完成杀唐凯的目的；另一种是他们根本就不想让唐凯死，留下他成为集团理所当然的继承人，以达到控制他而继续从事贩毒活动的目的。”

“这么说，唐凯与他们是一伙的？”

“不会，唐凯再怎么样，也不可能拿一家人的生命当儿戏，也许，他不过是成了毒枭手中的傀儡。”

“傀儡？毒枭是谁？”

“‘八姐’。”

“‘八姐’是谁？”

“我的判断如果没有错的话，这个‘八姐’就是崔延丽。”

“崔延丽？那个财务总监？”

“目前我还不能确定，但是我相信，我们的工作方向很快就会接近这个目标了。”

孙副局长满脸疑惑：“这么一个女子，能有这么大的能量？”

“我与她接触过几次，我了解她。”

“你说的两不耽误，是不是说，这两起案子属于同案？”

唐钰点了点头：“所以说，既然我们的案子与贩毒集团有关，这次能去省厅协助取证工作，也是一件一举两得的好事。我可以一面为他们审讯取证，一面继续暗查我们的人，这样还可以使我们的对手疏于防备，说不定，这个制毒基地的顶头上司正是隐藏在明光集团的这个贩毒团伙。”

孙副局长似有所悟："你说说下一步的打算。"

"这件事，为安全起见，我已向洪阿强及当地警方打过招呼了，让其严格保密，我相信他们会做好保密工作的。现在，这里只有我们四个人知道，知道的人到此为止，不再外传。我去省厅报到后，吴昊同小宇暂时不要动程洪，先秘密在外围调查程洪的情况，包括他的通信联系人、家庭亲友情况及社会关系；崔延丽呢，现在没有掌握她的任何证据，所以更不能惊动。我呢，会通过审讯那些有可能与省城有接触的人，看能否查到'八姐'等人的线索、证据，有什么新的情况，先到孙局你这里来汇总，我会向省厅的领导说明情况，随时听候你的指示，来这里会合。"

孙副局长点了点头："好吧，也只能这样了。"

唐钰到了省厅参加厅专案组动员会，意外地发现，原来厅刑侦总队的处长肖杰也到了"12·28"专案组，还是她所在的预审一组的组长。

肖杰一见到唐钰，就亲热地迎了上来，拉她到自己身边就座。

唐钰嗔怪道："回国了，也不给我来个电话?"

"昨天才回的，刚想给你报告一下，没想到一回家就接到通知让我来这里报到，我看到抽调的人员名单上也有你，就想干脆今天给你一个惊喜。"

"惊喜个鬼！你现在回国，像回娘家一样，连通电话也不打了，搞得我们在一个城市里，一年到头还难得见上一面。"

肖杰叹息道："我看你也没有闲着，怎么，唐鸿淦的这个案子，有眉目了吗?"

唐钰厌烦地说："别说这个案子了，一说这个案子，我就一点儿心情都没有了。”

“12·28”专案组聚集从省厅各市禁毒、刑侦、技侦、经侦抽调的精兵强将共80人，分成20个小组，在组长、公安厅副厅长朱绍清，副组长、公安厅禁毒总队长王小林的领导下开展工作。动员会在晚上灯火通明的厅情指中心举行，大家首先观看了约十分钟在当天凌晨开展的剿毒行动过程的视频录像，然后，王小林总队长做动员部署，专案组给的主要任务是，通过预审及相关取证工作，固定犯罪证据，深挖幕后主犯，争取一举挖出团伙全部成员，达到除恶务尽的目的。

王总队长讲完话，朱副厅长最后笑容可掬地做动员。

“后天就是过大年了，本来呢，我想，再怎么忙，不差这两天吧，安排各位过个年，大年初二开工嘛，可是不行呀，抓的这些人乌泱乌泱的，200人呢，我们不能图自己过年，把他们晾在那里，让他们清醒过来，有充分的时间来想问题，想如何对付我们，这样的话，我们的工作就被动了。大家都是办案的，这个作用就不用我多说了，所以呀，我们就都不要过这个年了，我呢，跟大家一样，就当好你们的后勤部部长，组织给你们每个人的家里进行一次慰问，再就是把你们的伙食弄好，总不能在大年节的时候，让你们吃快餐面吧。”

“都习惯了，我们这些人有几次能过上团圆年的！”有人开腔。

众人都在附和。

朱副厅长讲完了话，各小组成员见面。肖杰又将四名成员分成两组，两人一个预审组。唐钰发现深湖的莫小荣也被分到了自己的小组，便兴奋不已，要肖杰把莫小荣同自己安排到一个预审组，肖杰道：“我还想同你在一组呢。”唐钰道：“你一个大组长，我可不敢要!”

会后，已是深夜零时，众人直奔各看守所，省公安厅门口各种车辆都在呼呼地开动着，闪着一片耀眼的红白光。肖杰对唐钰道:“好久不见了，要不找个地方喝个茶?”唐钰道:“喝什么茶，我肚子早饿了，吃点儿夜宵吧?”肖杰求之不得:“我还怕你要减肥，不敢开这个口。”唐钰哼了哼，向肖杰挺了挺胸:“你看我是要减肥的人吗?”肖杰看了看唐钰，贼笑:“说话草率了!”

两人在寒夜中的街道上缓缓而行，看两旁的街灯发出昏黄的光，两人都不说话，到了街边一家“成湾小吃”的店。唐钰道:“就这一家吧。”肖杰向店内瞄了一眼，摇着头:“这像话吗，去前面的南亚酒店吧。”唐钰不理会，进了店，在老板娘热情的引导下坐好了位置，肖杰也只得跟着进来，在唐钰对面坐了下来。

唐钰点了菜，对肖杰道:“你有这么多事吗?我看你回国都成回娘家了。”肖杰叹息道:“现在是高峰期，估计到明年，案子会有所下降，相信弄了这一年，一批批人被成功引渡，对这些经济案罪犯的震慑力还是很大的，他们也会相信，外国不是躲避罪恶的天堂。不过，我是担心你，一个又一个这么大的案子，压力很大吧，吃得消吗?”唐钰苦笑道:“你看，我们一见面就是三句不离本行，这些年不都是这么过来的吗!”

肖杰苦笑道:“其实，我想把你弄到我这里来的事，厅领导都同意了，你们那孙局就是不放人，要是——”

肖杰还没说完，便被唐钰摆手制止了:“这事不要再说了，就是孙局同意，我也不会来的，你想让我也同你一样，受那份出国的罪?”

“不管怎么说，我也能和你在一起嘛。”

唐钰扑哧一笑：“你以为我想跟你在一起，那么自作多情!”

肖杰也苦笑：“我只是不想看你成天背负着这么大的压力，青春易逝，我们男人无所谓。”

唐钰轻轻“呸”了一声：“你这人说话怎么都一个腔调，我是老了，很快就没有人要了，与你有何相干！要你来操这个空心!”

菜上来了，一碟水晶鸡，一碟韭菜猪红，一碟干烧鱿鱼，一盆紫菜蛋花汤。

肖杰忙抢着给唐钰盛汤。

“唉!”唐钰一面忙着吃鸡，一面道，“审的这些人，我们可以自己挑吗?”

“你以为上街买菜呀，还挑挑拣拣。”

“有什么不行的，都是为了提高效率嘛。”

“你要什么样的？要不给你挑几个俊男帅哥?”

唐钰白了肖杰一眼：“都什么时候了，你还有这心思!”

肖杰道：“抓的这批人，大部分被关在连南县，带到这市里的，都是村里的一些骨干以及年轻的一批人，共 40 多人吧，我们这个组，审的就是这批人。”

肖杰果然给了唐钰特权，让唐钰在抓捕的嫌犯名单中挑人。

剿毒行动抓捕的这 200 人，其实大多数都还是村里的农民，年龄在 50 岁以上的占大多数，而且多数还是留守的农村妇女。塘坝村是一个处于深山沟里的偏僻贫穷的村子，村子里有留守的老人和孩子 800 多人，这 800 多人中就有 200 多人被毒贩所骗，从事制造冰毒产业，金钱的魔力竟让一向老实巴交的村支书也成了毒贩的帮凶，先是由书记一家带头制毒，而后，由此带来巨大的经济利益，使一向过着贫困日子的村民逐渐眼红起来，而后制毒的家庭越来越多，形成家庭式运作，产业化经营。该村所在的河安镇距离该村 20 多里，自从撤乡归镇后，该镇原来所辖的八个乡分管的共 120 多个行政村，全部由镇政府管理。当地村民说，镇干部要到各村检查，一年能来一次就不错了，就是来一次，也是走马观花，村支书只说是配制西药就打发了。所以说，一个村支书便俨然成了村里的土皇帝。基层管理的缺失，让该村从事制毒业近两年都无人知晓。

唐钰挑的第一人，当然便是村里的土皇帝、村支书蔡东成了。

审讯蔡东成，唐钰才知道，他只是负责村里的毒品生产，其他的情况他一无所知，制毒所需的原料，以及所生产的毒品，全部由一直与他打交道的一男一女提供与销售，这一男一女年纪不大，男的叫阿乐，女的叫阿欢。

唐钰将程洪的照片给蔡东成辨认，蔡东成一口咬定："对，就是他！"

唐钰深深地叹息了一声，浑身仿佛轻松了许多。

"认识'八姐'吗？"

蔡东成摇了摇头。

唐钰把崔延丽的照片给他辨认。

"没见过这个人。"

做完笔录，唐钰立刻意识到，必须尽快抓捕程洪！

唐钰当即分别向吴昊和孙副局长打了电话，40 分钟后，吴昊来电，程洪失踪了！

唐钰担心的事还是发生了："知道是什么时候跑的吗？"

"不知道，据保安队的同事说，他是受金经理的直接领导，经常不在集团上班，同事们都习惯了，是我们要找他才打他的电话，电话已关机。”

“明光集团现在有异常吗?”

“还没有发现异常。”

一切都在唐钰的意料之外，她看了看表，现在是凌晨 4 时，她现在要赶紧赶回局里，制订下一步挽回的措施。

三

天刚亮，唐钰同吴昊等人便到了孙副局长的办公室。

唐钰向孙副局长报告了审讯蔡东成的情况。

“我预料得没错，塘坝村的制毒基地，其实就是有明光集团人员参与的江东这个最大贩毒集团的毒品来源地，而我们这宗‘1·19’杀人劫持人质案，与这伙贩毒集团一定有着必然的联系。既然我们有了这么大动静，这个团伙不会这么袖手旁观，不露声色，我的意见，先对崔延丽秘密进行 24 小时监控，确保她不失控，通缉抓捕程洪，同时，加强对明光集团的安保措施，包括对唐凯及林宏洲的保护工作。”

孙副局长沉吟一会儿，便问：“不是还有一个叫阿欢的女子吗？有没有线索?”

唐钰道：“查了，这个女的已在村里的现场被捕，据她供述，她是程洪的女朋友，一切都是程洪带她并安排她做的，与程洪有关的人，她都不知情。”

“这次这个禁毒支队是怎么探知这个制毒村的?”

“村里唯一的一个在读大学生，学化工专业的，寒假回老家探亲时，发现村里人配制的不是药品，而是冰毒，打 110 报的警。”

孙副局长叹息一声：“如果是这样的话，抓他们的上首团伙就难了。”

唐钰道：“现在这个关键人物就是程洪，必须尽早将其捉拿归案。”

唐钰想起这个人曾在自己的眼皮底下唯唯诺诺，而自己竟丝毫没有想到他竟是一名毒贩，而且杀害金鑫的人十有八九就是他。唐钰懊恨不已，她不知是该抽自己无能的嘴巴，还是该抽程洪那副阴诈的嘴脸。

对程洪的通缉令是大年三十发出的，正月初二，在城东白云山下的金钟水库里，发现了程洪泡在水中的尸体。

唐钰又被孙副局长召回到了市局刑侦队，参加“1・19”专案组的工作碰头会。

杨茹连夜加班，很快弄出了程洪的尸检报告。

“经查，死者全身外表没有发现缢沟、勒沟，以及扼痕，口鼻腔及肺腔内并没有发现硅藻、泥沙类杂质及肺肿胀积水的溺水死亡特征，但其面部发绀，口鼻处有软组织挤压痕迹，应该不是溺水死亡，而系生前被人捂住口鼻，导致压迫性窒息死亡。死亡时间应该在三天前。”

“三天前？也就是说，就在剿毒行动的当天？”

杨茹点了点头：“而且，死者是在尸僵形成后才接触水的，因此，第一现场不是在水库附近，水库只是抛尸的地方。”

吴昊道：“查程洪的住房，位于云秀区南坪路富苑小区内 13 号楼 302 房，房间内有其与阿欢生活的痕迹物品，房内并没有发现异常，物品放置整齐，除了两人所遗留的痕迹外，并没有发现其他人遗留的痕迹物证，基本可以判断不是第一作案现场。程洪的手机已在死亡当天关机，我们并没有找到手机。据阿欢供述，剿毒行动前的当天下午，程洪与她一同在塘坝村，下午4时左右，程洪接到一通电话，接完电话后对她说，他有急事要赶回集团，让她继续留在这里，然后便自己开车回城了。当晚凌晨剿毒行动开始，她给程洪打电话时，电话就打不通了，手机没有信号，这是因为我们在行动开始前，就已切断了附近基站的信号。查程洪的这个手机号，在其被害之前的24小时，先后有12个电话，4条短信，17条微信信息，其中最后一个电话，就是阿欢所说的让他回单位的电话。而这个电话却是他们保安部一个名叫于国保的同事打的，我们找到了于国保，于国保供认，当时是他值班，崔总崔延丽给保安部打电话，让他打电话催程洪回来，说公司要调整保安部人事安排，听说是准备让程洪接替金鑫的保安部经理的位置。我们的人查这几天水库附近的监控视频，途经水库附近有两条出入城区的道路，因为是春节期间，来往车辆很多，而水库附近又没有监视探头，是监控盲区，所以查找难度大，现在还没有什么发现；查他的小区监控，程洪以前使用的是一台电动摩托车，这辆电动摩托车一直放在他家所在的小区，很久没有使用了，他如今使用的是保安公司的一台北京现代越野车，而这辆车，他从塘坝村回城后，就停在公司车库。据保安值班人员反映，程洪的车是下午5时20分左右进入地下车库的，之后，应该是去了崔延丽的办公室，晚上7时20分左右，他从公司出来，一个人乘了一辆出租车出了门，之后就再也没有人见过他。我们正在调取这个时间段这辆出租车的信息，判断他回城后应该还没有吃过晚饭，去饭店的可能性较大，所以我们重点在排查附近的饭店。”

“难道是这个崔延丽下的手？”孙副局长问。

“事情有这么简单就好了！”唐钰叹息道，问吴昊，“这个程洪的家庭及社会关系查得怎么样了？”

“这个人的社会关系很复杂，老家是湖南宁德，15 岁就跟随父母来城里打工，后来父母离婚，他跟着父亲，他有个比他小两岁的妹妹，跟着他母亲。他父亲是个装修工，成天酗酒，醉后就打人，程洪 17 岁时，父亲因酗酒猝死，于是他就与城里的一些混混儿浪迹街头，2005 年被金鑫收留，进入集团当保安。我们查到了他母亲，他母亲离婚后，第二年便又结了婚成了新家，婚后又生了两个孩子，一儿一女，之后就没有与他们父子联系。据他的同事反映，程洪私交很广，社会上三教九流的朋友很多，他办事沉着老练，为人十分仗义，金总也十分器重他，他对金总也十分敬重，情胜亲兄弟。”

“好不容易有这条线索，就这样断了，看来，我们的对手又抢在我们前面了！”孙副局长看了看唐钰，黑眼圈像熊猫，脸色像被押赴刑场似的。

唐钰心里明白，如果当时她在郑州找到了程洪这条线索的时候就抓了程洪，就不会造成如此被动的局面，但唐钰并没有为自己的行为后悔，因为她知道，如果当时抓程洪，而程洪又在塘坝村，不仅会惊动集团内的犯罪团伙，甚至会破坏厅里部署的对该村的剿毒行动。

“对崔延丽的监视怎么样了？”

“一切正常，她的房间距离集团不远，步行十分钟就到了，白天正常步行上下班，晚上 7 点到 8 点左右步行回家。腊月二十九下午去过一趟吉之岛超市，采购了一些食品，应该是准备过节用的吧，剿毒行动开始的时候，她一整晚都在自己的房间里，程洪出事的当晚，崔延丽是晚上8点左右从集团出来，步行回家的。”

“我们要不要先当面接触一下这个崔延丽？”吴昊问唐钰。

“不行，到现在为止，我们还没有找到牵涉到她的任何可靠的证据，不能打草惊蛇。”

“我们可以以调查程洪为由。”

唐钰想了想，如果程洪果真是被召回来任职的，保安经理的任职不是崔延丽能决定的，决定权应该在唐凯这里，崔延丽召程洪回来，也应该是受唐凯之命，如果要调查程洪，也应该去问唐凯。

“这样吧，这件事，吴昊可以直接去问一问唐凯。”唐钰说完，看了看孙副局长。

孙副局长道：“我看这样，唐钰，你亲自出面，同吴昊一道，找唐凯了解了解情况，不过，只是问问程洪的情况，其他的事不要向他透露，如果需要崔延丽来说明情况的话，也可以在他办公室里，让他叫崔延丽过来问话，以消除她的怀疑，同时也可以观察她的一些反应。”

唐钰点了点头。

开完会，天已经黑了，吴昊道：“要不一起去外面吃饭？”唐钰看了看杨茹，杨茹道：“我一家子人还在等我吃饭呢！”唐钰看了看吴昊：“这大过年的，你不管家里人了？”吴昊道：“她们都回我丈母娘家了。”

唐钰正要说话，手机就响了，唐钰看了看手机，心里一惊，是崔延丽。

“女神，有空儿吗？”

唐钰一时脑子有些乱，她定了定神："你有事吗？"

"我想去探望我妈。"

唐钰一愣，半晌才道："什么时候？"

"当然越快越好，明天行吗？"

"明天？"唐钰又是一阵犹豫，"好吧，我先联系联系看守所，你等我的消息。"

唐钰怔怔地挂断电话。

"她这是玩的什么幺蛾子？"吴昊显然听到了唐钰的电话，"难道我们秘密监视她的事，被她知道了？"

唐钰满腹狐疑地摇了摇头，在这大年节的，要探望一下亲人，很正常，而且她还是提前向她打过招呼的，让唐钰没有理由怀疑。

"你答应她吗？要不，回去向孙局汇报，我们制订一下保护方案。"

唐钰摆了摆手："听着，她这个时候向我打电话，说不定就在附近哪个地方盯着我们呢，我们什么都不要做，不是要去吃饭吗？我们就去找饭馆，就按她说的办，我联系看守所，明天同她一起去连南县。"

唐钰同吴昊上车，杨茹也要上，唐钰道："你家里人不是等着你吃饭吗？"

"管不了他们了，这么大的事，我能袖手旁观？"

三人上了车，吴昊道："你去可以，但必须派人保护，这样，我来当司机。"

唐钰笑了："人家开自家的车去，还要你来凑什么热闹，这不是明摆着让她知道我们在监视她吗？你放心，不光是我一个人陪她去，而且我们之间，还要保持无线电沉默，不要时不时来打搅我，我有事，会主动同你们联系的。”

“这绝对不行，她可是个心狠手辣的大毒枭，而且还在这节骨眼上。”

唐钰摆了摆手：“听我说，如果真是她，那就绝不会是一个省油的灯，她的计谋绝对不在你我之下，想想看，从杀人到劫人，再到以人质换钱，一步步算计得那么精准，直到现在，我们还没有找到她的一点儿蛛丝马迹，这是一般人能做到的事吗！至少到现在为止，她不会想到我们会这么轻易怀疑到她头上，也就是说，她认为她还不可能会暴露，既然她能这么主动邀请我去看她妈，就不会傻到对我下手来暴露自己，她的目的只不过是想以此为手段来探听我们的虚实，这样也好，我不一样需要探听她的虚实吗!”

第二天一早，崔延丽亲自开出自己的红色保时捷，请唐钰坐在了副驾驶位置，直奔连南县。

车子直到上了高速，两人都不说话，似乎都在等对方问话。唐钰正想眯一会儿，崔延丽终于开口了：“女神，看你气色不好，太劳累了吧，怎么，大年节的，单位也不放假?”

唐钰嗔道：“你又不是不知道，明知故问!”

崔延丽叹息道：“你们中那些男的呢，都是些吃干饭的吗？让你一个女的去冲锋陷阵。”

“还说我呢，你不也一样吗?”

“我呢，其实工作哪会累，只不过是心累，你不一样，干你们这一行身心俱累。”

唐钰感叹，如果崔延丽不是她的对手，她还真想结识结识这个姐妹，这是一个善识人心的人。

唐钰觉得，还是自己主动些吧，该放些信息了。

唐钰叹息了一声："今年也是活见鬼，这么多案子，一起接一起，什么头绪也没有。"

"你是说唐家被杀的案子吗？"

"嗯，还有金鑫，现在又出了个程洪。"

"这个程洪，我正要问你呢，腊月二十八那天，还是我让人叫他回来的，集团准备暂时让他负责这个保安队，唐凯让我先找他谈谈，当时他还挺感激和高兴的，完了后还说要谢谢我，好好请我一顿，怎么就死了呢？"

"他平时有什么仇人吗？"

"这我就不知道了，保安队一直是唐凯在管，现在他好像想委托我暂管一下。"

"是你亲自打电话叫他来办公室的吗？在你叫他之前，他在哪里？"

崔延丽苦笑道："怎么，一说到这事，你这就像是审我来了，是我跟保安值班室打电话，催他回来的，上午打的电话，天快黑了才回来，鬼晓得他在哪里干什么勾当！"

唐钰观察崔延丽的反应，她的表情一切正常，车子也开得非常平稳。

"女神，这事你们得快些查呀，再这样下去，我们集团哪里还顶得住，这几天唐凯好像精神又有些失常了，我担心再这样下去，他不行了，这集团也得垮了呀！"崔延丽似乎有些心焦。

唐钰倒吸了一口凉气。

第十二章　血性

一

车子到了县看守所门口，只见刘安明早已在门前守候，唐钰明白，刘所长能亲自来，这一定是吴昊的安排。唐钰正要介绍，崔延丽却道：“你不用介绍，刘安明所长，林总的老战友嘛！”

唐钰带着崔延丽，跟着刘所长进了门，看守所每间房子里都是黑压压的，关的全是一些农村老头儿老太太，唐钰心里明白，看崔延丽的反应，崔延丽果然问：“难道这些就是那个村子造毒品的人?”唐钰点了点头。崔延丽叹息了一声：“看他们一个个老实巴交的呀，怎么会干这种事！”

崔延丽的母亲杨贵莲被关在单号。崔延丽一看到一位白发苍苍的老人出来，就已泣不成声。

“妈，妈！我是姗姗呀！”

杨贵莲双眼盯着面前的女儿，身子微微颤了颤，看表情却像呆了一般。

“你来干什么?!”

崔延丽更是泪眼汪汪：“妈，是女儿对不住你！”

杨贵莲眼神呆滞，沉默不语。

“妈，爸走的时候，是我守在爸身边看他走的。爸对我说：‘你妈做的事，我晓得，胡家做的恶事，我也晓得，你也不要怪你妈，你妈做的对，要怪，就怪你爸，是你爸无能，不但害了这么多人，还连累你和你妈。’这么多年，我没来看你，都是爸逼的，爸说，我要是去看了你，你就活不成了……”崔延丽说到这里就说不下去了，只是嘤嘤地哭，眼泪鼻涕都哭成了一堆，唐钰忙掏出纸巾替她擦了。

唐钰看到杨贵莲的眼圈也红了，低下了头。

崔延丽好不容易收了泪：“妈，您要坚持下去，一定要坚持下去呀，我会给您请最好的律师，替您减罪，您不是一直敬佛吗，佛会保佑您的呀……”

杨贵莲一直没有说话，看到探视时间到了，崔延丽要离开了，终于开口了：“你去替我办件事吧。”

崔延丽含泪点了点头：“妈您说。”

“替我去看看林月娥吧。”

“林月娥？她不是——”

“我知道，代我给她多烧些纸，对她说，我下辈子报答她……”

唐钰扶着伤心不已的崔延丽从看守所出来，问刘所长：“罗小聪夫妻的坟还是在村里的墓地吗？”

刘所长点了点头：“我们上车吧，我带你们去。”

“还要买香烛和纸钱呢！”崔延丽楚楚可怜地说道。

刘所长对崔延丽道：“你妈可能还不知道，现在政府规定不准在山上放爆竹、烧纸钱了，以免引发山火。这样吧，按新习俗，我们多买些坟条纸花吧，路过我们镇子的时候，路边街道就有卖的。”

唐钰等人来到了罗小聪夫妻的坟地，她没想到的是，这对夫妻的坟地竟在距离胡家坟地不远的地方，说是坟，其实就是一座土堆，土堆上长满了一人多高的茅草，好在还立了一块石碑，上面写着“罗小聪、林月娥夫妻之墓”。

唐钰到了坟前，想起这夫妻的一幕幕，不由得感慨不已，便也向坟前三鞠躬，对刘所长道：“记得《西厢记》里有这么一句话，‘生不同衾死同穴’，这对恩爱的患难夫妻，总算能在地下永远相守了。”刘所长叹息道：“林月娥固然有罪，但罪不至死，要是我们不能替他们沉冤昭雪，这对鬼魂哪里能安息得了！”唐钰听了，看了崔延丽一眼，崔延丽已把带来的鲜艳的坟条纸花一朵朵插在坟头上，插完了便跪在坟前，虔诚地默默向坟地磕头。

唐钰抬头看了看天，天色昏沉，突然吱地飞过一只乌鸦，在唐钰等人的头顶哇地叫了一声，飞到山背后去了。一阵寒风吹来，山上的荒草如潮水般起伏，唐钰不禁打了个寒战。

刘所长也仰头看了看天，对唐钰道：“天色也不早了，晚上干脆到我家吃个便饭，我安排你们到宾馆歇息一晚，明早再回城吧。”唐钰看了看崔延丽，刘所长笑道，“你跟她说说嘛，她不是听你的吗！”

崔延丽已起了身，双眼红肿地对唐钰道：“我们回城吧。”

刘所长一听，看了看唐钰：“何必这么赶，饭总要吃的吧，你看，这天都快要黑了。”

崔延丽看了看唐钰：“要不，你留下，我自己先走？”

唐钰只得道：“一起走吧，我也要赶回城。”

刘所长一阵犹豫，对崔延丽道：“这样吧，我也是准备去一趟城里的，听说你们集团高层换人了，不是宏洲在管事了，我不知道给我们赞助的那笔扶贫款，还能不能落实，我正想找他问问。”崔延丽道：“那笔款子的事，我知道，林总说了，只要是他经手的事，会一分不少地拨到位，这事不会受影响的，就是新到任的唐凯有想法，也会听我的意见，你放心就是了。”刘所长忙点了点头，感激道：“你这么一说，我就更要进城一趟看看唐总，不管怎么说，这大过年的，总要去拜个年，表示谢意吧！这样，你们如果不觉得不方便的话，我就搭你们这辆便车，一同去城里吧。”

唐钰明白刘所长的良苦用心，她本想阻止，但听他说的理由，却不便当着崔延丽的面拒绝。这时崔延丽道：“因为这件事，其实你没有必要去一趟的，我也可以给你转达。”刘所长摇了摇头：“不光是这事，那林宏洲，我也要去看看，怎么，怕我脏了你的车?”崔延丽生气了：“说什么屁话！你能上我的车，一路上有一个男子汉保驾，我求之不得呢！还啰唆什么，上车吧!”

刘所长上了车后排，在车上伸展了一下身子，咂咂嘴道：“这么好的车，我还是第一次享受呢!”

崔延丽难得被刘所长的话逗笑了：“刘所，我听说你还是部队一位团职军官，管几千号官兵呢，还用得着在我面前哭穷吗?”

刘所长一听，哈哈笑了：“崔总，在我这个镇里，别说这号车，就是有一辆新款的普通丰田大众，老百姓都会来戳着我的脊梁骨骂了，莫说人家老百姓，就是你也会说，我给的扶贫款，原来是让你坐好车的！我们呀，就是这个命，没有这个福!”

崔延丽道：“可是，你们扶贫，成天翻山越岭，没有一辆好车也不行呀!”

刘所长道：“宏洲也曾这样对我说过，要给我一台越野，我说，你要真心给我一台车，就把这车算成钱给我吧，这笔钱能扶持好几家人呢，宏洲也说我这辈子就是个穷命了，只认钱。”

崔延丽道：“我听说，有些穷人再扶也扶不起来的，扶贫扶志，可有些人就是人穷志短，那些死懒好吃的人，政府就是给他砸钱也没有用。”

刘所长道：“这样的人也不是没有，当然，我们的扶贫对象都是生活在环境条件十分贫瘠的山区，他们多少辈子的过来人，都是觉得过日子不愁吃不愁穿就很满足了，安于现状。一开始我们说是去给他们脱贫，他们并不是很热情，不过现在，他们总算是尝到了过好日子的甜头，有了过好日子的想头，有了这个梦想就好了，精神状态就不一样了，看到我们是真心实意要让他们过好日子，对我们的态度也就不一样了，这样，我们这些扶贫干部就知足了。”

崔延丽叹息了一声：“原来林总还想让你退休后到公司来干副总。”

刘所长笑了笑：“你想想我会去吗！我一个老头子，去了能干什么？还不是到处讨人嫌！我退休后，都想好了，只要能走得动，就去我们扶贫过的乡下转一转，看看他们过上好日子了，同乡亲们唠唠嗑、谈谈天，在鱼塘边钓钓鱼，高兴了，也讨他们一口小酒喝喝，你们要在城里受累了，我也好带你们去那些乡下，吃些他们自己养的鱼、喂的猪、种的菜、酿的酒。”

二

车子途经镇里，三人就在路边店匆匆吃了一碗牛腩米线，算是填饱了肚子。吃过饭，天已经完全黑了下来，从镇子到 G106 高速，要翻过一道山坡，这是一道半山的悬崖，公路上下全是石头陡坡。

车子到了陡坡中间，被前面三辆电动摩托车挡住了去路，摩托车旁边站着三个头戴全面罩头盔的男子。

唐钰一愣，又见身后有耀眼的灯光射来，车后同样是三辆电动摩托车，车上同样是三个头戴全面罩头盔的男子。

每个男子的手里，亮出了一把铁锤。

唐钰看到了铁锤，她什么都明白了。

空气瞬间凝固了。

崔延丽摇下了车窗，向前伸出了脑袋："你们要干什么?"

一个男子挥了挥手中的锤子，哼哼道："明说了吧，你们不要怪我，我们只是奉命行事。"

"奉谁的命令?"唐钰问。

"还跟她们啰唆个屁！赶快把她们连人带车扔下山去。"另一人声音嘶哑地吼道。

崔延丽满脸惊恐，说话的声音都变了，看了看唐钰道："要不，我们冲过去?"

"不行，要是把电动车卷到车下，电池被破坏短路，会起火爆炸。"唐钰镇静道。

唐钰听到了身后手枪的枪栓声，听刘所长道："你俩千万别下车，我去对付他们，看到路障清除后，你们就立即往前开!”

“不！我去对付，你保护好她!”

唐钰说完就要下车，刘所长却突然亮出手铐来，趁唐钰还没有回过神来，就锁上唐钰的左手，将手铐另一头穿过方向盘扶手圈中间，铐上了崔延丽的右手。

刘所长把手枪递到唐钰手中。

“你听着，他们人多，天又黑，这么近的距离，前后都是人，有枪也没有用，他们一扑上来，只要一锤打到头，不死也晕倒，所以，你千万不要开车门，发动机不要熄火，只要人靠近车门，就开枪!”

刘所长说完，便开了车门冲到了车前。

前面三个人挥舞着铁锤朝刘所长扑了过来，紧接着，车后面的三人也来到唐钰的车前，挥锤砸车门玻璃，车门玻璃很快就被砸碎了，唐钰挥枪向一个暴徒面部开了一枪，这人一声不吭地倒了。

枪声惊住了众暴徒，一时暴徒都面面相觑，就听那个嘶哑的人又吼道：“不用怕！先干掉这男的!”

暴徒便一齐扑向刘所长。

刘所长手无寸铁，趁枪响后暴徒愣着的工夫，迅速夺下了一名暴徒的铁锤，将其击倒在地，取下了他的头盔，戴到了自己的头上。众暴徒全扑了上来，如暴雨般挥来的铁锤向刘所长砸来，刘所长一面挥锤反击，一面把笨重的电动摩托车推下山，为唐钰清路障。

一辆车被刘所长推下了山。

刘所长几次被众暴徒打倒在地，又奇迹般地挺起身来，扑向电动摩托车。

“砰！砰！砰！”唐钰不断地向前面的暴徒开枪，然而，为避免误伤刘所长，唐钰的子弹都没有击中暴徒。

第二辆车被刘所长推下了山！

“砰！砰！砰！”

唐钰也疯了，她再一次看到刘所长被所有暴徒围上去暴打，她只有疯狂地向暴徒开枪，有两个暴徒被子弹击中倒地，她的子弹打光了，她心惊胆战地看到，刘所长紧紧抱着最后那辆电动摩托车，一道滚下了山！

眼看暴徒们又挥锤向车子扑来，崔延丽不再犹豫，车子风一般地冲向了暴徒，暴徒惊慌闪开，在车后疯狂地追赶，眼看暴徒距离车子越来越远了，唐钰叫停车，崔延丽没有理会，直到唐钰抢着她的方向盘，踩住了刹车。

崔延丽还在惊慌中，捂着自己的胸口喘着粗气，唐钰取了手机，拨了吴昊的电话，却没有拨通，一看手机上没有信号。她看了看后座，手铐的钥匙正在后座上，她试探着身子去取，却够不着，只好让崔延丽配合，让她的手穿过方向盘。唐钰好不容易取到钥匙，打开了手铐，又把崔延丽铐到了方向盘上，将车熄了火，取下车钥匙放进自己裤袋中，下了车，打开了后备厢，从后备厢中找到了一只大扳手，转身走向现场。

“唐钰，你不要去送死呀——”

身后，传来崔延丽惊慌的尖叫。

唐钰走了十多分钟，并没有见到追来的人。到了现场，现场黑蒙蒙的，唐钰掏出手机一路照着找来，人和摩托车都不见了，见到的只是水泥路面的斑斑血迹。山崖下黑沉沉的，什么也看不见，唐钰想下山，却怎么也找不到下山崖的路。唐钰心都要裂了碎了，对着山下吼：“刘安明！刘安明！”唐钰听到的，只有山谷的回声——

“刘——安——明——”

“刘——安——明——”

……

唐钰全身瘫在了地上，失声痛哭了起来。

三

崔延丽被唐钰带进了拘留所。

两天来，唐钰的情绪一直处于失控状态，满腔怒火和仇恨使她丧失了智理，以致在拘留和预审崔延丽的时候，她简直像是换了一个人，她要疯了。

“你知道吗，他还有一年多就退休了，他没有死在枪林弹雨的战场上，却死在你的手里。他正在做的，是带领无数个贫困家庭走上脱贫致富路，他的一生，甚至连一辆中等档次的新车都舍不得要，都没有坐过……”

唐钰说着说着，就忍不住抬手抹泪。

“我心里也难受，可是，我犯了什么罪？我哪里做错了？”崔延丽一脸痛苦又无辜的表情。

“别再装了，‘八姐’！”

“‘八姐’？谁是‘八姐’？”

“我还以你口口声声称我女神而自傲呢，我还以你同我一起救唐凯脱险而佩服过你的勇气呢，其实，你心里应该一直在鄙视我、嘲笑我吧，鄙视我这个所谓的市公安局刑侦支队的支队长，不过是你手中的棋子，嘲笑我不过是你手中的玩物。唐家一家被害是你精心策划的吧？带我救被劫持的唐凯，是你一手导演的吧？金鑫的车祸是你为了灭口而设计的吧？程洪同样是你叫他回来灭口的吧？如今，你为了取得我对你的信任，又演出了路上被劫杀的一幕……”

崔延丽瞪着一双惊恐的眼，盯着唐钰。

“唐钰，你说的这些不是在同我开玩笑吧？嗯？”

“你看我是在跟你开玩笑吗？”

唐钰的双眼同样瞪得可怕。

“唐钰，唐钰！你是不是疯了？你就是疯狗，也不带这么乱咬人的吧，我不也是与你一样，差点儿被他们要了命吗！”崔延丽也没有了往日的矜持，失声痛哭起来。

第二天，唐凯带着律师来领崔延丽，在孙副局长的再三赔礼道歉声中，崔延丽被唐凯领了回去。

唐钰情绪低落到了极点，她从市局出来，天已经黑了，看眼前一辆辆飞疾而过的车，尾灯耀眼的红光中闪现出街道上匆匆忙忙的行人，有冷风夹着细雨吹来，打在她冷艳的脸上，她停住了脚步，给肖杰打了电话。

电话通了，传来肖杰温柔的声音：“你在哪里？”

“你出来！”

唐钰踱步到了附近一家小乐酒店，点了几道菜，要了一瓶江小白，酒一上来，她便灌了一大口，菜上来不久，就见肖杰风风火火地进来。

“你，怎么还喝起酒来了?”

肖杰一坐下，就来拿唐钰攥在手里的酒瓶，唐钰一只手夺回酒瓶，另一只手把肖杰推开：“陪我喝!”

“我们还在办案子呢，我的姑奶奶!”

肖杰还是把唐钰手中的酒抢到了手。

“知道你心里难过，其实，我应该抽些时间来陪陪你的。”肖杰自责道。

唐钰低头不语，眼眶却红了。

“你也是老刑侦了，干我们这一行，打打杀杀、生生死死的，这不都是见惯了的事吗!”肖杰安慰道。

“可是，他是为我而死。”

唐钰抬起含泪的脸：“你知道什么叫战友吗?你知道战友这个称呼的含义吗?你知道当面对生死选择的时候，战友常说的一句话吗?你撤退，我掩护!”

肖杰怔了半天，点了点头：“理解，我理解!”

“可是，他还有一年多就要退休了，他说，他退休后还要请我去看看他扶贫过的村子。”

“是呀，是呀!”肖杰不敢看唐钰的眼，“我们这些牺牲的民警，哪一个没有令人心痛的遗憾!去年‘6·26’案牺牲的张小壮，39岁了，妻子好不容易才怀了孕，你不知道，他有多幸福，说就要看到自己的孩子了，说自己就要当爹了，成天想着孩子是什么模样，他画了不止100个自己孩子的模样，可是他死的时候，还是没有看到自己即将出生的孩子；2006年在执行任务时突发心梗去世的刘保全，要给喜欢音乐的女儿买一台钢琴，他买好了钢琴，却没有告诉女儿，他要在女儿生日的时候给女儿一个最大的惊喜，可是，在他女儿收到钢琴的时候，他却永远看不见女儿的惊喜了……”

唐钰挥手抹眼泪，又喝了一口酒。

“我现在很担心你，他们已起了杀你的心，不会放过你的。”肖杰忧心忡忡道。

“我等着呢，让他们来杀我好了！”唐钰两眼好像充满了血。

手机响了，唐钰看了看，是吴昊打来的。

“唐姐，我们通过警犬搜索，找到了袭击你们的其中三个人的尸体，在距离刘所牺牲的现场13公里左右的山谷里，不过尸体已经烧焦了，难以辨认身貌。”

唐钰稳了稳自己的情绪：“剩下的三人有线索吗?”

“还没有发现其他人的线索。”

第七天，刘安明的遗体告别仪式在连南县公安局举行。

消息不胫而走，被刘安明扶贫过的村民，一大清早就冒着寒风赶了过来，在县公安局门前黑压压地站着，县局只得把遗体抬到了大门外，告别仪式将在室外举行。

一名村妇到了遗体面前，痛哭失声，冲着遗体喊：“刘所长，刘所长，你答应过我的，明年春节一定到我家过年的呀，你要来吃我们一起养的鱼，吃我给你做的饭菜……你怎么能这样就走了哩。你莫走哇……”众人就上前劝，哪里劝得动，就听她悲怆地呼天喊地：“老天呀！你睁睁眼呀！……”

唐钰看了遗体，忍住了哭，她掏出了《庭毫山的剑麻诗》，附在刘安明的耳边，轻声温柔道：“安明战友，唐钰给你念你写的一段诗吧，你听着，你听着——

复员老兵

作者：刘安明

不要送我
不要让泪水将思念打湿
归乡的路好长好泥泞
没有拐杖我如何走出潇洒

不要送我
泪水会冲淡鸡汤的营养
慈母般的情过去我总消化不了
兄长，我怕途中饥饿

不要送我
弟弟的阵地还在等着你的电话
泪水多了会锈蚀电线
误了长途却不能拨不通号码
……

唐钰念不下去了，泪水已让她的双眼模糊，她已吐不清字，她看到了一双强有力的手在撑扶着自己，她知道，他是林宏洲，他的身后还有邓胜亮、王伟杰等一批部队的战友。

林宏洲对唐钰道：“你若认他做战友，他可不喜欢你的哭声，他喜欢一首歌，我们一起来唱，给他送行吧。这首歌叫《深海》。”

林宏洲看了看身边的战友，打起手势领唱，他们唱了起来——

在黑夜里梦想春光
心中覆盖悲伤
在悲伤里忍受孤独
空守一丝温暖

我的泪水是无底深海
对你的爱已无言
相信无尽的力量
那是真爱永在

我的信仰是无底深海
澎湃着心中火焰
燃烧无尽的力量
那是忠诚永在

温暖若停在你心里
愿用一生祝愿
生命只为一个信仰
无论谁能听见

我的泪水是无底深海

对你的爱已无言

相信无尽的力量

那是真爱永在

……

第十三章　谁是“八姐”

一

程洪被杀的第一现场找到了，位于城东大沙区达信西路达豪村南安街二巷13号四楼出租屋内。

唐钰看了看地图，这里是一片尚未改造的城中村，距离明光集团总部约4.5公里，密密麻麻拥挤着数百幢20世纪七八十年代的四至六层高的民宅。达豪村的东面是一片大型物流货柜车的集散地，唐钰敏锐地意识到，如果集团内部有毒品的藏匿地和转运地，应该就在这一带了。

唐钰看了看现场，这是一套面积不到80平方米的两室一厅一厨一卫的小居室，铁门铁窗，没有被撬的破坏痕迹，室内物品摆放整齐，没有出现打斗等痕迹，室内全是瓷砖地板，地板上有擦拭痕迹，擦拭地板的布拖把就放在房门边，拖把上没有发现指纹，判断凶手应该是被害人的熟人，在受害者毫无防备的情况下将其口鼻捂住，致其窒息死亡，将地板上的脚印以及拖把上的痕迹擦拭干净后离开。不过，杨茹还是在拖把的拖布中找到了几根人的毛发，只等DNA化验结果。

“怎么发现这个地方的?”唐钰问。

吴昊道：“通过监控一路跟踪来的，问过这里的房主了，程洪是三年前在这里租的房，虽然每次都是提前预交一年的房租，但这人却很少来这里住。目击证人证实，腊月二十九晚上 8 点左右到晚上 10 点多钟，这个房间有亮灯，有几辆电动摩托车从这个房间下面开出来，往南安街方向去了。”

“继续查访周围的监控视频，还有居民及工作人员，重点是家用电器商行以及药店，程洪与什么人来往，有什么物品在这一带流入流出。我预感，这一带是毒品的藏匿地和转运地。”

吴昊看了看周围，疑惑地问：“在村子里的毒品，在乡下无人地带发货就好了，为何还要拉到这城里?”

唐钰叹息了一声：“你没有在农村待过，在乡下，一两次可以，像这样长期每天走货，车子来去频繁，乡下的村民，要说警惕性他们不会有，好奇心倒会很多，被人发现的概率更高，更容易暴露。大隐隐于市，懂吗?”

吴昊面露难色：“要在这里找出毒品来，只得大海捞针了。”

唐钰道：“这两年多来，毒品从塘坝村运来，放入仓库，再从仓库出货，经过这里的物流分流出去，走的必定是固定的路线，先查监控，再根据监控锁定物品，然后查目击证人，以及程洪的联系人。”

唐钰布置完毕，她自己也要重新去会会一个人：程洪的女朋友阿欢。

唐钰越来越觉得，这个阿欢不是她所交代的那么简单。

阿欢，实名李晓爱，湖南邵东人，初中毕业，1991 年出生，原在中人保险公司工作，三年前认识程洪后辞职，帮着程洪在塘坝村监管制毒作坊。她供述，程洪对她说是制西药的原料，她自始至终都不知道是在制毒。

唐钰哼了哼，要信了这丫头片子说的话，鬼都会笑出尿了。

唐钰见到阿欢时，看她一双眼睛红肿得可怕，比起上次明显憔悴得多了，明白她是知道程洪遇害的事了。

“知道程洪是被谁害的吗?”

阿欢不说话，眼神呆呆的，摇了摇头。

“达豪村南安街二巷 13 号四楼出租屋，你去过吗?”

阿欢点了点头。

“为什么在那里又租了房？你们在那里干什么?”

阿欢摇着头：“我才去过两次，只在那里待了几个钟头，我怎么知道他在那里干什么!”

唐钰冷笑道：“李晓爱，别以为你什么都不说，我们就相信你的话了，你把我们这些公安刑侦当小孩子哄了？我还是提醒你一句，我们收集证据的渠道很多，你不说，不等于就没有你什么事，从事这种犯罪行为，会判得很重，你又没有主动交代的从轻情节，一旦结了案，你都不知道自己是怎么死的!”

阿欢低着头不说话。

“你不说，我们心里也有数，比如，程洪的同伙，你不可能连一个人都不认识，程洪在达豪村南安街干的事，你也不可能不知道，甚至你监管的塘坝村制毒作坊，你不可能不知道是在制造毒品，还有——”

“你不要说了!”阿欢吼了一声。

阿欢抬头看了看唐钰，咬着牙道：“你们只要抓住杀害程洪的凶手，给我报了仇，我什么都说!”

“好!”唐钰点了点头，“凶手我们是一定会抓住的，但是，我们要抓住凶手，也要你的配合呀！你什么都不给我们提供，我们怎么去寻找真凶?”

“他身边的人，肯定不会杀他!”

唐钰叹息了一声：“李晓爱，你动动脑子好不好，你知道他为什么会死吗？是你们团伙的上头要灭他的口，上头下达的指令，他身边的人，哪怕是同他关系再好的人，也是必须要执行的。我们看了程洪被害的出租屋，门窗完好无损，室内没有任何打斗痕迹，这说明，程洪就是在他的那套出租屋内，在毫无防备的情况下，被人捂住口鼻窒息而死的，要不是他的熟人，他们进得了那个铁门铁窗吗？要不是熟人，他能一点儿防备都没有吗？这杀他的人，除了他身边的人，还会是别的人吗!”

阿欢的眼泪充满了眼眶。

“他手下是有两个兄弟，一个叫阿农，一个叫阿冲。”

“实名叫什么?”

“我也不知道他们的实名，只知道一个一米六五左右，身材瘦小，一个身高体胖，身高一米八几，练过功夫，一般一两个人不敢靠近他。”

“听他俩说话是哪个地方的口音?”

“应该都是本地口音。”

唐钰根据阿欢对两人身貌的描述，绘了图像。

唐钰一面安排吴昊拿着人像绘图到达豪村南安街寻人辨认，一面把图像送到“飞识”人像应用系统比对辨认。

很快，吴昊的辨认工作有了线索，经阿欢确认，两个人都寻到了，一个叫何小宝，男，东江惠城人，1991年3月出生，身高

1.66米，初中文化，正是刑满释放的“锤头党”成员之一。可惜的是，经对三具烧焦尸体的颅骨复原比对，已确定何小宝正是尸体被烧焦的人之一。还有一人，汤伟，男，1992年9月出生，高中文化，正是达豪村人，现在逃。

唐钰怒问杨茹：“何小宝是刑满释放人员，应该有犯罪人员基本数据库，为何找不到他的比中记录?”

杨茹摇了摇头：“我们也奇怪，我们在几个现场找到的痕迹证据，偏偏就没有他!”

唐钰已没有了往日的镇定，咬牙切齿道：“全国通缉汤伟！马上！我要活人!”

唐钰马不停蹄地查两人在达豪村的活动监控记录、手机通话记录以及亲友和社会关系。同时，唐钰向孙副局长建议，将省厅“12·28”专案组与“1·19”案并案。

“并案?”孙副局长的脸沉了下来，这就意味着，他组织的这次“1·19”案，最终落得个不了了之，最后只好以省厅禁毒总队组织侦破收场。

“在这个节骨眼上，我们有必要这么做吗?”孙副局长实在有些不甘心。

“如果不并案，我作为省厅‘12·28’专案组的成员，不可能全部身心投入‘1·19’案工作中去，何况，现在已经确定，这两起案件本身就是一个团伙所为。”

“要不，我把你抽调回来?”

“你死了这条心吧，他们也在节骨眼上，还能让你釜底抽薪！何况，并了案，省厅也有很多我们需要的资源，我们想怎么查就怎么查，想怎么抽人就怎么抽人，我们的工作不是更顺了吗?”

孙副局长向省厅递交了并案报告，当天，省厅便批了下来。

“哼！”孙副局长一脸苦笑，对唐钰道，“你看看，他们可是一点儿都不糊涂，平时要答复我们一个请示报告，拖也得拖上好些天！”

既然并案，孙副局长便也被请进了省厅“12·28”专案组，专案组也进行了组织调整，让孙副局长担任行动组组长，唐钰等孙副局长的原班人马还是由孙副局长负责，集中力量组织查找涉案嫌疑人员。

唐钰对汤伟的通缉令发出去的第三天，汤伟就在云南瑞邦中缅边境的口岸被查获。

“好悬呀！跑得倒挺快，差点儿就要出境了！”

长期心情压抑的唐钰总算松了一口气。

二

唐钰见到了汤伟，还以为他是六人锤头组成员，但从他的身高看，他不是其中之一，六人锤头组成员中身高没有超过一米八的，而且，从他的全身检查结果看，他的身体没有任何伤痕。唐钰清清楚楚地看到，当时袭击他们的六人没有一个不受伤的，特别是手臂部位：刘所长手中的锤子不是吃素的，每个接近他的人，都挨过不少，唐钰开枪也至少打中四人。

“告诉我，‘八姐’是谁？”

汤伟哼了一声，一脸不屑道：“我什么都不知道，你不要在我身上浪费时间了！”

唐钰冷笑一声，说道：“我也不想浪费时间，让你说，只是给你一个赎罪的机会。”

“我罪恶累累，一死而已，你还让我说什么！我从现在开始闭嘴，我希望你也在我面前闭嘴！OK？”

唐钰叹息了一声：“汤伟，要是你担心因为你坦白交代而导致家人被报复的话，那我可以负责任地告诉你，我们会绝对确保你的家人安全，你没必要有这个担心。”

汤伟一声冷笑，不答话。

“你的家人，我们都知道，你住在达豪村南安街三巷 89 号楼，楼内除了你，还有你父母、哥嫂及 3 岁的侄女，你还有个妹妹，2016 年与在市德顺公司工作的文欣勇结婚，住在城南珠河区文宣路统合小区 7 号楼 14 门 1204 房，这两处地方，我们已派了民警和协警在附近警戒，当然，为了不干扰他们的正常工作和生活，我们只是在暗中保护，并没有惊动他们。

“还有，你在三年前离了婚的前妻及女儿，住在城西滨江区德福路利安大厦 17 楼 706 房，我们也通知了当地派出所加强看护，你们虽然离婚，但我知道，你只是担心因为自己干的事风险太大而连累到她们，才逼你的妻子离的婚，你们夫妻这么恩爱，父女骨肉相连，你们会舍得这么离婚吗！”

汤伟干脆仰着头，闭上了眼。

唐钰走出了审讯室，对吴昊道：“这个汤伟，看来事先有心理准备，我们先晾一晾他，先接触接触他家人，以及他们的手机信息，看能不能从侧面突破。”

吴昊点了点头，唐钰又问：“崔延丽最近有没有什么动静？”

“没有，每天准时上下班，没有去过其他地方。”

“抓捕汤伟的事，她要是知道了，一定会有动静的，这样，找个机会，给她透露透露。”

吴昊一脸疑惑：“这样的话，我们是不是要对她使用手段？”

“不能，没有掌握她的证据，局里肯定不会批，我们只要看紧汤伟的亲属就可以了，看有没有可疑人员与他们有接触，对方不笨，一定会想法子堵他们的嘴。”

唐钰决定先去汤伟家，会一会他嫂子。

半路上，唐钰的手机响了，一看，竟是唐凯打来的。

“唐警官，今晚有空儿吗，我们聚聚？”

唐钰听唐凯的口气，应该是诚恳的，便道：“唐总一番好意，我就是再忙，也不能拒绝呀！”

“那好，今晚6点，在丽华达。”

唐钰笑了笑：“唐总，五星级的，你要害我呀！你要有诚心，找一家小吃店，安静一点儿的，我才安心嘛！”

“那好，就按你说的，我去找，找到后，我发地址给你！”

唐钰到了达豪村南安街，找了一家茶馆坐了下来，便通知当地派出所把汤伟的嫂子请到她所在的茶馆来。等了近半个小时，就见一名便衣民警把汤伟的嫂子带来了，唐钰一看，30岁左右的年纪，身高1.58米左右，身材娇小，内着米黄色的羊毛衫，外套一件深红色的棉夹袄，黑色呢西裤，一头黑发凌乱地盘在头顶。

“知道我们为什么来找你吗？”

女人点了点头。

“知道他犯的什么罪吗？”

“我知道，他迟早都有这么一天。”

“他爸妈现在还好吗？”

“他爸把家里的电视机都砸了，他妈气得还躺在医院里呢。”

“他妈要紧吗?”

“还不就是给气的，医生说了，身体没事。”

“你们一家人都知道他贩毒的事了?”

“他又没有工作，哪来这么多钱，成天神出鬼没的，我们又不是瞎子聋子。”

“他交往的人，你都认识吗?”

“认识的人，倒有几个，常来家里的，一个叫洪哥，程洪，还有一个叫阿宝，何小宝，其他人，我就不认识了。”

“知道一个叫‘八姐’的吗?”

“‘八姐’?”女人想了想，摇了摇头。

女人似乎又想起什么来：“哦，对了，还有一男的，早几天前，来过我家找汤伟。那天是大年初二，汤伟一大早就看他女儿去了，没有回来，我让他打电话找汤伟，他说不用，然后就离开了，之后，汤伟就没有回家，直到被你们抓了。”

“那男人叫什么?”

“他没有说，我看那人的样子，50 多岁，一米七左右，有些胖，平头，身板挺直的，方脸，看精神气，像个有钱人的样子。”

唐钰马上警觉起来：“是什么时间来的，什么时候走的，说具体点儿。”

“大概下午 3 点过几分钟的时候，他来敲门，问汤伟在没在家，我说没在家，他就问汤伟的电话，说是有急事找他，我说他大概去他前妻家了吧，他问清地址后就走了，我还奇怪，这年头儿，他到我家找人，怎么事先连个电话也不联系呢?”

唐钰马上掏出纸笔，对吴昊道：“你去查一查这一带的监控，找到在这个时间段来的人。"吴昊急忙出了门，唐钰便根据女子的描述画像。

画像的结果以及监控结果出来了，唐钰不敢相信自己的眼睛：

林宏洲！

唐钰没有想到，唐凯订的地方竟是一家会馆，唐钰一时有些犹豫，对吴昊道："这地方要是被纪委知道，比五星级酒店还惨！"吴昊道："要不让他再换？"唐钰摇了摇头："再换，就太不给唐总面子了，管他呢，案子的事，少不了要问他，为了查案，管不了那么多了。"

会馆倒是清静，唐总身边只有一个女服务员，桌子正中是一个火锅，每人身边只是一盘调料，酒也是红葡萄酒。等唐钰坐定了，就见服务员端了两大盘切好的肉上来，唐凯道："知道你们的规矩，我们不敢乱来，两荤一素，这两盘肉，一盘野生的甲鱼，12斤，这家伙，得长多少年！还有就是驴肉，人说天上龙肉，地上驴肉，也不算什么稀罕物，但这驴肉与你平常吃的还是不一样，你尝尝就知道了。"

接着，唐凯端起酒杯来，叹息了一声，对唐钰道："说起来，我心里不好过，家里遭了难，我一时就犯了糊涂，其实，你唐钰是什么人，是我的救命恩人呀，我这条命是你捡来的，我到现在，连一句道谢的话都没有！还有，前些天，为追捕杀害我家人的凶手，你还差点儿把命都丢了，延丽回来给我说了这件事的经过，我是一夜没睡呀！人说，大恩不言谢，再多的话，都无法表达这个情意，只是想，我现在是孤苦伶仃的一个人，唐钰你如果不嫌弃，今后，我这个做大哥的，就认你这个妹子了！"

唐钰同唐凯碰了酒杯，喝了一小口，抱歉道："唐总，不要这么说，没有保护好你的家人，应该是我们的工作失职，要惭愧和难受的，应该是我。"

火锅的汤水滚了开来，服务员忙着往锅里放肉，眼看着肉变了色，便忙往三人碗里盛，唐凯一边示意唐钰吃，一边叹息了一声："这些就不谈了吧，集团的事本来不该向你诉苦的，但我如今也不把你当外人，我爹那人，人老了，毛病就多了，性子怪得很，我们很多话他都听不进去，要不这些年集团能出这些踩红线的事吗！所以我今天请你来，也有这个意思，尽早把在我们集团里从事这种制毒贩毒的人挖出来，尽早还我集团一个干净的摊子，也好让我省去这些烦心事。"

唐钰锁了锁眉，作为一个这么大的集团公司董事长，这样的话，应该是同他们的局长级别的人说的，轮不到她这么个小职员，难道唐凯到现在还没有同他们的局领导对上号？

唐钰不好表态，她只关心案子的事："毒品的事，不会与你爹有关吧？"

唐凯摇了摇头："他要参与，就不会这么惨了，他是因为糊涂，被人利用。"

唐钰听出了些话头，她想到了林宏洲。

"难道，你知道是谁？"

"我要知道是谁，我还会容忍吗！"唐凯恨恨道。

"你听说过'八姐'吗？"

"'八姐'？"唐凯怔了怔，摇了摇头，"没听说过。"

"哦，对了，"唐凯似乎想起什么来，"那是几年前的事了，深湖市公安局来了人，好像找过我爹，我爹对我说过，也问过

‘八姐’的事。”

“你们集团的高层女干部，你都熟悉吗?”

“你不会还怀疑‘八姐’就是延丽吧?”唐凯疑惑地问。

“你觉得呢?”

“不可能！这绝对不可能!”唐凯斩钉截铁道。

唐钰本想试探问是不是林宏洲，但她还是忍住了，这件事太敏感，何况，她自己都不相信会是他，她不想泄露，只好问：“你觉得，集团还有谁有嫌疑?”

唐凯摇了摇头：“我想，这个人应该比我精明得多，我不是他的对手，你不要看我今天还在这个位置上，说不定哪一天，我还得被这个人给弄下来，因为，他们是绝对不会让我留在这个位置上，断了他们的财路的。”

唐钰好像明白他指的是谁了。

吴昊的手机响了起来，他看了看手机，忙站起来，走出了房间。

唐钰下意识地看了一眼唐凯手腕上的手表，指针指向8时25分。

饭桌前只有唐钰和唐凯，唐钰悄声道：“唐总，我有个疑问，可能涉及您的隐私，能说吗?”

唐凯也看了周围一眼，点了点头。

“您知道胡林群吗?”

唐凯怔了怔，视线扫了唐钰一眼，表情凝固了。

“您别不认，现在只有你我两人。”唐钰微微笑道。

唐凯沉默片刻，端了一杯酒，一口喝了。

“唐总，别见怪，您家里出了这么大的案子，我们当然要把很多事弄明白的。”

“你们还查到了什么？”唐凯终于说话了。

“罗小聪夫妻车祸案，您听说过吗？”

唐凯点了点头：“我知道你们查到了杀害我家人的凶手。”唐凯说到这里，叹息了一声，“这件事，我永远都不想提，就当是一场噩梦，梦醒了就不要去回忆，回忆的只有痛苦，至于我家父兄也好，凶手也好，对我来说，一切都过去了，都过去了。”

唐钰端起了酒杯，向唐凯敬了敬，也一口喝了。

“请原谅唐总，我不应该——”

“不！”唐凯挥手打断唐钰的话，“这是你的职业，你今天能跟我说，是对我的信任，我知道你想问我什么，我只有一句话，罗小聪夫妻车祸案，你有疑心，我更有疑心，我希望你能查清这个案子，还我一个清静。”

唐钰怔了怔，正想说些什么，就看到吴昊进来，看了自己一眼。

不一会儿，唐钰的手机有了微信提示声，她一看，正是吴昊发来的：“找到藏毒窝点了。”

三

唐钰同吴昊连夜赶到达豪村南安街。

“这是一家名叫豪发的电器专卖店，专门卖明光集团的电器。我们通过监控查明，每个星期都有一辆装有电器器材的专用车辆从连南县方向的石安北路过来，这辆车每次到豪发电器店装卸货后，都要到店后面院子里一楼的停车房停留。我们在停车房通过警犬搜寻，发现停在这里的那辆车有冰毒残留，通过警犬寻气味，寻到了一旁的门，进门下楼，是一个地下室，地下室是一个放满各种家用电器的仓库。在仓库内，警犬扑向了一侧两米多高的铁制物品柜，我们打开物品柜，柜内是空的，警犬却还往里面扑，于是我们敲了敲柜内靠墙的柜板，发现里面好像是空的，用力一推柜板，柜板竟翻向墙里，原来是一道暗门。进入暗门，又是一个约有25平方米的仓库，堆放了200多公斤的冰毒。”吴昊的侦查员道。

“这个电器店的老板和服务员呢？交代了没有？”

“送往这里的派出所了，共三个人，老板是个女的，还有一男一女两个服务员，不过他们交代，他们每天只负责接收和销售电器，车子装卸完货，就去了店后的停车房，哪里晓得会有这么多的毒品。”

“司机呢？”

“就是我们抓的汤伟。”

“最近一次来到这里的人是谁？”

“查了，林宏洲来过。”

“林宏洲？”

唐钰又倒吸了一口凉气。

“电器老板交代，大年初二下午，5点多钟的时候，林宏洲来到店里，打听汤伟在哪里，他们告诉他不知道，他还到后面院子里去了一会儿，过了20多分钟，他才出来。”

“要不要去会一会那三个人？”吴昊问。

“不用了，”唐钰摇了摇头，“他们没有说假话，他们只是以商店为掩护，不会让这几个成天抛头露面的人知道真相的。”

“看来，林宏洲有重大嫌疑。”

唐钰叹息着摇了摇头，她拨打了林宏洲的电话，林宏洲的手机关机。

“绝不可能是林宏洲！”唐钰斩钉截铁道。

吴昊吃惊地盯着唐钰，唐钰目光坚定。

“要不，我们去撬汤伟的嘴？”

唐钰正要答话，她的手机响了，是孙副局长的电话，孙副局长通知她赶快回局里。

“有什么事？”

“回来再说！”

唐钰知道，一定有大事发生了，但她不知对她来说，是好事还是坏事。

唐钰到了局里才知道，调查林宏洲的侦查员在林宏洲的车里发现有冰毒残留，侦查员顺藤摸瓜，在他的家里搜出了 20 多斤冰毒！

“林宏洲家里的人呢？”唐钰平静地问。

“他妻子和孩子在春节前就回湖南老家过年去了，家里没有人，他本人也失联了，我们与他家属联系，他家属也不知情。”

唐钰冷冷一笑：“林宏洲是毒枭，你们信吗？”

“就算这毒品是有人栽赃陷害，那么，案发时他先出现在汤伟家，后又去了窝藏毒品的豪发电器店，这个不会是有人陷害吧？而据我们得知，林宏洲手机最后一次出现信号的地方是在云南瑞邦往缅甸的边境口岸周边的地方，之后，就没了踪影。”

唐钰一脸惊疑，她又一次拨打了林宏洲的电话，手机还是关机。

唐钰不死心，打了邓胜亮的电话。

邓胜亮道：“我们也几天没有联系了，我打个电话试试。”

唐钰又打了王伟杰的电话。

王伟杰道：“这些天我们也没有联系，不过你放心，我可以保证，他不会出事的，也绝对不会参与任何违法犯罪活动。”

他怎么知道林宏洲不会出事？唐钰想，莫非，林宏洲在失联前，同王伟杰有过交代？

“局里经研究，准备向林宏洲发通缉令，你有什么意见？”孙副局长问唐钰。

“不！”唐钰痛心道，“林宏洲绝对不可能参与贩毒集团，绝对不会！我不同意发他的通缉令。”

孙副局长第一次听到唐钰这么固执坚决地拒绝他的话，怔了怔：“唐钰，你冷静，不要意气用事，说说你的理由，能让大家信服的理由。”

唐钰一时语塞，她的直觉就是林宏洲作为一名军人那种永远不会失去的军魂。

“他是一名转业军人，我不相信一个为了国家的利益不惜生命的人，会成为一个与人民为敌的罪犯。”尽管唐钰明白，在证据面前，她的这套说辞多么苍白无力，但她还是要表达出来。

孙副局长道：“我也不是没有想过，可是，这么多年过去了，人总是会变的，这样的例子还少吗？你干这么多年的刑侦了，还要我多说吗？”

“林宏洲是出现在这几个地方，但也并不说明他与案件有关。这样吧，你给我几天时间，我再进行核查。”

孙副局长看了看唐钰熬得通红的坚毅的双眼，他的心一下子软了下来："我可以答应你，但是，我不可能给你太多的时间，有些机会稍纵即逝。"

唐钰点了点头，便向吴昊布置："带上杨茹，勘查林宏洲车上和家里的现场，包括那一带的所有监控视频，我明天要结果。"

唐钰便带上一名侦查员，去会一会汤伟的前妻，她知道，林宏洲既然去找过汤伟，就一定与汤伟有关系，她想要撬开汤伟的嘴，必须抓住他的软肋。

唐钰再一次见到汤伟的时候，发现汤伟的神情十分沮丧，再也没有了第一次的嚣张。

"汤伟，我这次来看你，不是想要问你什么，我只是想告诉你两件事：第一，在你的藏毒窝点，我们找到了 200 多公斤毒品，这些毒品都是你在制毒基地拉过来的，所以说，你可以不交代，但我们有时间一件件地把你所犯的事找出来，包括你想隐藏的关系人；第二，我去见你的前妻和女儿了，你前妻在德福路 218 号开了家发廊，她是凭自己的手艺赚钱，你女儿今年 10 岁，在德福路小学，她的学习成绩很好，门门功课都是满分，我们没有把你被抓的事告诉她，不过，你女儿现在非常想同你见面，非常想知道你现在在干什么，我想，如果你想现在与你女儿视频通话，我可以给你一个机会。"

唐钰说着，把打开了微信视频的手机向他示意。

汤伟迟疑了半天才抬起了头，看了看自己被铐起来的双手。

唐钰向他身边的民警点了点头，民警打开了他的手铐。

唐钰又拿起了一件黑色毛呢长外套，示意民警给他穿上，长外套严实地裹住了他的看守服。

民警这才取过唐钰的手机，送到汤伟的手里。

“爸爸！你干什么去了呀?!”唐钰听到了女孩子令人心碎的声音。

汤伟的眼泪便出来了，他把手机背了过去，快速地用衣袖擦干，努力控制了自己的情绪，这才面对着手机。

“爸爸，你好久没有来看我了，我好想好想你，今天来的一位阿姨说，你早几天去外地工作了，你为什么不告诉我?!”

“楠楠，我怕影响你学习……你不用担心我，好好学习，别让你妈操心……”汤伟有些语无伦次。

“爸爸，我在学校表现很好，我当上班干部了，是学习委员，我还经常辅导同学的作业哩，你什么时候回来看我呀，你能不能经常跟我发视频呀——”

“对不起，楠楠——”汤伟又控制不住了，他关掉了视频通话，向唐钰背过了脸。

唐钰取回了手机，等到汤伟好不容易回过头来，问：“你还有什么话对我说吗?”

汤伟哽咽着，不说话。

“那好，这次就到这里吧。”

唐钰站起了身，向两位民警挥了挥手。

“我是不是死罪?”汤伟没有站起身，声音哑哑地问。

唐钰又坐了下来，点了点头：“有重大立功表现的，法院会在量刑时，予以减轻处罚。”

汤伟陷入了一阵沉默。

“我真的不认识‘八姐’，程洪打电话时叫过对方‘八姐’，但他从来没有对我说‘八姐’是谁。”

“‘八姐’电话里的声音，你应该听得到一些吧？”

“听到了一些，是个男人的声音。”

“男人的声音？你确认是‘八姐’的声音？”唐钰一惊。

“我肯定，我听过不止一次，原来我也以为‘八姐’是个女的。”

“见过‘八姐’吗？”

汤伟摇了摇头。

“认识林宏洲吗？”

汤伟点了点头：“在东州我去瑞邦前，他找过我。”

唐钰又是一惊：“你什么时候见的他？”

“他在我前妻家的门口找到了我，约我在茶馆见面，说他是与程洪联系的人，来救我脱险的，他问我除了程洪见过‘八姐’，还有谁见过‘八姐’，我说，我自己都没有见过‘八姐’，我哪里知道还有谁见过‘八姐’，他点了点头说，那就好，又问我那个藏毒的地方除了我和程洪，还有谁知道，我说，没有其他人知道，连开店的几个人我们都瞒了。他问还有几个开店的人认识我，我说，除了豪发电器店，没有其他店的人知道。他就让我自己开车，去云南瑞邦，嘱咐我一路上切不可走高速，尽量走省道、县道，避免公安堵截，再从瑞邦边境出国前往缅甸。”

“他约你见面是在哪个茶馆？是什么时间？”

“在爽约茶馆，大年初二下午 4 点钟左右。”

“你们以前见过面吗？你怎么会相信他？”

“我知道他是集团的林老总，当时我还以为他就是‘八姐’，要不然这么大的老总，怎么会亲自跑来找我。”

“他到底是不是‘八姐’？你听不出他的声音吗?”

汤伟摇了摇头：“电话里的声音我只是听到些含混不清的话，不敢确认是他的声音，我当然也不敢明问他是不是‘八姐’。”

“认识何小宝吗?”

“认识，他是程洪雇的马仔，不过，我们干的事程洪没有让何小宝参与，我们见面的机会也少，何小宝手下也有几个兄弟，收程洪的钱，替他办事。”

“你见过他的那些兄弟吗?”

汤伟摇了摇头：“程洪让我离他们远一点儿，不要与他们掺和。”

“你们的毒品是通过什么渠道贩卖出去的?”

“这个我就不知道了，一切都是程洪安排的，我只是负责把塘坝村的货运到那里，至于这货怎么处理，程洪不让我过问。”

……

四

越来越多的线索都集中到了林宏洲的身上。

第二天，吴昊向唐钰报告：“从现场勘查结果看，林宏洲的汉兰达车是年初二上午 10 点从他家里出发，先到达集团他的办公室，在办公室待了两个多小时，吃了碗快餐面，给崔延丽打了一通电话，12 点 20 分，他随身背着一个蓝色的旅行包，从集团出发，来到达豪村南安街，之后去了德福路和一家叫爽约的茶馆，然后又去了南安街藏毒现场，之后回到了家里。有邻居反映，看到他下车时，是从车里拎了一个蓝色的旅行包回到家。我们在其家里所发现的毒品，正是装在这个蓝色的旅行包里，这个旅行包放在储物室的木架上。我们仔细勘查了车上、门锁及蓝色的旅行包上的所有指纹，以及房间内的鞋印及生物痕迹，并没有发现其他人的指纹及鞋印。”

“小区现场及附近有其他什么人进出过没有？”

“这个小区有12栋楼，住户达2000多人，正是春节期间，进进出出的人特别多，而且大多是从外地来拜年的人，还有一家正好在这一天办喜事，满院到处都是参加婚礼的人，所以我们一时无法对这些来院子里的人进行一一排查，而且，林宏洲车子停放的地方，又是视频监控盲区，所以无法排查有什么人靠近这台车。我已经与林宏洲的家人取得联系了，他的妻子说，家里是有一个这样的蓝色旅行包。”

当天下午，孙副局长签发了对林宏洲的网上通缉令。同时，唐钰向专案组人员发出了撤销对崔延丽暗中监视的指令。

晚上，唐钰单独设宴，请崔延丽独酌。虽然她不是“八姐”，但她还有太多的疑点，需要向她弄明白。

“请宴就算了，还是老习惯，在浓浓情吧？”崔延丽这次十分冷淡。

“不，在水库鱼香吧，算是我给你赔礼道歉！”

还是在春节假日里，水库鱼香餐馆热闹非凡，所有大房间都已满座，唐钰好不容易在谁都不愿意待的洗手间旁边找了一个小房间，倒也十分清静。

“怎么今天才想起向我赔礼道歉来了，该不会又是鸿门宴吧？”崔延丽冷笑道。

唐钰今天带来了一瓶赤霞珠红葡萄酒，听了崔延丽的话，她也不答话，倒了满满一大杯酒，自己一大口喝了。

唐钰喝完了，又要倒酒，被崔延丽伸手拦住了。

“是我说错了，我向你赔礼道歉，行吧！”

唐钰双眼通红，怔怔地盯着崔延丽。

“怎么，出什么事了，你别这么看着我呀！”崔延丽有些担心起来，“有什么苦，能向姐说说吗？”

唐钰突然笑了：“我问你，谁是‘八姐’？”

崔延丽一愣，突然扑哧笑了：“我的女神，你还在拿我开涮呀！”

“不，我是问你，你是知道谁是‘八姐’的，是不是林宏洲？”

“林宏洲？”崔延丽哈哈大笑，指了指唐钰，“你现在怎么还像只疯狗，逮谁咬谁！”

唐钰不答话，向她出示了东州市公安局对林宏洲的通缉令。

“你们真疯了吗？我敢保证，我们集团，就是所有人都是毒贩，也不可能是林宏洲！”

唐钰哼了哼：“当初不是你把他从集团董事长的位置上拉下来，让唐凯坐正了吗？”

“这不是一回事。”

“如果林宏洲不是‘八姐’，那你说说，这个‘八姐’是谁？”

崔延丽叹息了一声：“你今天找我来，原来还是‘拷问’我这件事？”

唐钰不答话，看上菜了，一大盘酸菜鱼片，唐钰夹了一片白花花的鱼放到崔延丽碗里，又给她盛了一勺酸菜汤。

“你不是让我向你诉苦吗，怎么，我向你说了，就变成‘拷问’你了！”唐钰叹息道。

“可是，你们都找不到的人，问我能问得出来吗！集团里的事，林林总总，分管着七八家公司，各人都有各人的一套，我只不过是个管钱的，能知道多少！唐凯的事，也是那几个原来一直在唐老总手下干活儿的老人儿向我提出来的。唐家出了这么惨的事，他们看在过去的情分上，也不忍心让他一手创办的事业落到旁人头上，让我来出面拉唐凯上位，我才出了这么一次头。”

“集团出现制毒贩毒的事，你不会不知道吧？”

“知道，不是一直说是我们被人利用了吗？集团的产品太多太繁，虽然都是些小件，却也是每户人家的生活必需品，每天的出货流量都是数以万计，发货到全国各地，甚至境外，物流的人和车辆也数以千计，这个管理难度当然就大，被人利用也并不奇怪呀，你怎么能肯定，那个什么‘八姐’就在我们集团？”

“可是，你想过没有，为什么唐家一家人会被杀？”

“不是说为了劫财吗？”

“如果是为了劫财，唐家一家人绝不会死！”

“你这么说，难道也与毒品有关？”

“是为了杀人灭口！这是因为，唐家拒绝集团涉及毒品犯罪，而且极有可能是在唐家要向警方举报的情况下被灭口的，如果事实如此，你还认为这只是物流人员被人利用了吗？”

“难道，在我们集团内部，有一个高层领导控制的贩毒团伙？”

唐钰点了点头：“对，这个高层领导就是‘八姐’。”

崔延丽一时沉默，似乎陷入了沉思。

“难道这个‘八姐’，真的是林总？”

唐钰一阵阵痛心，她始终不敢相信这是不是不是冤家不聚头，摇了摇头：“你知道林总最近的消息吗?”

崔延丽迟疑一阵，说道：“大年初二上午10点多钟的时候，他在自己的办公室给我打了一通电话，问我能不能去他办公室，他想找我谈谈。那时候我其实就在家里，哪里都没有去，但我不想去他办公室，就骗他说我在外面，一时回不来，我问他有什么事，能不能到外面来谈，他沉默了一下，说，那就算了。下午我打他的电话，手机就关机了。现在想起来，我十分后悔，其实他肯定有很重要的话对我说，却被我拒绝了。”

“你不想去他办公室的原因是什么？是担心，还是躲避?”

“都不是，我知道他的为人，他不是那种小肚鸡肠的人，虽然是我出面把他拉下了位，但他也应该知道我的苦衷，我也没有必要躲避他，是唐凯对我说过，让我不要同林总走得太近，以免惹祸上身。”

“难道，唐凯早就对林宏洲有提防之心，甚至怀疑他与毒品犯罪有牵连?”

崔延丽脸都白了：“要是这样的话，唐凯会不会还有危险?”

唐钰看了看崔延丽惊慌的神色，她明白唐凯在崔延丽心中的分量，这种分量让她甚至把自己的安危都放到了第二位。唐钰不想去点破，只得安慰道：“你放心，唐凯要是知道犯罪集团内幕，他早就活不到现在了，只是你，如果真的也不知道内幕，倒不用担心，否则的话，千万保护好自己，不要步入金鑫、程洪等人的后尘。”

崔延丽长长地吁了一口气：“这么说，我就放心了。”

唐钰昏昏沉沉地回到家里，屋里的寒气一阵阵袭来，她走进浴室，打开热水器，看淋浴头的水慢慢地有了热气，便脱光了衣服，将自己置身在热腾腾的水雾中。她似乎感到，她全身的血管扩张开来，周身的血液在每一道血管中奔涌，头皮先是一阵剧烈疼痛，之后便变得麻木，再往后便感觉到终于清爽起来。她便在此刻，回忆与崔延丽的谈话过程，她突然发觉，唐凯！唐凯的一些事似乎有些不合情理，如果唐家因为知道集团有制毒贩毒的内情而被“八姐”的人灭口，那么，唐凯也应该是知情人之一，即使是唐凯真的不知情，“八姐”能相信吗？他们精心制造的这么一场大案，怎么也令人难以相信唯独留下唐凯这一个活口到如今，而直到现在，唐凯也没有向她吐露与贩毒集团有关的任何内情。

难道，唐凯就是“八姐”？

唐钰自己都觉得怎么有这么一个荒唐的判断：他会为了自己的贪欲，亲手杀了自己的父亲、妻子及儿子吗？

不过，也难说呀，因为，他父亲以及他的孩子，毕竟都不是亲生的，他们之间并没有血缘关系。

不会的！当初他被绑架的时候，要不是唐钰及时相救，他也活不了！

也难说，也许那个引爆装置本来就拉不响呢？火柴盒的磷片，如果用水泡潮湿了，根本就拉不响。

不会的！现在不是有充分的证据证实，林宏洲有极大嫌疑吗，也许，“八姐”就是林宏洲。

也许，是唐凯嫁祸林宏洲？

而如果是这样，那么，林宏洲岂不更是凶多吉少？

……

五

下午，唐钰接到肖杰来电：“晚上有空儿吗？有一家兔子馆，新开的。”

唐钰叹息了一声：“现在哪里还有这个心情！”

“你的心事我知道，正因为如此，才要聚一聚，案子的事，我们也好切磋切磋，说不定，我俩的智慧一碰，能碰出火花呢。”

“火你个鬼！我现在头脑里就是一团乱麻！”

唐钰到了兔子馆，见门前放了几笼活兔，有白色和黑色的，唐钰不禁问正在抓兔子的老板娘：“这是家养的还是野生的？”

老板娘40多岁，一张黑黢黢的脸，冲唐钰笑了笑：“这黑色和白色的都是家养的，野生兔都是灰色的。”

唐钰突然想起了在神仙洞视频里看到的兔子，分明就是黑色的，便道：“不会吧，在连南县山里，我就见过野生的黑兔。”

老板娘笑了笑：“那一定是你看走眼了，不管是连南县还是连东县，你要是抓了野生的黑兔，我把这个店同你换！”

唐钰一惊：难道，她在神仙洞看到的黑兔，是那个进洞的农民陈进东抓了只家养的兔来骗人的？

陈进东！

唐钰心里一阵咚咚作响，她看到肖杰从里面出来，竟然像没有看到他似的，慌忙拨打了桐木镇派出所小李的电话。

“麻烦你一件事，横水村有个陈进东，你派个人送到我这里来！”

“怎么，发现新线索了？”

“不要问了，弄到他后，什么也不要向他说，送到局里来，我要亲自问话！”

唐钰打完电话，脑子又是一片空白，她要理理思绪，身子却被肖杰机械性地拽到小包厢。

唐钰仔细回忆她询问陈进东的每一个细节。她从小在农村长大，她了解农民，正是因为她懂得农民的纯朴和厚道，才使得她很容易被陈进东的外表所蒙蔽，但她想，陈进东一定不是直接的作案者，一定是真正的作案人利用了他，让他去洞里察看虚实。用一只兔子做诱饵，也应该不是陈进东的主意。唐钰现在才想起来，这个洞子为何一直没有动静，原来早就被人探到了虚实。

“怎么，又是被什么鬼迷了心窍？”肖杰小心地问。

唐钰惊疑地抬头看了看肖杰，痛苦地擂了擂自己的头：“唉，我这人真是蠢得要死！”

肖杰扑哧笑了：“干我们这行的，这脑袋瓜子迟早会老年痴呆的！”

唐钰也苦笑：“这样也好呀，什么事都不用去想，人间的什么喜怒哀乐统统都抛到脑后，过上真正无忧无虑的日子。”

兔肉上来了，先是一盘红烧兔头，肖杰问：“要不要来瓶红酒？”

唐钰摆了摆手：“下半夜还要审人呢！”

“就是那个什么陈进东？”

唐钰点了点头，问：“你那边查出什么线索了吗？”

肖杰摇了摇头：“我们现在还是以收集证据为主，村子里的人本来与外界交往就少，不大可能在他们中间有突破，你们不是正在通缉林宏洲吗？抓到他，不就好办了。”

唐钰呆了呆，叹息了一声：“我不相信林宏洲就是‘八姐’，而且，我现在对他担心得不得了，他要是有个三长两短，我更对不起这些曾经为国献身的军人了。”

“人总会变的，这与你无关。”

“不会，绝不会！一个人什么都可以变，信仰不会变，绝不会变，绝对不会！”

“你也不必担心，我听说，这个林宏洲，在部队的时候，还是侦察兵出身，他不应该轻易遭人暗算的。”

“他要是没事的话，至少可以联系我呀，他难道连我都不相信了吗?”

唐钰忧伤起来。

肖杰伸出手来，抓住了唐钰的手，她感觉到他的手温热得像一团火。

肖杰心疼道：“你的手怎么这么冰?”

唐钰想抽回自己的手，却没有了勇气。

“我相信，只要他是无辜的，他迟早会联系你的。”肖杰安慰道。

唐钰就让肖杰牵着手，走出了餐馆。街上行人如织，穿过街道，前面是东江河的人行道河堤，河面上映出一波波五颜六色的灯光，脚下的灯光音响，在播放侃侃略带伤感的歌《知道不知道》。

那天的云是否都已料到

所以脚步才轻巧

以免打扰到

我们的时光
因为注定那么少
风吹着白云飘
你到哪里去了
想你的时候
我抬头微笑
你知道不知道
……

歌声又让唐钰想起了刘安明，她抬起泪眼看了看天，天空已被城市的灯光所笼罩，晚风微微吹来，吹动她额前的刘海，她抬起手来，轻轻地拭了一下泪。

“你知道吗，刘安明给我说了一个爱情故事，是在烈士陵园，一位身穿婚纱的姑娘，对着一位烈士的墓碑说：‘江恒德，你答应过我的，你说过三年后娶我，今天，我来了，我穿着这身婚纱来了，我来做新娘子了，我不管你愿意不愿意，我今天就要和你举行婚礼，从今天起，我就是你的妻子了。’”

唐钰看到，肖杰的眼里也涌出了泪水，他的一只手把她的手攥得更紧了。

电话是清晨5时打来的，吴昊道：“人已带来了，在审讯室。”

唐钰见陈进东一脸沮丧。

唐钰冷笑道：“陈进东，没想到我会把你请到这里来吧?”

陈进东哭丧着脸：“不是我故意隐瞒，我也害怕呀，他当时对我说，要是把他交代出来，就要杀我一家人，我上有老下有小。”

“是谁找的你？叫什么名字？长什么样子？”

“你们？”陈进东两眼瞪得像铜铃，“怎么，他人……你们还没有抓到他？”

“要是抓到这人了，我们还要费这么大的劲把你弄到这里来？”

“完了完了！”陈进东一双惊恐的眼看着唐钰，“他们要是知道我来这里了，那我家人——”

“你早说出来，我们早抓了人，你还担心什么！”唐钰积压的怒火，像火山一样喷发了，她狠狠拍了一下桌子，声音歇斯底里，“你知道吗，正因为你拒不交代，已有好几条人命被葬送了！你家人的命是命，这些人的命就不是命了?!”

陈进东惊恐的目光变成了惊吓：“我、我、我不知道他叫什么，只记得他长了一张瘦脸，身高一米七左右，年纪不大，不到30岁……哦，对了，他右侧脖子上有一颗米粒大小的肉瘤。”

“肉瘤？”唐钰一惊，她想起了在东城广场商业城见到的抢要购物券的那个小伙子，难道是他？

“说说他指使你办事的详细过程。”

“他找到我，让我去探一下神仙洞，他也不说为什么让我进洞，进洞里干什么，只是让我进去后一会儿就出来。他还说，要是公安来盘问，就说是自己想进洞，不要说是他让我进洞。我说，这个洞子一直以来就没有人进去过，要是公安问我无缘无故进洞干什么，我怎么回答？他想了想，就说，你就说追野兔追进洞子。后来，他真就提了两只兔子，一白一黑，蹲在林子里，先放的白兔子，那白兔子没有进洞，往别处跑了，后来又放了黑兔子，那黑兔子就直往山洞跑，他才让我追进洞，事后，他给了我五万块钱。”

“他说话是什么口音？哪个地方的人？”

“好像是当地口音，应该就是本省的人。”

唐钰慌忙赶到东城广场商业城，查找当天的视频记录，幸好记录还在，人找到了。杨钟雄，男，27 岁，大专毕业，江东省惠城市镜湖镇斗坝村人，在一家电信公司从事光纤网络铺设维护工作。

唐钰随即派人抓捕，杨钟雄已失踪多时。

难道他是在截杀唐钰案中被烧死的人之一？唐钰令杨茹比对，杨茹已证实，烧死的人中，没有杨钟雄。

唐钰当天发出了对杨钟雄的通缉令。

第十四章　枪响之后

一

对杨钟雄的通缉令发出的第二天，唐钰终于收到了林宏洲的短信。

唐钰收到短信的时间是凌晨 2 时，她还躺在床上，苦苦思索着杨钟雄为何在案发当天，还在远离现场的商场抢要唐鸿淦家保安黄力壮的购物券，他是暗自跟踪黄力壮而来，还是为了接近他？不过从案发现场情况看，有一点可以证实，保安室监视器的硬盘是被懂电脑的人取走的，杨钟雄是懂电脑网络的，也许正是他利用这个机会取得了黄力壮的信任，从而通过一些手段取走监控电脑的硬盘。唐钰判断，杀害唐家的六名案犯，应该不会对监控网络这么内行。

唐钰看到的信息是：“我是林宏洲，请速到你们勘查过的废弃的水泥仓库，注意，不要告诉任何人，也不要开自己的车，你一个人打的过来！”

唐钰一看到“林宏洲”三个字，心中一直悬着的一块石头就落了地，却又预感事态不妙，幸好她的配枪还在，她取了枪，习惯性地取下弹夹看了看，子弹还是满的。到了楼下，才知道外面正淅淅沥沥地下着雨，雨中夹带着凉飕飕的风，唐钰不禁打了个寒战。这种时候，在这个地方是没有出租车的，她叫了一辆滴滴车。车来了，开车的是一位40多岁的男子，他看了看唐钰，露出惊异的眼光："怎么是你呀?"

唐钰上了车，问道："怎么，你认识我?"

"不不不，我是说，这深更半夜的，你一个年轻女孩子，去那种地方干什么?"

"你开好你的车，把我送到那个地方就是了，不要问这么多!"

"是是，不过我丑话说在前头，出了事，不要赖上我。"

唐钰苦笑道："只要你自己守规矩就行。"

水泥仓库的周围，警察设置的警戒带还没有拆除，唐钰钻了进来，看仓库内黑麻麻的，没有丝毫动静。唐钰刚打开手机的手电筒，仓库内就亮起了灯，也是一部手机的灯光，灯光下，唐钰惊异地看到，她面前站着的，除了林宏洲，还有一个人，竟是杨钟雄!

"你真的就一个人来? 你相信我?"

林宏洲已是浑身疲惫，说话声有些心力交瘁。

唐钰的眼红了："你能活着，我就谢天谢地了! 要不然，我怎么跟你那些战友交代!"

林宏洲一时语塞，他似乎有千言万语要说，却不知从何说起，沉默了半天，说道："我叫你来，是想告诉你，你们要找的'八姐'，就是唐凯。"

唐钰点了点头，对于林宏洲说的这个人，唐钰并不感到意外，她不解的是，林宏洲为何要做出让自己陷入被通缉的境地。

林宏洲似乎看出了唐钰的心思，说道：“我知道你想问什么，我告诉你，我做的一切，包括帮助汤伟脱逃，还有带毒品到我家里，都是我有意这么做的，就是为了把你们的注意力引到我自己的头上来，目的有两个：一是让唐凯放松警惕，二是保护你唐钰。还有，找不到杀害老班长的凶手，我咽不下这口气。”

“保护我？”

“你不会不明白，唐凯要除掉你吧？那一次你侥幸躲过了，他会善罢甘休吗？”

“即便是这样，你也没有必要这么做，你不知道放跑汤伟的后果吗？不知道藏毒20斤的后果？”

林宏洲摇了摇头：“你不知道，唐凯到处都有耳目，我们可能无时无刻不在他的监视之中。放跑汤伟，那只是我担心他成为另一个程洪而使出的一个欲擒故纵的计策罢了，我让他去云南瑞邦找一个人，拿到去缅甸的通关证，潜逃去缅甸。其实这个人就是我在部队的一个战友，瑞邦边防武警支队的支队长，我早已把这个情况向他说明了，所以汤伟在关口找到他时，就被他当场扣下了。汤伟潜逃的这一路上，我还不放心，在暗中跟踪，一直跟踪到了瑞邦，见到他被抓，我才放心。至于毒品，也是我在通过盘问汤伟时，得知南安街豪发电器店后面藏毒的地方，在地下仓库找到了他们藏的毒品，悄悄取了20多斤带回家的。我当时没有向你们报告藏毒的地方，是想让唐凯等人在这里现身时，再抓现行，没想到被你们先发现了。”

唐钰指了指杨钟雄：“他又是怎么一回事？”

“‘八姐’就是唐凯的事，就是他告诉我的，在这之前，我也一直在找这个‘八姐’，我也没有想到竟然是唐凯。”

“唐警官！你救救我！我都是被他们逼的！”杨钟雄扑通就跪在了唐钰面前。

“你就是杀害唐凯一家人的六犯之一？”唐钰冷冷地问。

“不不！我只是给他们通风报信的人。”

“这么说，那六个人你都认识？”

“不，我只是认得他们中的一个人，叫何小宝。”

“何小宝？”

杨钟雄点了点头：“他和我是一同来这里打工的老乡，我俩的关系比亲兄弟还亲，我在一家电信网络公司工作，主要工作就是给客户布网线，做维护。唐家出事前，小宝让我想办法认识唐家的保安，偷取他监控室的监控硬盘，我便想法找到了那个保安，以检查维修为名，把硬盘取走了，小宝给了我五万块钱，并当场把那块硬盘砸碎了。我没有想到在这以后就出了这么大的事，之后，我听说他死了，我害怕得不得了，担心有人会杀我灭口，不敢回家，在外面东躲西藏，最后是林总找到了我。”

“收买人进山洞的事，又是怎么回事？”

“也是何小宝让我干的。”

“何小宝是怎么知道‘八姐’就是唐凯的？你又是怎么知道的？”

“小宝给我说过，他的老大，就是唐凯。”

“你知不知道，何小宝曾经是‘锤头党’成员？”

“知道，当时他刚到这城里打拼，跟错了人，后来被抓，被判了刑，这些年我一直去监狱里看他，他出狱时，还是我去接的。”

唐钰叹息了一声，看了看林宏洲：“你现在有什么打算？”

林宏洲道：“我想，唐凯不是一般的人，目前如果光凭杨钟雄的口供，不可能让唐凯认罪，你们也很难收集到他的犯罪证据，也不可能让上面的领导相信这个事实，轻易作出抓捕他的决定。我要在这里约他过来，让他用自己的行动来证实他的犯罪行为。”

唐钰点了点头：“你现在准备怎么做？”

“杨钟雄知道唐凯是‘八姐’的事，一定让唐凯很意外，他只知道何小宝的口很紧，不会把这个秘密泄露出去，现在已死无对证，他想不到杨钟雄与何小宝的关系，现在我只要让杨钟雄向唐凯发一条信息，以此为由，向他讹钱，他不会不理会的，要么会答应杨钟雄的条件，派人送钱来，要么就会派杀手来，解决掉杨钟雄。不管他采取什么方法，我们就可以坐实，他就是‘八姐’。”

“就凭杨钟雄的一面之词，他会相信吗？”

杨钟雄道：“何小宝杀唐家人的事，是唐总直接找何小宝干的，与何小宝是单线联系，这件事，除了当事的六个人外，只有我知道，连他手下的金鑫、程洪等其他人都不知道。我手机里有我与何小宝在一起的照片，也有何小宝发给我的他与唐总在一起的照片。”

“知道唐凯为何杀他的家人吗？”

“何小宝给我说过，唐总的父亲知道唐总制毒贩毒的事了，逼唐总收手，否则就要大义灭亲，就是要举报他的意思，唐总应该就为这件事才下的手。”

唐钰想了想，这么说，唐家的事，他家的厨师金得来应该是知道内情的，怪不得在唐钰第一次询问他时，他闪烁其词。

林宏洲对唐钰道：“你现在可以回去了，我会与你电话联系的，你带人来的时候也要悄无声息，千万不可走漏消息。”

“这绝对不可以！我要对你的生命负责！”唐钰态度异常坚决。

“我们必须这么做！你是知道的，就是不冲着毒品，不为了你，我的战友也不能白死。”

想到了刘安明，唐钰心里就像刀割，她咬了咬牙：“好，我不走了，与你在一起。”

林宏洲道：“你在这里不行，你还有重要的事要做，那个金得来不会不知道唐家的事，你一定要找他问明白，他也是十分重要的证人，你们还要做好对他的保护工作。”

唐钰叹息道：“如果‘八姐’是唐凯，他了解金师傅，知道金师傅不会出卖他，要不然，金师傅也不会活到今天。”

唐钰看了看时间，已是凌晨 3 时 10 分。“不要再废话了，要动手就快！”唐钰一边说着，一边给吴昊发了一条短信，通知他“速稳控并讯问金得来”。

唐钰发完了短信，对林宏洲道：“我可以答应你的计划，不过，你们要听从我的指挥。”

“不行！”林宏洲执意道，“我们不能把你连累在这里，都一起死了，谁来做证？”

唐钰态度更坚决：“你俩听着，唐凯不是等闲之辈，他有办法置你们于死地，对待他们，我比你们有经验，而且，我还有这个！”唐钰掏出了枪，向林宏洲晃了晃，“林宏洲，我不想再看到第二个刘安明，你知道吗？”

唐钰说完，打开手机的手电筒向仓库四周查看，四周一片空旷，只有一扇大门出入，几扇窗户接近墙顶位置，距离地面有三四米。唐钰找到了大门左侧的一个角落，这里堆满了数十袋已受潮凝固的水泥，唐钰等人一同坐好，看了看时间，正好是凌晨 3

点半，便让林宏洲用杨钟雄的手机向唐凯发信息：

唐总，我叫杨钟雄，是何小宝的同乡朋友，现在在何小宝曾经待过的现场，一座废弃的水泥仓库。何小宝什么都跟我说了，知道你就是八姐。何小宝不能就这样死了，你给他家一笔安家费吧，只要200万元，我保证，只要有了这笔钱，我什么话都不跟别人说。

信息发出去了，等了十多分钟，对方都没有回信。

"再发！"唐钰道。

唐总，你收到信息没有？要不，我等下打你电话。

又等了十分钟，对方还是没有回信息，唐钰让杨钟雄拨打唐凯的电话。

电话声提示，唐凯手机已关机。

林宏洲一脸失望，唐钰安慰道："唐凯手机关机，那就证明，他应该是看到我们的信息了。"

"他不理会我们，我们怎么办？"林宏洲一时拿不出主意。

"这是只老狐狸，他能轻易上当吗？不过，他也决不会就此罢休的，我们现在要做的，就是耐心等待。"

4时20分，吴昊的电话来了，唐钰听出了他的兴奋心情。

"唐支！林宏洲和杨钟雄有消息了！明光集团董事长唐凯亲自给孙局打的电话报案，说是在我们勘查过的废弃的水泥仓库发现了林宏洲和杨钟雄，还说，他们身上有枪，孙局正在组织特警赶赴现场，请你直接赴现场会合。”

唐钰挂了电话，看了林宏洲一眼，脑袋嗡嗡了半天：“唐凯怎么知道你在这里?”

林宏洲不愧干过侦察兵，马上反应了过来：“哦，对了，他的这个电话，只有我们少数几个老总知道!”

“他说你们身上有枪?”

“不好!”唐钰问完话，脑子轰的一下!

“我明白了！唐凯过了这么久后才报案，在这之前，他会干什么？我没猜错的话，他应该会通知几个带枪的打手过来，先解决你俩，再在你俩的尸体旁等公安过来，他们会与公安火拼一阵后，把他们的枪消除痕迹，再交到你们手里后离开，造成你们因为拒捕自杀或被公安击毙的假象!”

林宏洲与杨钟雄面面相觑。

“好歹毒的手段！这样既灭了口，又坐实我就是那个毒枭!”林宏洲叹息道。

“要不要离开这里?”杨钟雄声音颤抖地问。

林宏洲对唐钰道：“如果这样的话，请你离开这里，你要不放心，就把枪给我吧，我来对付他们，总不能让他们把我们一锅端了吧?”

唐钰苦笑：“你开什么玩笑！我要把枪给你，自己走了，不正好中了他的计？我们离开这里吧，不要等在这里送死。”

“不，我绝对不走，这一走，我的一切努力都白费了，何况，就是我这次逃离了这个地方，他也不会放过我的，绝对不会的，迟早也是一死!”林宏洲恨恨道。

唐钰看到了林宏洲双眼喷射出的怒火，她怔了怔，叹息道：“好，我同你一起在这里。”

“唐钰，你必须走!”

“不!”唐钰也斩钉截铁，“我判断，唐凯再精明，也不会想到我在这里。我估计，唐凯对付你俩没有武器的人，应该不会叫来很多人，有两支枪就够了，来的人最多不会超过四个。既然他要这么做，我们就都不离开这里，我们就做给他看！我这里有八发子弹，应该可以对付了。”

唐钰看了看时间，又看了看周围的地形，对林杨二人道：“这样，我们抓紧时间把这些水泥挪一挪，林总你打过仗，弄个掩体出来。”

三人一阵忙碌，把一袋袋水泥在墙角下围成了一个半月形、差不多齐肩高的掩体。林宏洲又打着手机的电光四处寻找，找来了一些砖头和水泥块。

三人守候在掩体里，唐钰正想给吴昊发信息，门外就出现了几个人影，一切都来不及了，唐钰忙把手机调成飞行模式，防止外来电话干扰，打开视频拍摄，将它放在水泥袋靠墙的地方，拍摄的镜头对着大门。

门外有一个嘶哑的声音试探着喊：“杨钟雄！杨钟雄，你在吗？老板让我给你送钱来了!”

唐钰太熟悉这嘶哑的声音了，这就是在桐木镇劫杀过她的人，唐钰想起了刘安明，她压制住心头涌起的满腔怒火，对着杨钟雄耳语：“你问，是哪个老板?”

杨钟雄问：“是哪个老板送的钱?”

“唐凯唐总让我来的!”

唐钰看清楚了，门外好像有五个人，有两人守在门口，其他人一边用手机灯光向唐钰这边扫来扫去，一边凑了过来，两人都把一只手放在裤袋里。

“站住，我是警察！不许动！蹲下身体，把手举起来！”唐钰站起身来，双手向对方举起了枪。

三人被吓得呆了一阵，就听嘶哑声音的人冲着同伴喊：“别怕她，他们没有枪，吓唬人的，这里哪有警察，快打死他们！”

三人一听忙扔了手机，刚掏出枪来，就听唐钰的枪响了，一人被击中倒地。

林宏洲也没有闲着，向对方扔水泥砖块。

其余二人慌忙蹲下了身子，狼狈地奔向门外，闪身藏在门外两旁。

唐钰也忙蹲下了身子，门外的人这才身靠大门，疯狂地向唐钰方向开枪，子弹打在水泥袋上噗噗作响。

“好家伙！五个人，至少三支枪，我们能坚持吗？”林宏洲有些担心。

唐钰笑了笑：“放心，他们一时半会儿还不敢冲进来，只要坚持 20 分钟，我们的队伍就到了。”

门外的凶徒见里面一时没有动静，便一下子全冲了进来，一边冲一边向唐钰方向射击，有几颗子弹打到了坚硬的水泥墙上，不知是跳弹还是直接被子弹击中，林宏洲的头皮被削掉了一块，满脸淌着血。

唐钰不敢起身，举枪向对方开了两枪，击伤了一人，一伙人见势不妙，又退到门外。

而此时，林宏洲和唐钰都亲眼看到，同来的五个人，人人都有枪！

而唐钰手中的枪，只有五发子弹了。

又一次冲锋来了，四个人分两个方向，一面向唐钰不停地射击，一面向她冲来。唐钰刚举起枪，手上就中弹了，枪掉到了地上，被林宏洲迅速捡了起来，向对方连开了三枪，一个人中弹倒地，其余三人又逃回到了门外。

林宏洲忙从自己衣服上撕下一块布来，包扎唐钰的伤口。

唐钰却看到，林宏洲的衣袖上也渗出了血来。

“你的手臂也中枪了?”唐钰惊问。

“没事，只擦破了一点儿皮！”林宏洲咬牙道。

“对不起，一时没有控制住，这枪里只有两发子弹了。”林宏洲轻声苦笑。

唐钰微微喘息道：“不怕，他们只有三人了，大不了，我们一人对付一个。”唐钰说着，看了看杨钟雄，杨钟雄浑身就像是打摆子似的缩在她身下，唐钰用脚搂了搂，“哎，出来打架，你吧?”

“会会会——”杨钟雄鸡啄米似的点头，身子却在不停地颤抖。

“他们还会冲过来吗?”

唐钰知道，他们应该不会罢休的，再冲几次，唐钰的子弹打光了，他们纵有再大的本领，也挡不住他们的子弹。她想了想，不如就来个激将法，让他们作出误判。

“你们过来呀！过来呀！我正等着你们呢！”唐钰向门外大吼。

“你们来呀！来呀！”

“砰砰！”

唐钰扬起枪，干脆把仅有的两颗子弹打光了。

林宏洲目瞪口呆。

唐钰的疯狂举动果然奏效，对方半天也不见动静。

时间在一分一秒地走着，唐钰等三人的手中只有砖头、水泥块了。

隐隐地，仓库外传来了汽车的马达声。

窗外，有一闪一闪的灯光射进来。

唐钰知道，吴昊带领的特警到了。

唐钰想，门外这伙人的表演应该就要开始了。

果然，门外的枪声先响了。很快，枪声响成了一片，有子弹从大门外射进来，在水泥墙上迸出点点火花。快到十分钟的时间，枪声才寂静下来，一束束刺眼的灯光射了进来，四周如同白昼，扩音喇叭响起了唐钰再熟悉不过的声音。

“你们已经被包围了，请不要做无用的抵抗，放下武器，双手抱头，慢慢走出来!”

唐钰看了看林宏洲，林宏洲脸色惨白，唐钰这才记得她的手机，一看，手机不见了，她慌忙寻找，只找到了一块碎片，原来是被子弹打中了。

二

唐钰在医院看望林宏洲。林宏洲当时昏迷了，唐钰事后才知道，林宏洲不光是头皮及手臂中弹，左侧肩胛骨也被打碎了，后因失血过多昏迷。

唐钰还没有见过这么刚强的人，在浑身多处中弹的情况下，还像没事一样守护着她，坚持到最后。

林宏洲躺在病床上，头顶上吊着鲜红的血袋，见到了唐钰，便挣扎着要坐起来，被唐钰按住了，看唐钰的右手也用绷带吊着，笑了笑：“你这样子，看来吃饭都要人伺候了！”

唐钰想笑，却笑不出来，在林宏洲的床前坐了下来，叹息了一声：“我一点儿也不知道，你当时会受这么重的伤！”

林宏洲笑道：“这算得了什么，说实话，要是你不在，我同那个杨钟雄的这两条命，早就交待在那里了，这条命交待了也就交待了，还要背负一个大毒枭的恶名。”

唐钰道：“你好好养伤，这医院，我们派了两个便衣看守，昨晚的交火事件，三人被击毙，一人重伤，一人被捕。孙局交代了，这个事件属于高度机密，伤好后，你同杨钟雄一道会被暗中安排到拘留所，与人隔绝，这样做的目的就是不让唐凯知道你俩还活着，因为到现在为止，唐凯的犯罪证据收集得还不充分，需要做不少工作，你明白的，他毕竟是大企业集团的老总，是上市集团，我省的纳税大户，在这期间，我们还不能惊动他，以免发生新的不测，也是为了保护你的安全。”

林宏洲一脸惊异：“怎么，你当时都在现场，还不能做证吗？”

唐钰苦笑道：“我在那种场合出现，事前既没有向任何人报告，事中又没有同任何人沟通，而且，我的手机也被打碎了，没有留下任何证据，孙局没有把我当同谋犯，就不错了，我的证词很难让人信服，何况，谁会相信，唐凯会这么残忍地指使人谋杀自己的父亲妻儿！”

“难道杨钟雄不能做证吗？”

“杨钟雄的证据没有说服力，唐凯完全可以说他是要编造证据来讹诈他，你看，他收到了杨钟雄的信息后，不就向公安报案了吗？他要是知道还有我在现场，更会诬蔑我同你是合伙者，或者是被你勾引来的上当受骗者。”

林宏洲痛苦地点了点头：“是我害了你!”

“别说这样的傻话了！要不是你，我怎么会彻底相信这样一个血淋淋的事实！要不是这件事，我怎么会更加相信你作为一名军人的信仰!”唐钰站起身来，“对，到时候，我还会请你的那些战友一起学唱那首歌，那首《深海》!”

唐钰说着，面对林宏洲，向他敬了一个标准的军礼。

唐钰来到艳湖派出所的审讯室，面前坐着的是一脸惊恐的金得来。

唐钰的脸上再也没有了往日的笑容，充满的是无限的愤怒和冷漠。

“你知道吗，因为你的隐瞒和拒绝与我们合作，在唐家的血案之后，又有八条生命消失了，这其中包括你家的金鑫，你难道还要继续隐瞒下去吗?”

唐钰的脸阴沉得可怕，言语咄咄逼人。

金得来双手掩面，痛苦不已。

“金鑫，他不该呀！你们到底要我说什么呀?!”金得来呜呜地哭了。

“其实，明光集团有高层参与制毒贩毒的事，唐鸿淦，包括唐凯的妻子，早就知道了，是不是？这么大的事，你难道一点儿也不知道?”

金得来摇晃着头哽咽道：“你们知不知道，到底是谁杀了老唐全家，到底是谁杀了我儿子?！你们为什么还要追究唐家人？他家里只剩下这一点儿骨血了，难道你们连这点儿骨血也不放过?”

唐钰努力让自己冷静下来，她现在才知道，在这一代老年人身上，什么叫愚忠。

“金叔，你如果知道是谁杀了唐家，是谁杀了金鑫，那么，你就更应该积极配合我们，向我们提供你在唐家看到的、听到的真实情况。我想，你决不会让杀害唐家，以及金鑫的人逍遥法外吧?”

金得来还是痛苦地沉默。

“难道你还想让更多的人被杀，让毒品去毒害更多的人吗!”唐钰实在难以忍受对方的沉默，用左拳重重地擂了擂桌子。

“我当时为什么要回家呀，我要不回家，就随老唐一起走了，一了百了……”金得来双拳擂着自己的头，痛苦不已。

唐钰神情沮丧地从派出所出来时已是黄昏时分，天空仍飘着毛毛细雨，唐钰任冷雨打在脸上，让冰凉的雨水来降一降心头的郁闷。

吴昊道:“要不，我们先吃饭，再去审抓的那个人吧。”

唐钰叹息了一声:“去审人吧，叫两份外卖就是了。”

被抓的人名叫吴承忠，男，33岁，江东东沽市人，初中文化。唐钰与他交谈了几句，就听出了他嘶哑的声音，没错，这就是在桐木镇公路上劫杀她的那个人，是杀害刘安明的人，也应该是杀害并劫持唐家的人。

“我们见过面的，在桐木镇的公路上。”唐钰强忍着满腔怒火，尽量平复自己的心情。

“哦，你也在车上?我当时没有看清人。”

“杀害并劫持唐家的人，也有你在场吧？”

吴承忠冷笑道：“我是在场，可是杀人的事不是我干的。”

“谁干的？”

“都是何小宝干的，只有他下得了这个手。”

“谁指使你们干的？”

吴承忠摇了摇头：“我们只听何小宝的，是谁指使的何小宝，我就不知道了。”

“你们到水泥仓库杀人，难道也是何小宝指使的？”

“那是阿松，阿松叫我去的。”

“阿松是谁？”

“就是被你们打死的那个阿松，我也不知道他的真名。”

“吴承忠！”

唐钰实在忍不住了，她拍了拍桌子：“你把我们当三岁孩子了吗！去水泥仓库杀人的事，是谁指使你的？我心里清楚得很，你知道什么叫冤家路窄吗？你可能万万没有想到吧，在水泥仓库，你没有听清我的声音吗？”

吴承忠怔怔地盯着唐钰，低头沉默。

“我们也查清楚了，死的和受伤的那几个人，包括你说的那个阿松，都是你手下的人吧。指使你的人是临时安排的，你的手机上，不会不留下指使你的人向你发的信息吧？你自以为很聪明，把手机销毁了，可是，你不会不相信我们会查出来吧？”

吴承忠冷冷一笑：“你既然能查出来，就去查好了。你既然不相信我说的话，还问我干什么？”

“吴承忠，你要明白，你交代的，同我查出来的，对你来说，性质是不一样的。”

“什么性质，你能保证，不判我死罪吗？”

唐钰双眼都要冒火了：“看来，你还是怕死嘛，既然怕死，那在你杀害别人的那一瞬间，你考虑到一个与你无冤无仇的被害人的感受吗？”

吴承忠哼了哼：“你知道吗，我家老人说过，屠夫杀生，屠夫是无罪的，有罪的是请屠夫杀生的人。我是收了人家的钱，替人办事而已，死了的人，他们有冤，找给我钱让我杀他们的人申去，与我无关。”

唐钰咬着牙：“这么说，你承认是有人用钱收买了你去杀人？”

吴承忠偏着头看向别处，不再吭声。

“是谁收买了你？给了你多少钱？”

“……”

“你现在连命都不保了，还要这些钱有什么用？”

“……”

唐钰耐心劝导了三个多小时，吴承忠再也没吐一个字，只好让人把他带走了。吴昊道：“要不还是老办法，去找他的家人。我们调查清楚了，他还有父母、妻子和俩孩子。”

唐钰摇了摇头：“没有用，我听得出来，他得到的钱就是用来养他家人的，我敢保证，唐凯一定是把他的家小都转移到了我们找不到的地方，或者已向吴承忠保证负责‘保护’和养他的家小，所以说，他的家人也绝对不会配合我们的，我们这一招对这个人来说行不通。”

“这么说，我们就撬不开他的嘴了？”

唐钰长长地叹息了一声：“找他的软肋，只要找到软肋，就没有撬不开的嘴。”

“他能有什么软肋?”

“去找呀！查一查他的家庭成员和社会关系，我要他所有的资料。”

唐钰还不知道吴承忠有什么软肋，不过，她知道金得来的软肋，她不能放弃，她必须尽快再会会这个金得来。

三

金得来的住所已安排了人在暗中看护，唐钰走进金家的时候，金家一家老少正在吃晚饭。

金得来的老伴儿忙着过来给唐钰泡茶，唐钰忙谢绝：“你们吃饭，不用管我。”金得来的老伴儿却一面执意泡茶一面唉声叹气地问：“我家金鑫的事，不知道什么时候有结果。”唐钰一时不知如何回答才好，只得道：“正在查呢，要不，我还会接二连三找金师傅的麻烦吗。”

金得来匆匆吃了饭，便同唐钰在客厅沙发上坐了下来。

唐钰道：“这次来，我没有带人，我知道，有些话，在那种场合，你也不便说，现在只有我俩，权当我们私下的交流吧。”

“那还不是一个样，你不还是想让我说说唐家父子的情况。”

唐钰点了点头：“不管你怎么想，这是我们必须要掌握的情况，除了当事人唐凯，你是唯一的见证人，你要是还隐瞒不说，我不来找你麻烦，也会有别人来找你麻烦的。”

金得来沉默。

金得来的老伴儿凑了过来，埋怨金得来道：“老头子，人家三番五次找你，你不嫌烦，我都嫌烦，这件事又与你无关，你有什么不好说的？你要护着唐家什么呀？！”

“你懂个屁！”金得来冲老伴儿吼了一声。

金得来的老伴儿也不示弱，声音比金得来更大：“我不懂，我不懂！我只知道，鑫鑫就这么不明不白死了，你气都不敢吭一声，他是被人害死的呀，还冻在冷库里呀，鑫鑫还等着我们为他申冤呀，我们向谁申去！”金得来的老伴儿说着说着就哭了起来。

金得来一双眼恶狠狠地盯着老伴儿，欲言又止。

唐钰趁热打铁，声音也就硬了：“还是说出来吧，瞒是瞒不住的，我不想您再遇到什么麻烦。”

金得来一脸痛苦的表情。

唐钰看了看金得来的老伴儿，对金得来道：“要不，我同阿姨谈谈。”一边说，一边站了起来，“阿姨，我们找个地方吧。”

金得来的老伴儿疑惑地看着金得来，没有起身。

唐钰口气硬了，拉着金得来的老伴儿起身：“您用不着看金师傅的眼色，我告诉您，每个人都有向警察提供犯罪证据的义务，知情不报，就是包庇！”

唐钰刚把金得来的老伴儿拉起身，金得来就叹息了一声，向唐钰挥了挥手。

金得来的老伴儿还怔怔地站在那里看着金得来，金得来冲她哼了一声：“还戳在这里干什么，忙你的事去！”

金得来的老伴儿嘴里不知咕哝着一句什么，走开了，唐钰坐了下来。

金得来叹息了一声，说道：“我还是这么一句话，老唐一家人的死与唐凯没有关系，我从小看他到大，还不了解他吗！我之所以不想说出来，就是怕你们误解了他，冤枉了他。”

唐钰点了点头，没有答话。

“其实，这个事，说起来也不算奇怪，老唐不把集团交给唐凯，唐凯当然想不通，唐凯不止一次说，他到底哪点比林宏洲差？不过这个事，唐凯后来也没有闹了，事情也就过去了。出事前一天晚上，父子俩大吵了一架，是我给劝开的。”

“为了什么事吵架？”

“老唐说是要开除公司的一批人，唐凯不同意，说这事闹大了，公司形象受损，造成股市动荡，会给集团造成不可估量的损失。可是老唐也固执得很，他说了，这件事，他已经决定了，必须在春节前清除这些害群之马，就算集团倒闭，也在所不惜。唐凯也发气说，你要清人，干脆把我也一起清了，把我也抓进去。”

“唐总要清除的这批人，具体涉及哪些人？”

金得来摇了摇头：“什么人我不清楚，他们没有点名唤姓。”

“知道这些人为什么事要被清除吗？”

“什么事我不知道，不过隐约听唐凯说，这件事要是让公安知道，就不是单单开除这些人的问题，而是还要连累很多人坐牢，甚至枪毙。”

“他们父子吵过之后怎么样了？”

“怎么样？谁都不让步，吵了一天，到了晚上，我们劝开后，唐凯一气之下回集团去了，老唐也气得差点儿背过气去，在家里过了一夜。第二天是唐凯的生日，是我去集团把唐凯请回来的。”

“唐凯是什么时候回来的？”

“下午 5 点钟左右吧，他开车回来时，还在路上的一家超市买了两盒牛肉丸和一盒三文鱼片，他说，他爸喜欢牛肉丸，他儿子超超喜欢这三文鱼片。”

“平时他们之间有矛盾吗？”

“平时他们也不常在一起，都各忙各的事，只要在一起，那还用说吗，整个屋子里都是欢声笑语。”

“你知道他们之间的血缘关系吗？”

金师傅摇了摇头：“这与有没有血缘关系不相干。”

唐钰似有所悟，叹息道：“这些情况，你应该早向我们反映的。”

金得来也叹息了一声：“人都没了，我说这些还顶什么用！”

唐钰心事重重地从金家出来，细细回味金得来说的话：从唐鸿淦父子争吵情况看，唐鸿淦如果要清除的是集团内部的贩毒团伙，那么，他要清除的人一定不会是唐凯。唐凯说过，要清，干脆把他也一起清了，把他也抓进去，而唐凯要保护的人，并不是为了别的什么原因，只是为了维护集团的利益。

可是，唐钰想不通的是，唐凯一家人被杀，连自己都差点儿送了命，难道没有怀疑与这伙人有关？难道他真的就以为只是一宗劫财案？他会为了保护自己集团的利益而纵容这伙凶手吗？

难道，她苦苦寻找的“八姐”并不是唐凯？

如果不是唐凯，那晚的枪案又是怎么回事？难道又是一个看不见的人为嫁祸唐凯而导演的另一场阴谋？这个阴谋把一向精明的林宏洲都搭了进去？

看来，不管怎么说，她都得再去会一会唐凯！

四

唐钰约唐凯到一家情浓浓茶馆见面。

唐凯一坐下来，便抬手看了看表，唐钰明白，笑道："唐总，我能约你一次不容易，你不要对我说你很忙，时间有限什么的，一些情况我不摸清楚，是不会放你走的。"

"怎么，要软禁我吗？"唐凯品了一口刚泡好的茶，笑了笑。

"那我就不多啰唆了，直奔正题吧，我问你，你什么时候收到杨钟雄的信息？当时你在哪里？过了多久报的警？"

唐凯想了想："我在家里睡觉呢，凌晨收到的信息，醒来后，以为天亮了，一看时间，才知道是3点半，当时也没有理会，直到收到第二条信息，我才被吓住了，他怎么知道我的电话？这个电话，只有林宏洲和韩晓堂等几个老总知道，我知道林宏洲被通缉，便打了韩晓堂的电话。韩晓堂说，这种敲诈的电话，你也信？我就把信息内容转发给了他，过后他对我说，要不你报警吧，说不定，林宏洲就同那个杨钟雄在一起呢，要不然，他哪里知道你的电话。"

唐钰一惊：韩晓堂？

"我找过金师傅，金师傅说，在你家出事的前一天，你们父子有过一次争吵，你能说说具体情况吗？"

唐凯一时警觉起来："他都给你说了些什么？"

唐钰目光紧盯唐凯："你父亲说要开除一批人，这些情况还是你自己来说吧。"

唐凯摇了摇头："他知道些什么！我爸怀疑韩晓堂以及他手下

的人参与贩毒，可是，那只是怀疑，我们没有他们参与贩毒的任何证据，而且，我们开除堂堂一个上市公司的老总，总要有让人信服的理由吧？如果说是贩毒，你是知道的，我们是上市公司，那样做给我们集团带来的将会是灭顶之灾！可是老头子却执意得很，我也不知道，他是从哪条渠道知道晓堂他们参与贩毒这件事的，我天天与晓堂打交道，还不了解他！我问过晓堂，晓堂说是有人故意栽赃陷害他，晓堂还对我说，一定是我们同行业的对手公司搞的鬼，利用我们集团的物流通道贩卖毒品的事，也一定是他们故意弄的，就是想以此来整垮我们集团。"

"你跟你爸说过这样的话吗？"

"说过无数遍了，他哪里会信！"

"韩晓堂知道你父亲要开除他们一伙的事吗？"

"当然知道，我那天吵完架后，晚上回到集团，就把晓堂叫到我办公室，再三向他质问有没有沾上毒品的事，他对我说，他手下是有人沾毒，但都是些小打小闹的事，该抓的都抓了，他们都招供是受人指使，晓堂向我信誓旦旦地保证过，他一个堂堂上市公司的老总，绝对不可能为了几个钱干这种事，说我们要查，就派人来查好了，但如果要这样把他们开除集团，就会出大乱子的。集团垮了，正好上了别有用心的人的当，劝我们一定不要做这种蠢事。"

"你家出事后，你有没有怀疑与韩晓堂有关？"

"他，怎么可能？"唐凯哼了哼，"我们可是天天在一起的兄弟，他会下得了这个手？"

唐钰感到事件的严重：韩晓堂！

现在唐钰迫切要找的人，就是林宏洲。

林宏洲还在医院，听了唐钰的判断，惊得脸都白了。

韩晓堂?!

林宏洲对唐凯的怀疑，就是韩晓堂告诉他的。

林宏洲正是在失去刘安明十分悲痛的时刻，韩晓堂找到了他，把他约到了韩晓堂自己的会所。

会所里，只有韩晓堂和林宏洲两人。

韩晓堂伤感道："我知道你同唐家父子的关系，唐老对你有恩，所以我一直以来不敢把集团的一些事向你说，但是现在，我不说不行了，我不想再看到更多的人死了，更不想看到有朝一日会轮到你的头上。"

林宏洲苦笑道："我的位置都让出来了，谁还会来暗算我?"

"听说过'八姐'吗?知道他是谁吗?"

林宏洲摇了摇头。

"你知道唐家灭门案，目的是什么吗?为了劫财吗?若是为了劫财，不可能残忍地杀害一家人，何况，当时他们全都戴着全面罩，就是有熟人，唐家人也认不出来。那么，杀人的目的只有两个：一是报复，二是灭口。要说报复，你也不是不知道，唐家并没有得罪过什么能让其灭门的仇家。要说灭口，为什么又偏偏放了一个唐凯?"

"唐凯不是被唐钰等公安救下来的吗?"

韩晓堂冷笑道："要是你，既然要灭门，你会轻易放过一个活口?"

林宏洲蒙了："你什么意思?"

"这些，只不过是唐凯自导自演的一幕苦肉计而已。"

林宏洲惊得目瞪口呆：“难道，是他安排人杀害他自己的一家人？”

“我也不敢这么想，但我知道，在他家出事前，他们父子有过一次争吵，他父亲要将集团内部参加贩毒团伙的人揪出来，向公安报警，之后，就发生了这个惨案。”

“你是说，是唐凯害怕他父亲供出他参加贩毒团伙，才将自己一家人灭口？这可能吗？”

“你又不是不知道，唐凯并不是唐鸿淦的亲生儿子，只是养子，而他妻子所生的儿子也是与其前夫所生，与唐凯没有半点儿血缘关系。”

林宏洲呆了半天，说不出话来。

“还有，出了事后，唐凯为什么暗中鼓动集团的元老出面，把你赶出局，让他上位，目的就是一个，一旦掌了权，他在集团秘密从事的贩毒活动再无任何人干扰。”

“难道，他就是‘八姐’？”林宏洲头皮一阵阵发麻，“你有他的犯罪证据吗？”

“我要是有他的犯罪证据，还能等到今天！我之所以这么跟你说，是我不便出面，只有依靠老兄你来出面，坐实他的犯罪证据，别的不说，至少也能为你死去的战友报仇雪恨。”

“我怎么才能坐实他的犯罪证据？”

“我可以给你提供这几个人和那个地方……”

唐钰一切都明白了。

唐钰咬了咬牙，呼出了一口粗气，她想，她现在该去找一找杨钟雄了。

审讯室。

唐钰双眼紧盯着杨钟雄，面色像是被冷冻了一样。

她看出杨钟雄开始有些慌乱了。

“杨钟雄，你知不知道，如果当时我不在现场，你同林宏洲早就是浑身布满子弹的尸体?”

“是是是!”杨钟雄鸡啄米似的点头，“是唐姐您救了我。”

唐钰猛地拍了一下桌子：“那你还来蒙骗我!”

“我没没……”杨钟雄话说出一半，看唐钰满脸像是要吃人的表情，后面的话又咽了回去。

“你说，到底是谁让你这么做的，让你把罪名加到唐凯身上?”

杨钟雄一时愣住了。

“快说！说实话!”唐钰又拍了拍桌子。

“你们，都……知道什么了?”

唐钰目光紧逼：“他都派人来杀你了，你还要替他打掩护?”

“是、是、是，韩、韩总。”

“哪个韩总?”

“韩晓堂。”

杨钟雄像是一只泄了气的皮球。

……

唐钰沉默了许久，拨打了孙副局长的电话。

不料孙副局长接了电话，劈头盖脸来了一句：“你们怎么回事？让林宏洲给跑了?”

唐钰一惊：“林宏洲？他怎么跑的?”

“我在问你呢!”

唐钰预感不妙，忙让吴昊联系韩晓堂。很快，吴昊回电，韩晓堂手机关机，人也不在办公室和家里，已经失联了！

局刑侦会议室，孙副局长铁青着脸，听专案组人员汇报。

“看守林宏洲的，是专案组的两名侦查员，轮流看守。当天晚上9点多，唐支找他谈了话，凌晨1点钟的时候，侦查员换班后，进房门看了一下，就发现人不见了。他是取了三张床的床单，系成绳子，从九楼窗口吊到下面的八楼窗口，从八楼窗口跳入病房内，从八楼出走的。那窗口是推拉式的，医院把所有的窗户都固定在只能在两边分别推开十厘米宽的口子，人是跳不出去的，病人还浑身是伤，所以我们也就大意了，不知他是用什么法子把整扇窗户硬卸了下来，到了第八楼窗户，还是把整扇窗户卸了，进了房间。这个房间也有个病人，不知道是吃了助睡眠的药，还是林宏洲没有弄出声响，并没有醒来，林宏洲就从八楼的这个病房跑出去了。我们查了医院附近的监控，他是从医院南门出去的，从南门过了马路，钻进对面的山上林子里，林子里没有监控，之后就消失了。”

“不愧是在部队干过侦察兵的！”有人暗暗赞叹。

“他是去找韩晓堂的。”唐钰道。

孙副局长鹰一样的双眼盯着唐钰：“唐钰，你这些日子，查来查去，一会儿说‘八姐’是崔延丽，一会儿又说是唐凯，现在又是韩晓堂，你到底在搞什么名堂？是不是把自己都弄糊涂了？你也是老刑侦了，现在这个韩晓堂有新证据了吗？”

唐钰难过地摇了摇头：“是我太低估我们的对手了，一直被他耍得团团转。我不知道，韩晓堂下一步棋是怎么个走法，我现在最担心的是林宏洲。我想，他一定是去找韩晓堂了。”

孙副局长沉默良久，说道：“这样，林宏洲是被通缉过的人，他跑不了的，通过天眼查轨迹，同时，监控他的手机信息。至于韩晓堂，我要向朱副厅长报告一下，看能不能先边控，不要让他出国出境，其他的事还是利用天眼，先找到人，找到人后，还是不能动，要进一步查实他的犯罪证据。他既然是个高手，如果没有铁一般的证据，弄不好我们还会被他反咬一口。”

唐钰想到了吴承忠，问吴昊：“吴承忠的资料呢，收集好了吗?”

“查了，吴承忠的妻子叫罗莹，28 岁，是从湖南都乡来东州打工的，初中文化，在明光集团韩晓堂的兴宇公司当保洁员，四年前与吴承忠结婚，生下一子一女，分别是 3 岁和 1 岁，吴承忠老家有父母，50 多岁，在家务农，一个哥、两个姐，吴承忠最小。目前，罗莹同两个孩子下落不明。”

“看来，罗莹同两个孩子很有可能已经被韩晓堂控制了，但也要尽快查找。”

“要是能撬开吴承忠的嘴，有两人的证词，就不怕韩晓堂不认了。”唐钰道。

“那好，你别的事都不要去做，专攻吴承忠。”孙副局长道，“其他同志，找人!”

五

审讯室，唐钰二审吴承忠。

与唐钰预料的一样，吴承忠还是一副死猪不怕开水烫的架势。

唐钰淡淡一笑：“今天找你来，我也不逼问你，我们聊聊天吧。”

吴承忠面无表情。

“如果我猜得不错的话，你的妻子和孩子现在还控制在别人手里，我想，我要是你，既然选择干这一行，何必还要娶妻生子呢！一个人来去无牵挂，多自在。

“我给你分析一下，也许，这个人会给你钱，可能还是一笔不少的钱，可是现在他却控制了你的家小，且不说这种做法有没有危险，可他毕竟是一个大毒枭呀，这种人，他们对你的家小有没有心理影响？你想没想过，总会有一天就是他的末日，这只是迟早而已，一旦他的末日来临，他还顾得上你的家小吗？说不定，还成了他的人质。”

吴承忠冷漠地看了唐钰一眼，哼了哼。

唐钰说：“好，就算你相信他，他不会对你的家小怎么样，那么，孩子可是耽误不得的呀，你看，幼儿园很快就开学了，孩子要上学呀。

“如果我是你，我就会想一想，是把孩子交给公安保护放心，还是交给那些犯罪团伙放心，两害相权取其轻吧，我也不说这个人聪不聪明，至少，脑袋里不会总是一根筋，比如说，总也要给自己留条退路吧，自己既然走了这条道，回不了头了，难道还要把孩子搭进去？让孩子跟着自己担惊受怕？甚至害了孩子的前途和一生，有哪个当爸的会这么糊涂！”

唐钰又笑了笑：“这些年，我们的一些影视剧有不少谍战片、警匪片，可笑的是，我们现在不少被抓捕的人中，还学着影视片中那些被审的人宁死不屈的形象，且不说正义与非正义的问题，就说现在在我们这里，根本不存在刑讯逼供，你们要在我们这里硬扛，留给自己的只不过是给自己加重罪状的一个可笑而愚蠢的堂吉诃德。也许你会说，做人要讲信用、讲义气，对，讲信用、讲义气，那要看针对什么人、什么事，对这些唯利是图、无法无天、杀人如麻、反复无常的人，同这些人讲信用、讲义气，那不是与虎谋皮是什么？他要同你讲信用、讲义气，他会拿你的老婆孩子当人质吗？”

唐钰收住了笑，叹息了一声：“吴承忠，我要是你，我绝对不会是这个样子的，我不会蠢到这个地步。既然落到了公安手里，既然你的家小让人家当人质，你在这里交代不交代，对他们来说，都是个未知数。既然是未知数，我就不会把鸡蛋放在一个篮子里，在公安这边，我要有个退路，在确保有退路的情况下，再来与他们周旋，不会蠢得光凭自己一时的愚忠，就把一家人都搭进去。”

唐钰说完，喝了一口茶，便又取了纸杯，加了热水，送到吴承忠面前。

吴承忠不为所动，一声不吭。

唐钰回到自己的座位前，笑了笑：“好了，我就说到这里吧，你回去好好想一想我说的话，有不对的，你也可以反驳我呀！”

唐钰要出门了，回过头来，漫不经心地说了一句：“不妨向你透露一下，你不想交代的这个人，其实我们已经知道了，你交代不交代，对我们来说，只不过是少一个口供而已，而现在这个人困兽犹斗，我们真的担心你老婆孩子的安全。”

吴承忠看唐钰就要出门了，才急着回了一句：“我要是说出来，你们打算怎么做？”

唐钰只得又回身坐了下来。

“好，你说说，你需要我们怎么做？”

“我只有一个要求，保护我妻子和孩子的绝对安全，以后生活在社会上，不能受歧视。”

唐钰点了点头，一字一句道：“这是我们应该做的，也是必须做到的，只要他们没有牵涉到违法犯罪，我们会像普通公民一样对待他们。”

“那你说说，你们怎么样才能做到？”

“如果我判断不错的话，你的家小目前应该还比较安全，这样吧，我们现在正在动员各地派出所及各警种，加紧查找罗莹及俩孩子的下落，如果你要等我们找到并安全营救出他们后，再交代也行。当然，要是你信任我们，先交代出来，我们在严格保密的基础上，通过查找他的行动轨迹来查找，可能效率会更高一些。”

吴承忠重重地叹息了一声：“他就是韩总，韩晓堂。”

“唐家被杀案，也是韩晓堂做的吗？”

“是程洪通知何小宝，何小宝带领我们做的，那几个被杀的人，都是何小宝一人做的，包括在桐木镇劫杀你们的事，也是他带我们干的，是不是韩晓堂要我们干的，我就不知道了，何小宝没有跟我们说。不过那天晚上我们去杀林总和杨钟雄，是韩总亲自给我打的电话，我们用的枪，还有每个人30发子弹，也是他亲手交给我的。”

“他给了你们什么好处？”

“杀唐家那事，我们每人分到了50万；劫杀你们的事，也是说给我们每人50万，却没有拿到钱，我们没有做成，何小宝也死了，就不知向谁要了；晚上去杀林总和杨钟雄，也是说事成后每人50万，只是事没有做成。”

“你还知道些什么?”

“当年，桐木镇罗小聪夫妻的车祸案，也是韩晓堂指使罗向东干的。”

唐钰一惊：“你怎么知道?他为什么杀罗小聪夫妻?怎么杀的?”

“因为罗小聪知道韩晓堂贩毒的事了，韩晓堂想拉罗小聪下水，罗小聪不干，韩晓堂怕他说出去，才要罗向东杀了他。罗向东心狠，约货车司机在他定的地方等他，两人一见面，便拿着大扳手把货车司机打晕了，然后连人带车推下了山，后来又等罗小聪夫妻过来，乘他们夫妻不备，将他们连人带摩托车推下了山，然后伪造成车祸现场。”

唐钰突然明白，案发的那一天，正是韩晓堂为桐木镇横水村的老丈人家修坟立碑的时间。

第十五章　边境线

一

唐钰被孙副局长带到了省厅“12・28”专案组组长朱绍清副厅长办公室。

朱副厅长的手里，已有了一份韩晓堂的相关资料。他放下了手中的资料，对唐钰道：“证据能坐实吗?”

唐钰忙递上了两份笔录：“这是吴承忠和杨钟雄的笔录复印件，吴承忠还交代了受雇杀害唐家案、桐木劫车案以及水泥仓库枪击案的经过，同时，还主动交代了当年韩晓堂雇凶伪造车祸案杀害桐木镇横水村罗小聪夫妻的事实。”

朱副厅长摆了摆手：“笔录我就不看了，我问一下，这件事与唐凯及林宏洲有没有关系?”

唐钰道：“唐凯没有参与，这一点可以肯定，但是，唐凯与韩晓堂的关系密切，不排除他在不知情的情况下有包庇的嫌疑。林宏洲不但没有参与，还与这个团伙势不两立。这几年，韩晓堂作为明光集团旗下的兴宇公司负责人，年上缴的利税是集团最多的，深得唐凯的信任。唐家被害案，正是因为唐鸿淦看出韩晓堂有参与毒品犯罪的嫌疑，要举报并将其清出集团，才引发韩晓堂将其灭口的惨案。”

朱副厅长点了点头：“说说你们下一步的方案。”

孙副局长道：“目前，韩晓堂已失联，同时，集团原执行董事长林宏洲也在医院潜逃，估计林宏洲要找的目标，就是这个韩晓堂。我们判断，韩晓堂公司有不少人是他的爪牙，耳目很多，而且，吴承忠的妻子罗莹及两个孩子，还控制在他们手里，所以，我们的意见，暂不公开通缉，进行秘密抓捕，至少先救出人质后，再进行通缉。”

朱副厅长道：“我同意你们的意见，明光集团是上市集团，是我省的纳税大户，既然没有主要负责同志参与，我们就不宜公开行动，以免给集团造成不必要的经济损失，但是，韩晓堂也是集团的决策人物之一，其手下的犯罪团伙势力一定不小，所以，我们在行动时，一定要做出周密方案，既不惊动媒体，尽量缩小知情面，还要把韩晓堂及其爪牙一网打尽。这个方案，你们来做，参加的人员以你们为主，省厅专案组全力配合。我们已对韩晓堂采取了边控措施，但还要防止其狗急跳墙，通过其他方式出逃境外，或者再发生人命案。工作中有什么问题，必要时，可以直接向我报告。”

唐钰同孙副局长刚从朱副厅长办公室出来，就收到了吴昊的信息：“天眼”发现，林宏洲自驾一辆车牌号为“东 A39B5Q”的黑色汉兰达越野车，先后于 18 日 13 时 48 分在城北新河路口、17 时 02 分在花塘西路口出现，19 时 23 分在潭家汇加油站加油，向清塘方向行驶。

“有韩晓堂的线索没有？”

“暂时没有发现。”

清塘方向？唐钰打开地图看了看，这是一条出东州城的省道，沿途没有收费站及公安检查站。

他要去哪里？

清塘方向，也是通往西南广西、贵州和云南的方向，难道，他要往云南去？

唐钰想到了瑞邦，贩毒集团原来的毒品出源地，在那里，一定有“八姐”的团伙窝点及通联渠道，从瑞邦偷渡缅甸，对这些毒枭来说，并不是难事。

难道，林宏洲觉察到了韩晓堂的出逃路线，他在跟踪追击？

唐钰可以肯定，如果韩晓堂潜逃出境，走的一定就是瑞邦！

唐钰当即联系了邓胜亮。

正巧，邓胜亮因病住进了东州的省中医院，唐钰忙在路上买了一篮水果，奔赴医院。

邓胜亮刚刚做了一个心脏搭桥的手术，见了唐钰，欢喜不已。唐钰埋怨道：“到了东州，电话也不来一个。”

邓胜亮哈哈大笑：“你那么忙，一个小手术而已，我不忍心打搅你，只等你的大案破了，来喝你的庆功酒。”

“您住院这事，林宏洲知道吗？他来看过您吗？”

“这件事，我谁也没告诉。怎么，你们把林宏洲放了？”

“本来就没有他的事，他是为了保护我，更是为了查明真相，为战友报仇，才那么做的，他现在又从医院逃出去了。”

邓胜亮叹息了一声：“这家伙，在部队的那个性子，永远也改不了。”

唐钰坐了下来，关心道："心脏的事不是小事，您之前发生过什么状况了吧？"

邓局长用手点了点唐钰，笑道："小丫头，别给我假心假意了，说说，有什么事要问的，莫要兜圈子了。"

唐钰认真道："邓局你看，你把我当什么人了！"

"说吧，什么事？"

"我们查的'八姐'，就是明光集团旗下兴宇公司的老总韩晓堂，他跑了。我们判断，他往瑞邦方向潜逃出境的可能性很大。"

"韩晓堂？是他？"

"邓局，您认识？"

邓局长点了点头："当年在侦破'8·09'贩毒团伙案时，为了找'八姐'，我找过他，当时虽然怀疑过他，但与他接触过后，便排除了他，没想到还真是他！"邓局长摇头叹息，"这家伙，还真不简单，当时，他几句话就让我彻底释疑。"

"他说了些什么话，把我们的老侦察员都蒙了？"

"他对我说，如果他们公司真的就几个小喽啰，他倒不担心，担心的是公司有没有大毒枭，要是有大毒枭，他们公司可就惨了，挖不出毒根，挖几个小萝卜头有什么用？他建议，让我们进驻他的公司，从他自己带头查起，身边的领导层一个都不要漏过，这样他也就放心了。"

唐钰叹息了一声："他这是反将计，林宏洲当初正是听了他的话，相信了他，差点儿送了命。"

邓局长道："你判断得没错，这个家伙不简单，韩晓堂要出逃，一定是逃往瑞邦。当年，我也去过那里，知道那里有他们的几个窝点，还有，他们的团伙在瑞邦的人虽然都被我们拔了，但在境外缅甸，应该还有他们的同伙。这样，如果你们要去人的话，正好，我这病也养得差不多了，我同你们一块儿去。”

唐钰一听，慌忙摆手道：“邓局，小看我们是吗？是不是不相信我们的办事能力，还非要劳您的大驾？再说了，您就是想走，医生能放吗！”

邓局长一听，又呵呵笑了：“你个小丫头，可不要激我，这个什么心脏搭桥，我原来还疑疑惑惑的，哪里晓得这么一做，你是不知道，我这心脏就像年轻了30多岁，像当年当兵的时候一样了，这个现代科学，你不得不服，我要早知道效果这么好，还会拖到现在！其实，你就是不来，我也早就想出院了。”

唐钰道：“您还是好好养病，瑞邦那边的事，我们也会与当地警方联系，他们会全力配合的，有什么情况需要劳您大驾，我们也可以随时联系您。”

“唐钰，”邓局长正色道，“我可不是跟你打哈哈的，你不来找我，也就算了，但你今天既然来找我了，我就当作一件事来做了，如果韩晓堂真去了瑞邦，那些窝点和人员都是多少年以前的事了，即使你说有当地警方配合，他们也未必有我这么了解，所以我是正式向你提出请求，让我跟你们一起去。我这么做，确实也有自己的私心，无论怎么说，‘8·09’这个案子，我们最终没能逮到‘八姐’，这是我给你们留下的一个祸源，这也是我一直积压的一块心病，我请求你，让我同你一起，了却我这个心愿吧。”

唐钰看了看邓局长的双眼，她不敢正视，更是没有勇气开口了。

次日，吴昊来电，韩晓堂老家派出所民警在韩晓堂的一个远房亲戚家找到了罗莹及俩孩子。

林宏洲也终于向唐钰发来了一条信息："韩晓堂已逃往瑞邦，在钟婷婷开的奥迪车里，我也在赶往瑞邦方向。"

钟婷婷？

唐钰一惊。

唐钰试着拨打钟婷婷的电话，手机已关机。

唐钰想起当初见过钟婷婷的奥迪车，问过她，她说是韩晓堂送的，其实，当时应该多问问她与韩晓堂的交往情况。

二

追捕小组很快组成，唐钰带队，吴昊和何小宇参加，由于邓胜亮的强烈要求，孙副局长考虑到他熟悉边境情况，也只好破例让他参加，不过孙副局长反复交代，无论在何种情况下，首先要保护邓局长的安全。

唐钰在前往云南前，暗查了韩晓堂在集团的办公室及住处，没有发现与制毒贩毒有关的痕迹物证，只是在办公桌上的日历台上，有用签字笔记下的一个电话号码的印痕，印痕前面少了一页日历，应该是韩晓堂在随手记下这个号码后，把记下电话号码的这一页撕了，这一张被撕下来的日历是 2 月 9 日，应该就是他出逃前一天，字迹潦草，十分不规则，应该是他一边听电话，一边随手匆匆记下的。唐钰用铅笔涂出了凹印，这是一个 139 开头的手机号，唐钰忙拨打这个电话，无人接听，唐钰看了这个手机号，显示是云南瑞邦的移动电话。

唐钰忙查这个电话，机主叫潘秀兰，45岁，昆明市人，南美电器公司总经理。

“认识这个人吗?”唐钰问邓局长。

邓胜亮摇了摇头。

“韩晓堂这么精的人，会给我们留下这个马脚？这是不是一个套?”吴昊疑惑道。

唐钰沉默了半天，摇了摇头：“再精明的人，也会有心急慌忙的时候，这种时候，往往会有疏漏的，应该说，这是韩晓堂在觉察出形势对自己不利的情形下，急着出逃的心态，他来不及也没有必要设这个套。这是另一个人向他提供的电话，而这个人，他要么是很长时间没有联系了，要么就是别人向他介绍的陌生人。如果是个套，这个电话应该就会关机，而不会还保留在通话状态。”

唐钰正说着，潘秀兰的电话打来了。

唐钰接通电话，清了清嗓子：

“这位女士您好！我们是绿景地产，这里现在有多套新楼盘出售，楼盘位于美丽的金沙湾海岸——”

对方一声不吭地把电话挂了。

邓胜亮忍不住笑道：“哪里来的这套词，说得还这么流利!”

“听多了，自然就熟了。”唐钰笑道，“看来，林宏洲的判断是对的，我们马上去瑞邦，先找这个潘秀兰!”

吴昊开的是一辆黑色的丰田，车子过高速检查站时，唐钰看了看时间，正是下午4时。唐钰早已将协查通报通过省厅发给了云南省厅，唐钰还没有收到云南省厅的答复，她只好向肖杰询问云南省厅的情况。

“哦，有了有了，我马上发你！”

“来了多久了？”唐钰显然动气了，语气有些凶。

“没多久没多久，收到时想发的，没想到一时忙起了其他事——”

“好你个肖杰！”唐钰气得本想好好训他一顿，一看信息，云南警方的联系人是瑞邦公安局刑侦大队的饶大队长，饶大队长发来了信息：“钟婷婷的东A37C9的黑色奥迪车已在G56杭瑞高速板桥收费站查获，车上只有钟婷婷一人，并没有发现韩晓堂等其他人。钟婷婷现在在当地的板桥派出所，等候你们来人处置。”

“他们没有一起前往瑞邦？难道林宏洲的信息有误？”吴昊道。

唐钰摇了摇头，她打开地图，G56杭瑞高速板桥收费站是保山的出口，唐钰看了看上游，点了点板桥收费站的上游，有一个潞江坝服务区。

“韩晓堂已成了惊弓之鸟，如果林宏洲提供的线索没错的话，我估计，韩晓堂的目的地应该是保山而不是瑞邦，如果他要到保山，那么他可能是担心在此地下高速出收费站被警方拦查，便提前在这个服务区下了车，如果他在这个潞江坝服务区下了车，服务区应该有监控的，我们可以先在这个服务区查一查监控。”

“他为何在保山停留？”吴昊疑惑道。

“你看！”唐钰指了指地图，“从保山这里，有三个方向通往中缅边境，除了瑞邦，还有北面的怒江，中间的腾冲，看来，韩晓堂要么是在同我们捉迷藏，要么是他自己也还没有决定要走哪条路线。”

“要是走怒江和腾冲就麻烦了，我们对这两个地方并不熟悉。”邓局长道。

唐钰到了潞江坝服务区，向服务人员打探韩晓堂的线索，却没有一人有印象，查了几处监控，也没能发现有东A37C9的黑色奥迪车的停靠信息。

“难道我判断错了？”

高速公路上面，除了服务区，还有哪里能下车停留？钟婷婷一路应该没有下高速，她的车已被沿途江东和云南警方锁定，沿途无论在哪里下高速，都会被收费站采集到信息而报警，难道是在再上游的服务区？或者是在大理就下车了？

唐钰想到了潘秀兰，这是他在出逃前记下的联系人，是不是这个潘秀兰在半道上接的他？

“这个潘秀兰的手机定位，不是还在瑞邦吗？”

唐钰点了点头：“应该就是这个潘秀兰从半道接到他，然后直奔瑞邦。”

唐钰到达板桥派出所，找到了钟婷婷。

“我们还没到昆明的时候，就有一个女的在汕昆高速宗师服务区接他走了。”钟婷婷道。

“女的叫什么名字？多大年纪？哪里口音？”

“我上厕所回来，就看到韩哥跟那个女的在一起了，女的年纪40多岁，她没有跟我说话，不知道什么地方的口音，我也不知道她叫什么。韩哥看到我过来了，就对我说，你自己开车去瑞邦吧，我同这位大姐还有点儿事，坐她的车。他说他到了瑞邦，再跟我联系。”

“她开的是什么车？是什么时间见的面？”

“我没注意，当时她是站在我的车旁边，周围停了一排车，见面的时间大概是10日晚上10点左右。”

"他一路上与谁打过电话?"

"他一路上都没有打过电话。"

"没有打过电话?"

"我没有看他使用过手机。"

"他怎么跟你联系?你知道他的电话吗?"

"他见了我后,给了我一张新卡,收了我的旧卡,还对我说不要打电话,只等他打我电话,我还没有用过这张新卡,也不知道他用的是什么电话号码。"

"你们在瑞邦订房间了吗?"

钟婷婷摇了摇头。

"你为什么又在德宏下高速?"

"我想的是顺道去德宏看看五云寺。"

"你是不是一直与他有联系?他这次来这里是怎么跟你说的?他要来这里干什么?"

"我很久没有与他联系了,是他对我说要同我去瑞邦,我也没有去过瑞邦,就答应了。他只是说去那里玩几天,没有说去干什么事。"

钟婷婷的话有几分可信度,唐钰来不及核实了,她也没有时间去查看监控了,这个任务就交给当地派出所吧。她取过钟婷婷的手机,看了看手机信息,果然还没有拨过号,也没有收到一个电话和一条信息。

唐钰对吴昊道:"你同邓局开我的车,我同小宇开钟婷婷的奥迪车跟着,钟婷婷同我在一起,一同去瑞邦。"

唐钰上了奥迪车,何小宇要来开车,唐钰坐到了驾驶座,对何小宇道:"你的任务,就是随时监听潘秀兰的电话,并跟踪对方的手机定位，不要误了事！”

天快亮的时候，唐钰终于看到了“欢迎您来到美丽的瑞邦”的广告牌，刚下高速，却看到了林宏洲发来的信息：“韩晓堂已到了八姐。”

“‘八姐’？”唐钰大惊失色，她来了一个急刹车，车子吱的一声停下来，“这么说，他已经过境，到缅甸了？”

何小宇慌忙定位了潘秀兰的信号，却还是在瑞邦市内的一个叫景城花园小区的地方。

唐钰浑身冒出了冷汗，她拨通了林宏洲的电话。

“你确定，他在‘八姐’？”

“对，他到了瑞邦后，当天，也就是 11 日这天下午，就通过当地人带着他偷渡出了境。”

唐钰下了车，看到从前面走过来的邓局长，神情沮丧地告诉了他这个消息。

邓局长一笑：“看把你急的，你放心，‘八姐’虽然在缅方边境，却是划定的一块边贸区，边境地区的人都可以凭身份证出入境，即使过了境，也只能在八姐那一带活动，通往缅甸内地的关卡有检查站，他没有签证，是进入不了缅甸内地的。‘八姐’那个地方，我也去过，比较熟，如果是这样的话，我们只好通过瑞邦公安局，请缅甸警方协助，把他给弄回来。必要的话，我们也可以进去。”

唐钰出了收费站，就见收费站停车场停了一辆警车，警车旁站着一位年轻的警察，唐钰明白，应该是她的联系人饶大队长。唐钰上前一问，果然就是。

“我们得到了消息，韩晓堂已经到了八姐。”唐钰迫不及待地对饶大队长道。

饶大队长点了点头，满脸歉意地对唐钰道："本来，你们一路这么辛苦，我们应该先安排食宿的，可是这事太急，我们局领导早已在情指中心等你们了，我也只好直接把你们接到我们局里了。"

"太好了！"唐钰紧握饶大队长的双手道，"你现在就是安排我们食宿，我们也吃不下，睡不了的！"

三

瑞邦市公安局情指中心。

一位年轻的女警官指着正面墙上巨大的电子地图，向唐钰等人介绍："从目前掌握的情况看，韩晓堂是通过一个叫潘秀兰的人，在当地找到一个叫'弄仔'的人，协助韩晓堂偷越边境到了八姐。我们在八姐的人已找到韩晓堂落脚的地方，是在八姐西北面莫达贡山脚下的一栋独立别墅内，这栋房子前面是一道河沟，屋后便是纵横百里的莫达贡山森林。我们初步了解，他们在这栋房子内，已安排有五六个人，都携带武器，如果有人接近，他们既可以凭武器坚守，也可以向屋后的森林逃窜。如果我们不尽快将其抓捕，他们很可能联系在缅甸的内应，接应他们逃到缅甸内地，现在，我们已暗中派了三个人在河对面监视。"

"我们联系了缅甸警方没有？"

"缅甸在八姐的警力不多，只有三个携枪警察，边境口岸还有些移民局的人，但他们不负责边境治安，三个警察肯定对付不了楼内的人。我们正在协调缅甸警方向上级请求增援，但目前还没有得到上级的答复，按照惯例，他们不会这么快答复，时间也不允许我们等待太久。"

"这么说，如果他们要从后山出逃，我们也奈何不了他们？"

"如果不惊动他们的话，估计他们不会走后山的，我们也不知道这方圆百十里的莫达贡山有没有出入到缅甸内地的通道。"

唐钰感到头皮发麻，看了看邓局长："要等缅甸的增援警力，可能黄花菜都凉了，韩晓堂已成惊弓之鸟，一分一秒的时间都耽误不得，既然前面有人盯着，屋后的退路也得有人堵住才行，要不，我们现在就派人暗中堵住屋后，以防万一。"

饶大队长道："后山通道，我们从前面是进不去的，屋前的河沟会将一切暴露在他们的视线之中，而且河对岸全是灌木，别说人，就是兔子都钻不进去。如果要到屋后潜伏，除非走'弄仔'他们偷渡的那条道，估计那条道经过莫达贡山，可以到他们的屋后。不过这样的道，我们虽然可以偷渡，但我们毕竟在抓捕任务完成后还要与缅甸警方打交道，带领他们按正常渠道入境，所以我们还得按正常程序办好出境通关手续，而且还不能携带武器出入境。如果我们没有武器，对付这些持有枪支的亡命之徒，风险太大。"

唐钰道："这样吧，我们既然来了，这个任务就交给我们吧，你们马上办通关手续，把那个什么'弄仔'交给我们，由他引路，'偷渡'到那别墅后。"

饶大队长看了看局领导许副局长，然后对唐钰道："既然这样，还是由我们派人去吧，你们去一名同志就是了。"

唐钰笑了笑道："这件事还是以我们为主吧，我们来的几个人都熟悉嫌犯的情况，我担心你们去的人会放跑真凶。"

许副局长也笑道："我看这样吧，既然你们对我们不放心，那就尊重你们的意见，楼房后面以你们为主，我们派三名特警协助你们，不能派太多的人，怕闹出动静来，使他们警觉，楼房前面就由我们来负责，至于'弄仔'，就不要让他去了，我还怕他趁机跑了，那条偷渡路线，我们的一名特警比较熟。你们四名同志，留下一个人，在我们这里担负联络工作。"

唐钰的目光向邓局长扫了扫："邓局——"

邓胜亮忙站起身来，说道："我是肯定要去的，第一，我去过那个地方，情况比较熟；第二，我也是侦察兵出身，潜伏捕俘这事，我也算是行家里手。你们要是欺负我年纪大了，要不，你们来个人，和我过过手？"

唐钰哭笑不得："邓局，我的话还没有说完呢，就把你急成这样子，你看，我们这几个人，我不能不去吧，这主意还是我出的呢，深山老林里，您毕竟不再是那年轻的时候了。"

"就让小何留下吧，这里需要他追踪手机信息，与江东省厅专案组沟通，及时通报情况，这件事，你不会让我留下来做吧？"邓局长道。

唐钰笑着看了看许副局长："许局你看，我这个支队长，只是挂个空名而已！"

唐钰从瑞邦市局情指中心出来，才觉得有些头重脚轻，知道是饿极了，出现低血糖症状了，好在市局食堂的早餐已经弄好了，一伙人正在饿虎吞食。正吃着，钟婷婷的手机响了，唐钰等人一惊，钟婷婷拿着手机，看着唐钰发愣。

唐钰接过手机看了看号码，是东州的移动通信。

“难道是韩晓堂？我们的信号可以覆盖到八姐吗？”

何小宇点了点头：“如果距离国境线不远，应该可以。”

“那不用说，一定是韩晓堂的电话。”唐钰把手机递给钟婷婷，“你不用紧张，就问他在哪里，你怎么去找他！”

钟婷婷接过了手机，“喂”了一声。

“你到瑞邦了吗？”果然是韩晓堂，声音有些嘶哑。

“我到了呀！你在哪里，这么久了，也不来个电话。”钟婷婷看着唐钰道。

“你一路上没有遇到什么麻烦吧？”

“没有呀！一路都很顺利呀！”钟婷婷又看了看唐钰，唐钰向她竖了大拇指。

“你自己玩几天就回去吧，我不能来见你了。”

钟婷婷看唐钰双手拇指做了碰对的手势，又掏出钱包，指了指钱包向她晃了晃，便忙点点头，说道：“韩晓堂！你把我扔在这里不管我了呀！我，我这次来，钱都没带，你让我去大街上讨饭吗！”

韩晓堂沉默了一阵，笑道：“你没带钱，你当我三岁孩子呀！现在有谁还带现金在身上！你听话，自己想玩几天玩几天。”

“我不，我要见你，你在哪里，我去找你——”

电话里出现了嘟嘟音，韩晓堂挂断了电话。

“定位了吗？”唐钰忙问何小宇。

“这家伙，打完这通电话就关机了。”何小宇失望道。

“是不是他觉察到钟婷婷被我们控制了？”邓局长道。

“不会，他要是知道钟婷婷被我们控制了，就不会打这通电话了，你没有听他问的话吗，问一路上遇到什么麻烦了没有，他就是来探听虚实的，只是，他在钟婷婷的话语中探听到了什么，也说不定。”

“不管怎么说，他现在的行踪对我们来说已经不重要了，重要的是我们必须尽快到达指定位置，别让他又跑了。”邓局长道。

四

莫达贡山森林。

唐钰在卫星地图上看到的，只是一片密密麻麻的绿荫，进了林子里才明白，她自己出的这个馊主意，把她自己连同其他五名同志送上了蚊虫们的餐桌。唐钰哪里会想到在东州还是寒风凛冽的初春，在这里却是艳艳的暖春，森林里各色鲜艳的花儿被一群群轰鸣的蜂群疯狂地追逐，就像一群群无声无息的花脚大蚊追逐着唐钰等人一样，唐钰的脸上、手上很快就出现了小山丘一样隆起的大包，而让唐钰感到更可怕的还是她从来没有见过的山蚂蟥，竟能不知不觉地钻到鞋袜裤管里。

“我们这么待下去，用不了两天，就要被吸成干尸了！”吴昊一边脱着鞋袜捉山蚂蟥，一边叫苦连天，捉到的山蚂蟥已犹如一只只滚圆透红的气球，被叮过的地方渗出的血半天也止不住。

唐钰好不容易来到楼房附近，却发现这楼房后山竟是一片松林，松树不大，碗口粗细，地上是光秃秃一片，一根杂草都没有，只有一层厚厚的松针。楼房是两层半，有两排共六扇茶色玻璃窗，一楼正中有一道后门，门窗全关着，看不见窗户里面的人，但唐钰知道，在大白天，窗户里面的人能清楚看见室外的一切动静。

“这地方怎么能藏人？”吴昊满面愁容。

“上树!”邓局长仰头看了看，第一个嗖地蹿上了一棵松树。

唐钰不敢相信自己的眼睛：“邓局！你是猴子变的呀!”

邓局长又嗖地一下从树上跳下来，拍了拍手，轻声道：“你知道广西有一怪吗？老太婆上树比猴子快!”

唐钰看了看地形，这是一块有30多度的斜坡，如果韩晓堂他们从后门出来，到处都可以窜，看来，只有像邓局长说的，上树倒是个好办法，树干上的松针密不透风，只要见到韩晓堂他们出来，就来个人从天降，没有武器的人对付有武器的人，这不失为一个好主意。

“你们都会爬树吗?”唐钰回顾众人。

“我们没问题，只怕唐姐您呢。”吴昊道。

“我爬树的时候，你还在穿开裆裤呢!”唐钰冲吴昊冷笑道。

唐钰说着，忙布置阵势：“如果前面有了动静，我们就在距离屋后十米远的位置，呈扇形摆开，每人上一棵树，注意，如果人多，要先盯死韩晓堂，其他人可以不管，只要逮住韩晓堂，就大功告成。”

众人一个个上树试了试，便坐在了一起，看树梢上的天空，乌云密布，唐钰看了看表，快到下午5点了，唐钰便让大家吃点儿干粮，先填饱肚子。

众人刚吃了干粮，大雨便倾盆而来。

第一天，没有动静。

第二天，还是没有动静。

众人带的干粮很快就吃光了，又冻又饿，蚊子是昼夜不停地进攻，特警带的驱蚊药都没用。唐钰有些心躁起来：“我们非要等增援警力吗?”唐钰想同何小宇联系，打开手机，却没有信号。

晚上10时，房子前面似乎有了动静，唐钰看到室内的灯光，突然全部熄了，看得见的只是从房子前方射过来的一束束光。

唐钰明白，前面的警察应该有动静了，她一声令下，众人一个个嗖嗖上了树。

唐钰等人刚刚上树，就见有几条黑影从后门蹿了出来，一个，两个，三个……

唐钰没有听到枪声，难道他们连一个抵抗的都没有？

天太黑，看不清谁是谁，邓局长是第一个从树上跳下来的，就在黑影一愣的工夫，便以迅雷不及掩耳之势，扑到了黑影身上，掏出了手铐，将其双手铐在背后。

第二条黑影来到吴昊蹲守的树下的时候，吴昊也跳下来，只是跳下来后没有扑到黑影的身上，爬起的动作慢了些，这条黑影看到了前面的人被从树上跳下的人扑倒了，有了防备，便冲着吴昊开了一枪，吴昊应声倒下。邓局长见状，便向这条黑影扑来，黑影还没有来得及冲邓局长开枪，便被邓局长扑倒了。

唐钰也看到了一条黑影从她蹲守的树下蹿来，她也纵身一跳，正好扑在黑影身上。唐钰的额头与黑影的后脑勺重重地碰了一下，她一时头晕目眩，差点儿晕倒，正要掏手铐，没想到这黑影是个大高个儿，体重差不多是唐钰的两倍，就听这家伙吼了一声，反手勒住了唐钰的脖子，一个侧身翻，将唐钰重重压在地上。唐钰的脖子被对方勒得喘不过气来，眼看着对手的枪已顶到了她的脑门上，唐钰的脑子一片空白，眼睛刚一黑，就听枪响了，一名特警已从一个被制服的黑影手中夺过了枪，一枪击中了黑影的头，唐钰的脸上顿时溅满了热乎乎的血浆。

唐钰忙冲向吴昊，看吴昊抱着自己的左腿，痛得只是咝咝地吸气，一名特警忙给他包扎。

楼房内又跑来一大群人，头顶上晃着一束束刺眼的光，唐钰看清了，这是缅甸的防暴警察。

唐钰清点了人数，被他们扑倒的共四人，击毙一人，却没有发现韩晓堂！

“难道让他给跑了？”

唐钰的心，突突地像要钻出胸腔。

“不可能，跑出来的人全部被我们放倒了。”邓局长道。

唐钰疯狂地扑向楼内，一间房一间房地找人，她找遍了每个角落，却没有见到韩晓堂半点影子。

“韩晓堂去哪里了？”唐钰来到几个被抓的人面前，厉声质问。

“他早就跑了。”

“什么时候跑的？去了哪里？”

“他来这里的第二天一早，我们就找不到他了，我们还以为他去镇上了，等到晚上还没有回来，打他的电话，手机关机。”

“你们是他什么人？为什么还有武器？”

“他是我们潘老板的大老板，平时我们给潘老板看店，潘老板交代，让我们保护好韩总，这些枪也是韩老板给的。”

“谁是潘老板？”

“潘仲谋，镇上的好多铺子都是他的，卖韩老板公司的家用电器。”

唐钰掏出手机，还是没有信号，她跑到了楼顶，试图寻找手机信号，但还是没有信号。

唐钰忙拉住了一名特警：“我们在这里，是不是收不到内地移动通信的信号?”

特警也掏出了自己的手机，看了看，说道：“也许这里距离内地远了一些，信号弱，在八姐的街上，应该收得到的呀!”

唐钰此时才明白，自己的手机与韩晓堂的手机一样，同样是移动通信，既然这里没有信号，那么，韩晓堂是不可以在这里与钟婷婷打通电话的，唐钰证实了被抓获的人交代的事实。

唐钰慌忙来到八姐镇中心，拨通了何小宇的电话。

“我们搜索过了，韩晓堂不在这栋楼内！而且，韩晓堂在向钟婷婷打电话的时候，就已经不在这栋楼内!”

何小宇一愣，半晌道：“难道市局的情报有误?”

“钟婷婷现在在哪里?”

“已安排她在云蕉宾馆住下了。”

“派人看守了吗?”

“没有，但是我们已经告诉她，不要离开瑞邦，每天保持联系。”

唐钰狠狠地擂着自己的头。

“该死！赶快去找钟婷婷！我马上赶过来!”

唐钰打完了何小宇的电话，忙打钟婷婷的电话。

钟婷婷的手机响了。

“你在哪里?”

“我在宾馆呀。”

“韩晓堂后来打来电话没有?”

“我到宾馆入住不久，他又打来了电话，我我……”

“你慢慢说，你俩说了些什么?”

“我接了他的电话，他问我在哪里，我说了这个宾馆和房间号，他说他马上过来。我很害怕，就说，你不要来找我了，我不想见你。他一听，就问我，是不是见到公安了？我没有答话，就把电话挂了。”

“他后来有没有来找你，或者打你的电话？”

“没有。”

唐钰又打了林宏洲的电话，手机却关机。

林宏洲的手机怎么会关机？唐钰心底有了一丝不祥的兆头。

唐钰到了云蕉宾馆，询问了云蕉宾馆的服务员，查看了宾馆及附近的监控视频，并没有发现韩晓堂的影子。

唐钰提请瑞邦市局抓捕潘仲谋。当天晚上，在缅甸警方协助下，潘仲谋在八姐落网。

唐钰连夜审讯潘仲谋，潘仲谋供述：“我只是韩总在八姐的产品代理商，至于贩毒的事，我一点儿都不知情。韩总很多年都没来这里了，这次他突然要来八姐，还说不能通过口岸过境，让我想办法从其他秘密渠道出境，我也很纳闷，让潘秀兰去替他搞定这件事。韩总到了八姐后，我便安排了几个人去保护他，之后的事，我就不知道了，你们不向我说，我还以为韩总还在那栋楼里呢。”

唐钰一时也没有时间和证据来证实潘仲谋说的话有几句是真，但有一点可以肯定，韩晓堂不太可能还在八姐，一定是又入境回国了。

“他好不容易出境了，为何又返回来？”饶大队长道。

“韩晓堂警觉性很高，他应该知道自己待的楼被我们盯上了，这样的话，我们一定会同缅甸警方加强边控，如果想从缅甸脱身，风险太大，还不如返回国内，再谋脱身之计。我如果判断不错的话，在钟婷婷接到韩晓堂的电话时，他就回到了境内，后来他又打了钟婷婷的电话，可能从钟婷婷电话里探听到了什么，怀疑我们已来人抓他了。现在，林宏洲的手机莫名其妙地关机，我有一个不好的预感：他是不是被韩晓堂控制了？”

“林宏洲不是一直在暗中跟踪他吗？应该不会那么容易被韩晓堂控制吧？”邓局长也在担心。

唐钰感到越来越不安，到了瑞邦市局情指中心，许副局长安慰她道：“你放心，我们已经加强了所有的边境封控，现在，别说一个人，就是一只鸟，也飞不出境外。”

唐钰点了点头，若有所思道：“恐怕，这个人早已不在瑞邦了……”

唐钰的判断没有错，第二天天刚亮，孙副局长来电话了。

“赶快回来！林宏洲的妻子来电，她的女儿被劫持了，我们怀疑，是韩晓堂的人干的！”

唐钰头都大了：“林宏洲的家人不是回老家过年了吗？”

“回来有两天了，她女儿要回单位上班，她是在下班的路上被一伙不明身份的人劫持上车的。”

唐钰愣了愣便明白，林宏洲为何这么轻易被韩晓堂控制，一个念头在唐钰脑海中浮现出来：韩晓堂已经知道公安到处在抓他，他不会不知道现在在国内的处境，他唯一的希望应该还是要逃向国外。既然从西南方出逃缅甸的路行不通，那么，他控制林宏洲，而林宏洲在东南方边防部队当过侦察兵，对边境再熟悉不过，有没有这种可能，他劫持林宏洲的女儿，就是要威胁林宏洲带着他从东南方边境出境?

邓局长也恍然大悟，对唐钰道：“事不宜迟，我们要火速去广西德邦，林宏洲曾驻守的部队就在德邦，韩晓堂一定是威逼宏洲从广西德邦出境!”

五

唐钰把吴昊留在瑞邦治伤，她没有回东州，而是带着何小宇和邓局长，直接从云南乘飞机赴广西，奔赴德邦。

德邦县公安局雷副局长在市局情指中心向唐钰介绍：“接到你们的协查通报后，我们对县内边境所有可能偷渡的地段都加强了封控。韩晓堂及林宏洲的通缉照片，我们也发到各派出所及边境村庄。到目前为止，我们还没有发现这两个人的行踪。应该说，如果在我们做出行动部署之后的话，他们是不可能偷渡出境的。”

“你们是什么时候部署的行动?”

“昨天下午两点。”

“还是晚了一步，他们应该在前天晚上就到了这里，还不知道他们出境了没有。”邓局长道。

唐钰道：“要是顺利出境了，韩晓堂如果讲信用的话，林宏洲的女儿就应该被放出来了，所以说，他们现在应该还没有出境。”

邓局长道：“这帮家伙，哪有什么信用可言!”

唐钰道：“不管怎么说，如果他们还没有出境，那么在我们解救出林宏洲女儿之前，我们请求，即使发现了韩晓堂的行踪，也不要惊动他们，一路给他们开绿灯，放他们过境，不管怎么样，我们必须优先保护林宏洲女儿的安全。”

雷副局长一阵沉默后，对唐钰道：“这么说，我们就是发现他们出境了，也不阻拦吗？”

唐钰看了看邓局长，邓局长道：“宏洲是我的战友，在这里执行过长达十多年的守边任务，他对这一带边境的情况非常熟悉，韩晓堂不仅是杀害多人的毒枭，还是杀害我们一名亲密战友的凶犯，所以林宏洲一直在跟踪抓捕韩晓堂。我相信，即使是韩晓堂要挟宏洲出了境，宏洲也不可能让韩晓堂的阴谋得逞，我们相信他。”

雷副局长点了点头：“好，既然这样，先保人吧，我们通知下去。不过，”雷副局长心事重重道，“这里边境不比中缅边境，这一带的边境线百分之八十的区域都是雷区，所以，到处都危险重重，如果他们不熟悉雷区地形，硬闯的话，凶多吉少。”

唐钰更是心里一紧，看了看邓局长：“林宏洲熟不熟悉雷区地形？”

邓局长道：“这个我倒是放心，对雷区的地段，安全出入境的路线，没有比宏洲更清楚的了。我了解宏洲的性格，我担心，宏洲为了既不让韩晓堂出境，又要保护自己的女儿，最后会与韩晓堂铤而走险，故意踏入雷区，与韩晓堂同归于尽。”

唐钰点了点头：“林宏洲为了抓捕韩晓堂，早已将自己的生死置之度外了，何况为了保护自己的女儿！不过，韩晓堂也不是一个省油的灯，他不会这么轻易上当。我判断，韩晓堂如果还没有出境，为摆脱我们的追捕，确保自己安全，不会轻易通知他的同伙放了林宏洲的女儿，所以，我相信，林宏洲应该会把韩晓堂安全带离出境，在确保自己女儿安全脱险后，再对韩晓堂下手。现在东州的警力正在寻找林宏洲的女儿，我们这里最好能确认他们出境的具体路线，这样，也好出境到越国，协助越国警方在出境的路口设伏拦截，抓捕韩晓堂，救出林宏洲。”

“这好办!”

邓局长来到地图前，向唐钰和雷副局长指点：“宏洲原来在这里服役时，担负的是在这一带，也就是从良安镇到河平镇40多公里边境路段的巡防任务。这一带的边境现在一共有七条开放的通道，包括两个口岸，这些口岸和通道都设有检查站，他们当然不会走这些通道。还有几条通道，虽然过去都是雷区，但当时都已经被我们排除了，现在，除了我们这些参加巡逻的边防战士，应该没有谁知道。你们看，在孟旦村至对面越方的坡曼隘，有一条穿越山谷的通道；在弄改村至对面越方的那蓬屯，有一条跨过吞溢河界的通道；在弄顶村到对面越方的盎马栅，有一条沿山谷而过的通道。这三条通道，宏洲都很熟悉，我估计，他们十有八九要走这三条通道中的一条。而我判断，孟旦村这条通道，距离边防部队驻点太近，金鸡山哨所的高倍望远镜可以观察到这里，这一带的人员活动也比较多，他们走这条通道风险太大；弄改村这条通道要穿过一条河，这条河虽然水面不宽，却水深流急，现在天气还比较寒冷，渡河会十分不便，所以我判断，他们不会走这条通道；最大可能会走弄顶村至盎马栅这条通道，这条通道是从境内的百南乡通往越国的保乐县，全部是山林地带，地理位置相对偏僻，人员十分稀少，而且距离边境巡逻部队的驻地相对较远，不容易被巡逻部队发现。”

雷副局长看了看越国方向地图，点了点头：“如果从这条通道过境，他们会穿过阴阳山与弄红山的山谷，而这里只有一条通往保乐县的山道，我们可不可以在这个隘口设伏?”

唐钰看了看雷副局长指点的地方，说道："这个地方好是好，只是距离边境线太远了点儿，我们担心，他们两人只要过了境，就难保不会有什么事情发生，所以我建议，设伏点前移，就在距离边境线 500 米的地方，你看，这里好像有个叫果卜的居民点，有五六栋民房，我估计他们很可能就在这里解决食宿问题，我们就在这个地方设伏。还有，邓局说的这三条通道，也只是估计加判断，情况千变万化，所以，对其他两条通道，我们也不能掉以轻心，也要派人在路口设伏堵截，确保万无一失。"

雷副局长点了点头："好，就按你们的方案，我们马上与越国警方联系，组织三路人马，分别到这三条通道设伏。要不，你们三个人，一人带一组?"

唐钰看了看邓局长，说道："这三条通道，弄顶村至盎马栅的通道是重点，我就同邓局一起在这条道吧，其他人就由你们安排，我的想法是，越方的人员不用太多，每组有一人即可，最多不能超过两人，对付他们，四到五人即可，人太多了，容易暴露。"

雷副局长点头赞同。

唐钰没有想到德邦公安局办事效率这么高，越国警方当天就有了答复。当晚，唐钰同邓局长在德邦公安局的两名特警引导下，从德邦口岸过境，越国警方早就有一名懂中文的警察在口岸等候，自称姓阮，来自高平市公安局保乐县分局。德邦的特警道："这里的警察也都叫公安，你们就叫他阮公安吧。"唐钰与阮公安一共五个人，直奔保乐县。

保乐到果卜没有公路，只是山道，唐钰等人只能步行，到果卜时，天已经黑了，居民点只有两户人家在这里养蜂。阮公安见一村民正在门前备养蜂的蔗糖，忙上前问了些话，原来这里的居民也懂中文，问完了，神色惊异起来，对唐钰道：“这里的居民说，他们昨天就已经看到有三个人经过他们屯，向保乐县方向去了，其中一个人还向他们讨水喝，买了些蜂蜜和米粑粑。”

唐钰一惊，忙掏出了韩晓堂和林宏洲的照片，让村民指认，村民连连点头。

“另外还有一个人，多大年纪？身高多少？是哪里人？”

“30多岁，男的，身高体胖的，个子有一米八几，不知道是哪里人。”

唐钰惊叹：“他们是昨天什么时候经过的？”

“昨天中午，一两点钟吧。”

唐钰明白，自己又慢了一步，他们在雷副局长的封控行动之前就过境了。唐钰不明白的是，既然过了境，为何林宏洲的女儿那里至今还没有动静？唐钰焦急地看了看阮公安：“他们还会待在保乐吗？”

阮公安摇了摇头：“应该还没有出保乐，我们在通往内地的要道都设置了检查站，你们过来的时候也看到了，所有要往内地的人，都要检查身份证件，偷渡的人很容易被我们查获，我们到现在还没有发现他们。”

“保乐到内地有多少条通道？乘坐的是什么交通工具？”

“出入县城的公路就是我们过来的这一条，从保乐往东通往高平市，往西经保林县通往河江市，这两条道的东西两端都设了检查站。每天外出到高平市和河江市的交通工具分别是两趟公交车，早晨9点钟一趟，中午12点钟一趟，除了班车，也还有货车和私家车带人出县城的。”

“他们会不会还有其他渠道到内地？”唐钰担心地问。

邓局长道：“难说，如果他们知道有检查站，宏洲在这里搞过穿插，他应该知道还有一些山道可以绕过检查站。不过，如果要钻山道，只有在白天，晚上是走不出去的。我估计他们昨天到了这里，已经快天黑了，他们不会出城，今天，他们应该还要摸一摸情况，毕竟过去这么多年了，他们不会急着去冒险，而且，宏洲的女儿现在还没有消息，韩晓堂要让宏洲送他去越国内地后再放人，也说不定。”

“这不可能！”唐钰摇头道，“他们过了境，手机没有信号，就与内地联系不上了，韩晓堂怎么通知放人？”

阮公安摇头道：“没有道路可以绕过检查站，所有可能通往内地的道路，我们都封死了。”

唐钰等人只好匆匆往保乐县赶。晚上 8 时，快到保乐的时候，阮公安接到了一通电话，电话用越语交流，唐钰听不懂他们的通话内容，心里嗵嗵直跳。阮公安接完了电话，对唐钰道：“你们的雷局让我通知你，林宏洲的女儿找到了，她现在很安全。”

“太好了！”唐钰终于难得地松了一口气，“是她自己跑出来的，还是被警察救出来的？”

“被警察救出来的，还抓了四个人。”

“要是能让宏洲知道这个消息，该多好！”邓局长道。

六

越国的保乐县，其实相当于我国的一个镇，一条公路自东向西穿城而过，数百栋房屋排列在公路东侧山脚下，除了县城的一家招待所，几乎就没有一家像样的宾馆，旅馆倒也有十来家，唐钰同阮公安查了所有的旅馆，哪有韩晓堂和林宏洲的影子。

邓局长疑惑道：“他们说的是三个人，莫非另外一个人是从保乐县来接应他们的？难道林宏洲或韩晓堂在保乐县还有内应？把他们安排在自己家里？”

唐钰道：“这种可能性不大，如果是韩晓堂在这里有内应，他自己就会悄悄地偷渡来这里，不会冒这么大的风险绑架并劫胁林宏洲父女了。如果是林宏洲，除非他同韩晓堂是同伙，否则就不可能给韩晓堂提供这个便利，况且，他没有通信渠道，也不可能与境外的这个人保持联系。”

唐钰见一家饭店正在县政府的旁边，便道：“我们不查住的地方了，先查吃的地方吧，他们来到这里不会不吃饭的。”

问到了一家饭店，果然有了消息。

饭店老板是一个中年女人，也懂中文，看了看韩晓堂和林宏洲的照片，点了点头，操着一口流利的普通话道：“昨天晚上，他们三个人来吃饭，点了五个菜，还喝了些酒，就是我们店里自酿的米酒，吃了有一个多小时，结账时，给了我们人民币，出门往西走了。”

“他们问了些什么话没有？”

“那个小伙子问我，往高平的车是什么时候？我回答了他，他还问，这里买车票要身份证吗？我说，不要身份证，但是车过检查站的时候，是要查证件的。他问检查站在什么位置，我也告诉了他，他还问住旅馆要不要身份证，我说，要的。之后，他们就没有说什么了。”

唐钰问：“他们是什么时间离开的？”

“昨晚 8 点多的时候吧。”

“来你们这里的中国人多吗?”

“多，有来做生意的，也有两家走亲戚的，到了赶集的日子，很多中国人来这里赶集做买卖。”

“他们一般都住在哪里?”

“有住旅馆的，但住的人不多，旅馆条件太差，又没有吃的，中国人住不习惯，住在我们这里私人家里的人多，我们这里的人好客，不管是做生意的还是亲戚，都喜欢把人请到家里住，中国人花钱也大方，也不会白吃白住的。”

“这里有偷渡的吗?”

“偷渡?不会不会，这里有好几个边境通道都是开放的，只要有身份证就可以来往，只要不过内地检查站，过内地检查站才要护照签证。”

唐钰对阮公安道：“两个检查站就辛苦你了，先把这两人的照片发给他们，盯死他们，防范他们化装或冒充其他人蒙混过关。只要他们没有出逃，还怕他们飞到天上去！我们明天先在这里查一查，要是还没有踪迹，也分别去这两个检查站盯人。”

唐钰吃过了晚饭，已是晚上 8 点多了，便往县政府的招待所安排住宿。阮公安道：“这里的招待所你们住不惯的，不如我给你们安排住在私人家里吧。”唐钰笑道：“我们没有这么讲究，再怎么差，总比我们在外面蹲坑强吧，再说了，我们有些事情是要保密的，在私人家里就不方便了。”阮公安只得作罢。

到了招待所门前，就见一位十五六岁的小姑娘过来，用普通话对邓局长道：“大叔，要住宿吗?别住这里，又贵又条件差，不如到我家去，你们需要什么，我们都满足。”邓局长正要回话，只见唐钰上前问：“你是不是经常在这里接客人住店的？”小姑娘点了点头。唐钰问：“你家能住这么多人吗？”小姑娘道：“别家的住户，也是我来接的客。”唐钰一听，忙取出韩晓堂和林宏洲的照片，给小姑娘看，问：“你接过这两个人吗？”

小姑娘看了看照片，点了点头。

唐钰一惊：“这几个人也是你在这里接的吗？”

小姑娘摇了摇头，用手向唐钰去过的饭店方向指了指：“他们从那饭店出来后，我去问他们的。”

“他们住在哪里？”

小姑娘抬起一双疑惑的大眼看了看唐钰：“你们是他们什么人？找他们干什么？他们不让我对别人说的。”

唐钰看了看小姑娘还有几分天真的双眼，不忍心欺骗她，只好看了看一旁的阮公安，阮公安会意，把小姑娘拉到了一边。

一会儿，阮公安过来了：“她说了，我知道在哪里了。”

“确定他们还在房间里吗？”

阮公安点了点头。

“这里有地图吗？我们先看看地图。”

“不用了，”阮公安先伸手指了指方向，给唐钰看了，而后顺手捡了一块石头，在水泥地上画了起来，“你看，这是一栋独立的房子，在靠近山脚的部位，房子后面是山林，前面和左右都有住户，这些住户家家都养狗，我们只要一进去，这狗就会大叫不止，如果房子里的人被惊动，钻进后山林子里，我们就是派几百人来搜，也是搜不出人来的。”

见唐钰沉默，阮公安问：“他们有没有武器？要不要我们分局公安支援？”

唐钰道："韩晓堂要控制林宏洲，应该有枪，还有一个男子，应该就是韩晓堂的马仔，也应该有枪，尽管这样，我们也不能用太多的人，动静太大了，反而会惊动他们，韩晓堂是个不好对付的人。我们还是老办法，悄悄绕到这屋后埋伏，你们派四到五个人，从正面进去就是了。"

阮公安点了点头，看了看表："这样，我们派两人带你们到屋后潜伏，争取10点前到达位置。我带上四名公安，从前门进入，我估计他们从屋后潜逃的可能性很大。"阮公安说着，把自己的配枪以及两盒弹夹递给了唐钰，"你们在那里，没有枪不行，这枪你先带着。"唐钰接过了枪，感激不已。

晚上10时，唐钰、邓局长同两名越国警察到达了指定位置。

前面是一座三层的楼房，每层面积不大，估计也就80多平方米，屋后是一片乱石和一片片的竹林。唐钰把枪交给邓局长，让邓局长防身用，邓局长明白唐钰的用意，拒绝道："你用着吧，我的眼睛不好使。"唐钰笑道："你不是一直不服老吗，这下怎么又不行了？"邓局长道："你放心，眼睛虽然不好使，我这一身功夫还在。再说了，我退休了，没有用枪的资格了，我要是打死了人，就说不清楚了。"唐钰只得罢了。

前方的狗开始狂吠起来，唐钰等人立即分别进入潜伏位置。

唐钰双眼死死地盯着房屋后面的那扇门，5分钟过去了，10分钟过去了，没有丝毫动静。

这是什么情况？唐钰的心快要跳出喉咙了。

唐钰等待了漫长的15分钟，那扇门开了，出来的却是阮公安，他在向唐钰招手。

唐钰赶到屋内一看，三楼的一间卧室内，蹲着被绑着双手的林宏洲，韩晓堂和另外一人已不知去向。

林宏洲的身体已经十分虚弱，唐钰一面给他解绳子，一面向他说了他女儿已被救的消息，这时林宏洲的气息已经很微弱，感激地点了点头，强打精神道：“还是让他给跑了！”

“他怎么跑的？”

“晚上吃过了饭，他让强仔看着我，自己出去，不久就回来说，他看到唐钰了，就把我绑了，然后带着强仔出门了。”

“他出门是什么时候？”

“晚上7点多吧。”

唐钰看了看表，已经过了三个多小时了。

唐钰心里窝火极了，真想狠狠地擂自己几下，却只得努力平息自己的恼怒，安慰林宏洲：“只要你们父女没事，我就放心了，你放心，他跑不掉的！”

“他跑得掉的，我知道，他又会从原路返回，逃回到国内去。”

唐钰一惊，看了看林宏洲。

林宏洲道：“他已经知道前面有检查站要查护照，就在这里物色了一个与他长相相似的人，用重金买了对方的身份证，准备明天一早就混过检查站。既然你们都来这里了，他知道自己的计划落空，他无论是待在这里，还是混过关到越国内地，都是死路一条。在这种情况下，他只有返回国内。”

“他今天要是没有发现我，他会怎么对付你？”

林宏洲摇了摇头：“他不会带我和强仔过检查站的，会让强仔继续在这里看着我，他只要混过了检查站，强仔就会带我从原道偷渡回国。”

“他不会在这里处理你吗?”

“不会的，这样就会暴露他的行踪。”

“你想没想过用其他办法对付他?”

林宏洲摇了摇头：“没有办法，我女儿就在强仔手下人的手中，韩晓堂只有安全过了境，强仔带我回国，女儿才能得救。”

唐钰叹息了一声：“如果这样的话，你就是回到国内，他们也会杀你灭口的，韩晓堂也许以为他已把我们的注意力引到了云南边境。”

“我知道，不过，只要我女儿没有事，就由不得强仔动手了。”林宏洲道。

“你们来的时候，坐的是什么车?”

“你现在打听车牌号也没用了，过境的时候，他担心暴露，把车推到河水里了。”

唐钰不能有半刻犹豫，对阮公安道：“这里的事，只好请你费心了，你们把好检查站这个关口，只要有与韩晓堂长相相似的人，一律扣查，查出来后，请及时告知我们。”阮公安道：“你们放心好了，我们是绝对不会放过他的。”

唐钰看了看林宏洲的伤势，两处都已红肿化脓了，一直处于高烧状态，便要先送他去医院，林宏洲执意不去：“皮外之伤，不要紧的，要是放跑了韩晓堂，我比死还难受。”唐钰只得作罢，告别阮公安，同林宏洲等人打道回国。

唐钰的面包车在保乐县通往边境线的简易崎岖公路上奔驰。

接近边境线时，唐钰的手机才有了信号，她急忙向雷副局长和孙副局长报告了情况，并特意请求雷副局长向越国警方领导表达对阮公安的衷心谢意。

唐钰看了看林宏洲，她有很多疑问需要向他寻求解答，可是看他虚弱的样子，又不便开口。林宏洲却似乎看懂了唐钰的眼神，一脸歉意道：“从医院跑出来，给你添麻烦了！我也是心里实在难受，而且，只有我才知道他的底细和行踪。”

唐钰疑惑地看着他。

“我知道，他有个相好的叫钟婷婷，我也知道这个钟婷婷与金鑫关系也不一般，但我哪里知道金鑫和程洪都是韩晓堂的人。你们怀疑到韩晓堂后，我细细一想就什么都明白了。我从医院出来后，先是去了他的办公室，在办公室门口，听他正在打电话，我见他一边听一边念着一个电话号码，顺手记在日历纸上，我听清楚了号码和这个人叫潘秀兰，记在手机上，拨打了一下，竟是云南瑞邦的移动号。他打完电话后，就出了办公室。我跟踪了他，却见他上了一辆黑色的奥迪，开车的就是钟婷婷。”

“你怎么知道韩晓堂去了八姐？”

“我一直跟着钟婷婷的车，哪里知道韩晓堂会在中途上了另一辆车，钟婷婷在高速出口被你们查获，我才知道上当了，只好到了瑞邦。瑞邦人海茫茫，哪里找得到韩晓堂，我便打了潘秀兰的电话，说是韩晓堂的客户，要打一笔货款给韩晓堂，韩晓堂的电话却打不通，潘秀兰告诉我韩晓堂已经去了八姐。”

“你是怎么被他挟持的？”

“我想他既然出了境，也顾不得那么多了，便试着打他的电话，电话显示已停机。后来他居然用一个陌生电话打给我，知道是我，吃惊不小，问我在哪里，我说就在瑞邦，他问我怎么到这里来的，怎么知道潘秀兰的电话，我说是从医院偷跑出来的，去办公室找他，正好听到他记下的这个潘秀兰的电话，我打他的电话打不通，只好打了潘秀兰的电话，说我也想通过这个地方偷渡去缅甸，没想到在市公安局门口看见唐钰等人，好像听他们说，要去八姐抓你。我这样对他说，就是想把他给逼回来：如果他知道公安在这里盯上了他，他就是到了缅甸，也跑不掉的。他就说他要过来找我，问我地址，我告诉了他地址，没想到他还真回来了，可能是看我身边没有警察，便让强仔过来把我带上了车。车子开到一个没有人的地方，就审我，是怎么被公安抓的，又是怎么从人民医院逃出来的，为什么想逃出境。他见我说的没有漏洞，就问我，我在广西当过兵，为何不从广西逃出境，我说，就是因为我在广西当过兵，才不敢往那边逃，担心公安会注意到那边。他就问我对广西边境是不是很熟，我想，既然在这里我没有办法对付他，带他去广西，那里我熟，就有办法对付他了，广西边境到处都是雷区，大不了我们同归于尽。哪里想到，他竟然会绑架我女儿，用她来威胁我……”

七

唐钰回到德邦已是凌晨，直接把林宏洲送往医院，刚从医院出来便得到雷副局长的消息，在德邦边境通往那岭县的安马镇，发现了韩晓堂的踪迹：镇里一家小卖店发现一个高个男子到店里买食物，旁边停了一辆灰色的长城客货两用车，车上驾驶室坐着一个人，戴着墨镜，店主看车辆没有号牌，车上的男子以及来买食物的高个男子不像是本地人，怀疑是照片上被通缉的人，所以向镇里的派出所报了案，派出所已向那岭县方向追击。

那岭县？

唐钰忙打开卫星电子地图，那岭县距离安马镇70多公里，虽然在东南方向有一条合那高速，但唐钰判断，韩晓堂不敢上高速，所以会走乡道往那岭方向，而这70公里的乡道，纵横曲折，他的客货两用车跑不快，没有两个小时到不了县城。

唐钰马上给那岭县公安局发出了协查函，决定赶赴那岭。

唐钰刚到那岭，雷副局长的消息就来了，安马镇派出所的民警在距离那岭县五里的龙魁镇加油站发现了这辆无号牌的灰色长城客货两用车，车上的人已不见踪影。加油站的工作人员反映，车上的两人下了车后就去了厕所，之后就不见了人影。

唐钰看了看表：“这就对了，我估计他们不敢贸然开着这辆车进城，这里距离县城不远，应该是弃车步行进城。这个县城不大，我估计他们也不敢在这里久留，所以我们必须抓紧时间，争取在这里把他们给按住。”

那岭县公安局副局长姓韦，韦副局长道：“我们接到了你们的协查函后，就已经在全城布控了，你放心，只要他们露面，就跑不掉。”

唐钰细看了那岭县城的地图，这也是一座坐落在山谷中的小县，有一条合那高速公路从东南德邦方向过来，贯穿县城，通往西北云南富宁方向，除此之外，还有一条G359国道，与高速公路几乎是并行方向穿过县城。唐钰估计，韩晓堂如果要逃离县城，应该不敢走高速，而取G359国道，他应该携带了不少现金，在这县城弄一台车不难。出县城的两个方向，往德邦的广西方向，他应该嗅出那里有唐钰的踪影，不敢往唐钰身边靠，那么，往云南方向的可能性较大。

时间容不得唐钰有更多的犹豫，问韦副局长：“G359国道往云南方向有没有设卡布控?”

“有，在那岭汽车客运站，我们派了民警在那里布控。”

唐钰看了看地图，这里虽然是两条出城路线的交会点，但这里地处宽阔，来往车辆较多，而且如果他们发现有警察在查车，便可以及时选择退回路线，还可以下车潜逃。唐钰便指了指距离该点前方500米处的一个弯道山谷，道:“就在这里，设一个临时卡点，他们有枪，多派几名特警封锁这一区域，事不宜迟，我们现在就过去。”

韦副局长有些疑惑:“你能肯定他们会走这条道?”

“当然不能肯定，其他出口也丝毫不能放松!”唐钰道。

上午10时，唐钰的封锁区便布置完了，这里是一个70多度的弯道山谷，韩晓堂的车要在转过弯后才能发现检查卡点，等发现的时候，距离只有五六米了，两旁是悬崖峭壁，他就是长了翅膀也飞不上去。十名特警，五人同唐钰、邓局长在路口查车，另外五人在来车方向50米处藏匿，一旦发现韩晓堂，便断其退路。

中午1时20分。

正是大家吃午饭或者饭后午休的时间，一辆白色的丰田吉普到了唐钰的跟前。唐钰等人正要上前盘查，这辆车突然倒退，只退了数十米，后面的枪就响了，五名特警齐刷刷地站到公路两侧，举枪向天鸣射两枪示警后，五支黑洞洞的枪口对准了车身。

“双手抱头，慢慢出来!”一名特警喊话。

过了半晌，车门开了，先是出来一个双手抱头的高个男子，然后，韩晓堂神情木然地下了车。

特警上前给两人戴上了手铐。

邓局长第一个走到韩晓堂面前。

“‘八姐’，认识我吗？还记得‘8·09’案吗？找你多午了，找得我好苦！”

韩晓堂看也不看邓局长一眼，一双绝望的眼却死盯着唐钰。

“韩晓堂，你想对我说什么吗？”唐钰脸上抑制着难以言状的表情，冷冷地问。

“我这一辈子，怎么会碰上你这么个克星！”韩晓堂的话像是从牙缝里挤出来似的。

唐钰浑身轻松起来，叹息了一声，点了点头。

“你说对了，你不觉得吗，在这场戏里，我们都是导演，不过都是在导演同一个剧本的故事，而这部剧的结尾都是悲剧。”

唐钰不想再多说话，她感觉有些晕眩，她想，是该好好休息休息了，她想好好睡几天几夜，睡个自然醒。她看了看邓局长，强打精神问：“你们说的庭毫山，距离这里远不远，我想去看看剑麻诗……”

附录

2022年"新时代中国法治文学精选"丛书入选作品名单

长篇小说

《血案寻踪》　作者：易买生

《刑警一中队》　作者：李　阳

《刑警的诺言》　作者：赵　迅

《越过陷阱》　作者：裘永进

《虚拟诱惑》　作者：李双其

《刑侦女警》　作者：郭秀景

中篇小说

《诡异现场》　作者：洪顺利

《小镇警察》　作者：颜永江

《软肋》　　作者：刘　兢

《唤醒者》　　作者：穆继文

《搭档》　　作者：贺建华

短篇小说

《又见梨花开》　　作者：薛景川

《阳光法槌》　　作者：黄卓童

《运气》　　作者：魏世仪

《青梅青青》　　作者：奚同发

《报案人》　　作者：胡　广

《偷梁换柱》　　作者：郭秀景

《水平》　　作者：丁钟文

报告文学

《千万里我追寻着你》　　作者：程　华

《责任在肩》　　作者：邢根民

《户籍室女警手记》　　作者：胡　杰

《塞北雄鹰》　　作者：韩金凯

《预审“工匠”》　　作者：张　明

《阿坝警察》　　作者：罗瑜权

《难忘的那个夏夜》　　作者：宋瑞让